Pik
Adam

Roman
von
Josef Kastein

Herausgegeben und mit
einem Nachwort versehen
von Johann-Günther König

Kellner Verlag
Bremen   Boston

Dieses Buch ist bei der Deutschen Nationalbibliothek registriert. Die bibliografischen Daten können online angesehen werden: **http://dnb.d-nb.de**

Parameter der Originalausgabe
Verlag Th. Knaur Nachf.
Erscheinungsdatum: 1927
Hardcover mit 255 Seiten
Leineneinband mit Goldprägung

Auch als Taschenbuch-Ausgabe wie folgt herausgegeben:

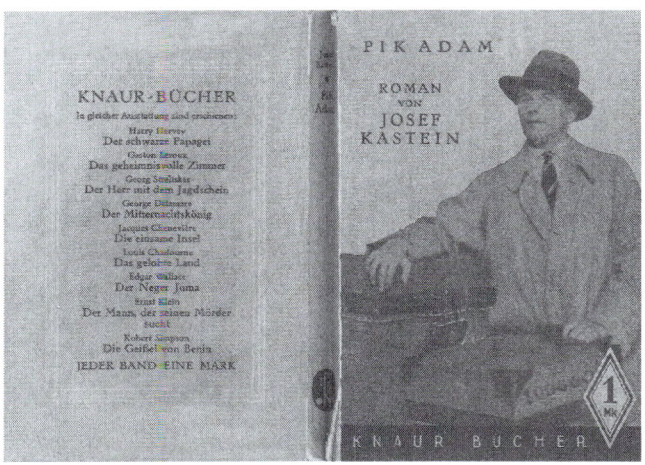

Iᴍᴘʀᴇssᴜᴍ

© 2017 KellnerVerlag, Bremen • Boston
St.-Pauli-Deich 3 • 28199 Bremen
Tel. 04 21 - 77 8 66 • Fax 04 21 - 70 40 58
sachbuch@kellnerverlag.de • www.kellnerverlag.de

Satz: Merle Schiebeck, Vanessa Rippe
Umschlag: Christian Becker
Das Titelfoto von John Ludwig Heinrich Brill zeigt die zweite Große Weserbrücke (heute Wilhelm-Kaisen-Brücke) um 1927, gesehen von der Neustadt mit Blick auf die Tiefer.

ISBN 978-3-95651-166-0

Inhaltsverzeichnis

Zum Geleit

Dieser vor gut neunzig Jahren erschienene Detektivroman des jüdischen Schriftstellers Josef Kastein wurde 1934 von den Nazis verboten und geriet in der Folgezeit in Vergessenheit. Der Herausgeber und der KellnerVerlag freuen sich, ihn mit dieser Neuauflage wieder allgemein zugänglich zu machen. Zumal es in *Pik Adam* an zwielichtigen Gestalten, geheimen Schlupfwinkeln, gefährlichen Situationen und genretypischen Überraschungsmomenten gewiss nicht mangelt.

Josef Kastein – geboren 1890 in Bremen; gestorben 1946 in Haifa – war in den 1930er-Jahren ein weltbekannter Verfasser von Werken zur Historie und Konzeption des Judentums. Sein hiermit wieder aufgelegter Detektivroman erwies sich für ihn in mehrfacher Hinsicht als Glücksbringer. Er verkaufte sich gut, erschien 1928 in einer ungarischen Übersetzung und versetzte ihn in eine schaffensfreudige Stimmung.

In meinem Nachwort gehe ich ausführlicher auf den Roman, die Schauplätze und den Schriftsteller Josef Kastein ein.

Das Geschehen von *Pik Adam* spielt in der Mitte der 1920er-Jahre und ereignet sich in zwei Weltgegenden. Zunächst in einer deutschen Stadt, die erst im 7. Kapitel und nur indirekt als Bremen namentlich kenntlich gemacht wird, später an verschiedenen Orten der Insel Ceylon (heute: Sri Lanka) im Indischen Ozean. Für Bremerinnen und Bremer ist leicht nachvollziehbar, in welchen Teilen der altehrwürdigen Hansestadt das Geschehen in Fahrt kommt: in der Altstadt nahe der Weser und in der Neustadt.

1927, als der Krimi erschien, hatte Bremen rund 300.000 Einwohner, entwickelte sich neben dem Schiff- und Automobilbau die Luftfahrt zu einer Schlüsselindustrie und blühte die Einfuhr und Verarbeitung von Rohkaffee.

Ceylon hatte zu jener Zeit noch den Status einer britischen Kronkolonie und diente den Europäern als Tee-, Kaffee- und Kautschuk-Lieferant. Die Namensänderung in Sri Lanka erfolgte 1972 im Rahmen der Republikgründung.

Im zentralen Hochland des Inselstaats erhebt sich der 2243 Meter hohe Berg Sri Pada – international als Adam's Peak bekannt. Auf ihm steht ein Kloster, in dem ein 1,8 Meter langer Fußabdruck bestaunt werden kann, der von Buddhisten als der von Buddha, von Hindus als der von Shiva, von Muslimen als der von Adam und von Christen als der des Apostels Thomas verehrt wird.

Dieser Berg wurde in deutschen Reiseberichten des späten 19. und frühen 20. Jahrhunderts als Adams-Pik bezeichnet. Im *Brockhaus Konversationslexikon* von 1894 heißt es: »Adams-Pik, Berg […], 65 km ostsüdöstlich von Colombo, den Buddhisten heilig. […] Die Besteigung dieses Berges, obgleich sie jährlich von vielen Tausenden frommer Wallfahrer geschieht, ist ziemlich beschwerlich.«

In diesem Roman entwickelt der Adams-Pik beziehungsweise Peak eine wie magische Anziehungskraft auf Leute, die alles andere als fromme Wallfahrer sind. Vielleicht spielt Josef Kastein mit seiner Wortumstellung – mit Pik Adam – eben deshalb auf eine bei Kartenlegern übliche Deutung an. Was der Titel *Pik Adam* genau symbolisiert? Leserin und Leser, ermitteln sie.

Johann-Günther König

Erstes Kapitel

Achtung! Selbstschuß!

In einem kleinen Trödlerladen der St. Martinigasse hatte Aren, als er einmal müßig umherschlenderte, in die bunte, verstaubte Auslage gesehen. Es lagen da Raritäten aller Art, unter anderem auch ein dünnes, in Pergament gebundenes Buch. Als er sich tiefer zum Schaufenster bückte, las er die Aufschrift: »Die Satyren des Ariost«.

Da solche Funde nach seinem Herzen und seinem Geschmack waren, hatte er den Laden betreten und nach dem Preis des Buches gefragt. Der Trödler war gutmütig und lobenswert ehrlich. »Geben Sie mir eine Mark dafür«, sagte er. »Ich habe das Dings unter altem Plunder gefunden, den ich neulich mal in einem Hause gekauft habe. Da war irgendeiner gestorben, und seine ganzen Habseligkeiten sind von dem Vermieter auf die Auktion gebracht worden, weil er seine Miete nicht bekommen hatte.«

Aren lachte: »Ich will genau so ehrlich sein wie Sie und Ihnen verraten, daß das Buch mehr wert ist als eine Mark. Ich werde Ihnen zwei Mark geben.«

»Einverstanden, einverstanden«, freute sich der Trödler. »Solche Schmöker liegen sonst doch nur bei mir herum.«

Für Aren war dieses Buch ein Schmöker in des Wortes schönster Bedeutung. Er konnte sich mit Behagen in die feine, zugespitzte Ironie, in die liebenswürdig spielende Form dieser Terzinen vertiefen, und er beneidete aus ganzer Seele die menschliche und dichterische Freiheit, die sich dort auslebte.

Er hatte noch den Klang eines Reimes in den Ohren, der ein Produkt aus dem Anfang des 16. Jahrhunderts war, als das Telephon, diese bösartige Marter des 20. Jahrhunderts, ihn aus seiner Ruhe jagte. Er nahm den Hörer ab und sagte: »Aren!«

Eine kräftige tiefe Männerstimme meldete sich: »Hier ist Direktor Ovelmann von den Zeinithwerken.«

»Ja, bitte? Womit kann ich Ihnen dienen?«

»Wir haben ein Anliegen an Sie, Herr Aren. Sie wissen, dass wir Uhrensteine fabrizieren. Bei uns geschehen jetzt, trotz der verschärften Kontrollmaßnahmen, fortgesetzt Diebstähle. Wir möchten diese Sache gern mit Ihnen besprechen. Könnten Sie uns heute Abend für etwa eine Stunde zur Verfügung stehen?«

Aren überlegte nicht lange. »Gewiss. Ich habe nichts Besonderes zu tun. Wann und wo soll es sein?«

»Sagen wir vielleicht um neun Uhr in der Weinstube Savoy?«

Es ging Aren flüchtig durch den Kopf, dass für eine so wichtige Besprechung eine Weinstube doch eigentlich nicht der richtige Ort sei. Aber das war schließlich nicht seine Sache. Er sagte: »Einverstanden. Werden noch mehr Herren da sein?«

Die Stimme stockte einen Augenblick. Dann erwiderte Ovelmann: »Das ist möglich. Ich werde sehen, ob einer von den anderen Herren noch Zeit hat. Also darf ich Sie um neun erwarten, nicht wahr?«

»Gewiss«, antwortete Aren und hängte ab.

Er war aus seiner genießenden Betrachtung herausgerissen und ging nun im Zimmer auf und ab. Seine Phantasie arbeitete, wie immer, automatisch. Sie glich einem ruhigen, unbewegten Wasser, in welchem schon die kleinste Berührung eine Summe von Reifen zog. Auf seiner Wanderung, die sich vom Fenster bis zum Schreibtisch erstreckte, sah er, wenn er sich umwandte, immer wieder denselben Spruch, den er sich selbst angefertigt und unter Glas und Rahmen seitwärts aufgehängt hatte: »Das Mißtrauen ist die Mutter der Weisheit!«

Natürlich ließ sich jeder Satz übertreiben, und es hatte gerade jetzt den Anschein, als ob er für den gegebenen Fall gar keinen Anlaß hätte, sich mit irgendeinem Mißtrauen zu plagen. Dabei übersah er, daß er nicht ein Detektiv aus Beruf und wirtschaftlicher Notwendigkeit, sondern aus innerem Drange war: Einer, der aus großem Hang zur Gerechtigkeit, aus einer spöttischen Abneigung gegen die veraltete Methode der Aufklärung von Verbrechen und aus der Lust an dem freien Spiel des Gehirns zu diesem Beruf gekommen war.

Er konnte also nicht mehr anders, als schon im kleinsten, unverfänglichsten Anzeichen nach den letzten möglichen und wahrscheinlichen Gründen zu suchen. Dabei witterte er nicht etwa überall Verbrechen, sondern er wollte überall Klarheit haben.

Gerade in diesem Augenblick überlegte er sich folgendes: In den Zeinithwerken geschehen trotz strengster Kontrolle fortgesetzt Unregelmäßigkeiten. Wenn die Arbeiter wirklich scharf kontrolliert werden, dann müsste eigentlich jede Unregelmäßigkeit entdeckt werden. Dann müsste viel eher der Gedanke aufkommen, daß die … Kontrolleure selbst nicht ehrlich sind, oder sonst jemand im Werk. Ja, warum sollte man da nicht annehmen können, daß selbst einer der Direktoren nicht ehrlich sei oder mit den Kontrolleuren unter einer Decke stecke? Das würde ziemlich unwahrscheinlich sein, wenn es sich um eine Einzelfirma gehandelt hätte; denn wer würde sich selber betrügen wollen? Aber die Zeinithwerke waren eine Aktiengesellschaft mit zwei oder drei Direktoren, die nur Angestellte waren und sicher nicht deswegen jeder Verführung unzugänglich waren, weil sie den Namen Direktor trugen. So etwas soll vorkommen …

Aber – wie gesagt – das war nur der automatische Ablauf einer Phantasie. Es war nur eine flüchtige Anregung, die aus seinen Denkgewohnheiten kam. Ohne einen bestimmten Willen nahm er das Adreßbuch aus dem Fach und schlug unter der Abteilung »Juristische Personen« nach, was da über die Zeinithwerke stände. Er fand die üblichen Angaben … gegründet … Aktienkapital … Gesetzliche Vertreter: Bennigsen, Glaser, Ovelmann.

Also die Sache hatte schon ihre Richtigkeit. Aber sofort lehnte er sich gegen so leichtfertige Schlüsse auf. Das war Amateurarbeit, die er da leistete. Ovelmann im Adreßbuch und Ovelmann am Telephon trugen zwar denselben Namen, es war aber damit noch nicht gesagt, daß sie dieselben Personen waren …

Es wurde ihm, der aus der behaglich spielenden Atmosphäre des Ariost kam, endlich zu dumm, sich mit solchen Gedanken zu plagen, und er warf das Adreßbuch wütend in die Ecke. Der Erfolg war nicht der erwartete, sondern das Gegenteil. Sein etwas grundloser Zorn machte ihn noch mißtrauischer und gereizter. War da von innen, aus den Zellen des Gehirns her, vielleicht irgendein Warnungssignal gekommen, und wollte er es nur vertreiben, weil er es nicht sogleich verstand? »Mißtrauen ist die Mutter aller Weisheit!«

Das Telephonbuch her. Zeinithwerke. Merkur 10107. Anrufen.

»Hier Zeinithwerke. Wer ist dort?«

Er war im Begriff, seinen wahren Namen zu sagen; aber er unterließ es aus altgewohnter Vorsicht.

»Hier ist Ammermann. Kann ich Herrn Direktor Ovelmann einen Augenblick sprechen?«

»Jawohl. Ich verbinde Sie.«

Während die knarrenden Geräusche der Stöpsel ihm unangenehm in die Ohren drangen, machte Aren ein recht dummes Gesicht. Also: Ovelmann blieb Ovelmann. Oder etwa nicht? Da meldete sich eine helle, scharfe Stimme, die mit skandierender Betonung sprach: »Ovelmann hier.«

Aren horchte auf. »Bitte, wer ist da?« fragte er, um noch einmal die Stimme zu hören.

»Direktor Ovelmann von den Zeinithwerken. Wer ist denn da?«

»Verzeihen Sie«, sagte Aren kleinlaut. »Ich bin falsch verbunden.«

Damit hängte er ab und vernahm noch undeutlich scharfe Geräusche aus der Membrane, die man zwanglos als einen Fluch über die unnütze Störung deuten konnte. Aber Aren setzte sich in heftigere Bewegung. Es war nicht gut vorstellbar, daß in einem Abstand von fünf Minuten Herr Direktor Ovelmann seine Stimme so durchgreifend geändert haben sollte. Schließlich musste er ein erwachsener Mann sein, der sich nicht mehr im Stadium des Stimmwechsels befand …

Mißtrauen ist die Mutter der Weisheit.

Nun begann für Aren eine fieberhafte Gedankentätigkeit. Er hatte ein langes und kompliziertes Gespräch mit seinem Igel Fifi. Als es beendet war, schlief Fifi zwar seinen gefundenen, von menschlichen Gedanken nicht beschwerten Schlaf, aber Aren war durch eben dieses Gespräch zu einer Reihe von Handlungen angeregt, die er sofort ins Werk setzte.

Zunächst ging er zu dem Buchbinder Jäger, der ganz in seiner Nähe wohnte, und gab ihm einen zwar kleinen, aber doch sehr dringenden Auftrag. Er versprach ihm auch, das Vielfache des üblichen Preises zu zahlen, wenn die Arbeit noch im Laufe des Nachmittags

♠

vollendet würde. Das wurde ihm feierlich zugesagt. Dann begab er sich zum Waffenhändler Gersing. Hier war er bekannt und stand in gutem Ansehen. Er ging gleich in die Werkstatt und nahm sich den alten Waffenmeister beiseite. Der legte die Hand an das etwas taube Ohr und war sehr aufmerksam. Dann nickte er: »Das kommt in Ordnung. Ich gehe selbst und mache alles zurecht. Aber ich kann erst nach sieben, wenn wir Feierabend gemacht haben.«

»Ist früh genug, mein Lieber. Also wir haben uns genau verstanden. Dann bis nachher.«

Aren trank sodann unterwegs in aller Ruhe seinen Kaffee. Gegen die Zeit des Ladenschlusses ging er zu dem Buchbinder. Die bestellte Arbeit war fertig. »Es ist noch ein bißchen feucht«, sagte Jäger.

»Das ist ja dumm. Aber es ist wohl nicht zu vermeiden, was?«

»Haben Sie einen Spiritusbrenner zu Hause?«

»Natürlich. Als Junggeselle!«

»Dann machen Sie folgendes: Stellen Sie auf Ihren Brenner einen leeren Topf. Legen Sie quer über den Topf ein Brett und über das Brett eine dicke Lage Zeitungspapier. Dann gibt es eine trockene, warme Luft, und in einer Stunde sieht die Sache schon ganz ordentlich aus.«

»Das werde ich gewissenhaft tun.«

»Und das Blatt liegt darin«, sagte Jäger. »Es ging ganz glatt. Aber wenn Sie mal eine Arbeit für mich haben, die weniger Tiftelkram mit sich bringt, dann denken Sie an mich, ja? Für diese Sache will ich nämlich nichts bezahlt haben. Ich möchte nur, dass Sie mir später mal erzählen, was aus der Geschichte geworden ist.«

»Ja, wieso denn? Was für eine Geschichte?«

Der Buchbinder lachte: »Mir können Sie nichts vormachen. Sie sind doch der Aren, nicht wahr? Man kennt doch seine Leute.«

Sie schüttelten sich bieder die Hände. »Also gut. Sie sollen dabei sein, wenn ich die Auflösung der Geschichte gebe. Aber es wird noch etwas dauern. Vorläufig weiß ich nämlich noch nicht, was es ist.«

Jäger tröstete ihn: »Sie kriegen es raus!«

»Gott segne Ihren guten Glauben. Auf Wiedersehen.«

Eigentlich tat es gut, so bei den einfachen Leuten im Ruf des tüchtigen Kerls zu stehen. Dabei musste er sich aber bekennen, daß alles, was er bisher geleistet hatte, nur Anfänge waren: die Geschich-

♠

te mit dem Kommerzienrat Ginter, der Tod des Schmanek; die lustige Reiberei mit der roten Marie, und dann die einfache Kombinationsgeschichte von der Lummabrücke her. Er wünschte selber brennend, daß jetzt einmal etwas von großer Tragweite geschehen möchte; etwas, das seinem Gehirn und seinem jugendlichen Drang zu Abenteuern einen etwas weiteren Spielraum gab. Einstweilen aber hieß es, sich in Geduld fassen und die Vorbereitungen so gut zu treffen, dass alles andere sich mit folgerichtiger Notwendigkeit daraus ergeben mußte.

Einen letzten Besuch, den er eigentlich an diesem Abend noch hätte machen müssen, verschob er bis zum anderen Tage. Es wurde Zeit, heimzugehen, den Spritbrenner mit Topf und Brett und Zeitungspapier herzurichten, sich umzuziehen und mit dem Waffenmeister das Letzte zu ordnen.

Alles das geschah auch noch rechtzeitig. Es war gegen halb neun Uhr, als er sein Zimmer verließ. Als er es abgeschlossen hatte, drückte er von außen mit einer Heftzwecke ein großes, weißes Blatt Papier dagegen. Darauf stand mit großen Buchstaben gemalt:

Achtung! Selbstschuß!

Zufrieden ging er die Treppe hinunter.

Er nahm die Straßenbahn und fuhr zum Savoy. Aber um seiner Sache noch etwas sicherer zu sein, stieg er eine Haltestelle vorher aus und ging auf dem jenseitigen Fußsteig, bis er dem Restaurant gegenüber war. Niemand wartete vor dem Lokal. Das hatte er sich halb und halb denken können. Die Uhr zeigte auf neun. Er wartete noch eine kurze Weile. Dann ging er hinein.

Das Lokal war nicht sehr besetzt. Er sah sich aufmerksam um, um einen Menschen zu finden, der wohl Herr Ovelmann sein könnte. Von einem kleinen Tisch erhob sich ein breitschultriger, untersetzter Herr und trat auf ihn zu: »Habe ich die Ehre mit Herrn Aren?«

»Jawohl. Herr Ovelmann?«

»Ganz recht. Sehr freundlich, daß Sie gekommen sind.«

»Ich dachte schon,« sagte Aren, »Sie hätten die Verabredung nicht gehalten?«

»Aber warum denn?«

»Weil ich niemand vor dem Lokal warten sah. Sie kennen mich doch nicht.«

♠

»Das ist richtig«, erwiderte Ovelmann gelassen. »Aber ich nahm an, ich würde Sie auch so erkennen.« Dann lenkte er ab. »Mein Kollege hatte heute abend leider keine Zeit, sonst wäre er auch mitgekommen.«

Aren nahm Platz: »Heißt Ihr Kollege nicht Hauser?«

»Nein«, sagte Ovelmann bestimmt und ohne eine Spur von Zögern. »Ich arbeite mit Herrn Särtner zusammen. Haben Sie übrigens schon zu Abend gegessen, Herr Aren?«

»Nein, ich bestelle mir gleich etwas. Wir wollen mal sehen, was es Gutes gibt.«

Er hatte es mit seiner Auswahl gar nicht eilig. Auf ein paar Minuten mehr oder weniger kam es ihm nicht an. Im Gegenteil, er hatte ein Interesse daran, möglichst lange mit Ovelmann zusammenzubleiben, mit diesem Direktor, der nicht einmal seine eigenen Kollegen im Werk kannte. Merkwürdiger Direktor … oder ein Anfänger auf dem Gebiete der Listen und des Unerlaubten …

Auch Ovelmann zeigte keine Spur von Eile. Sie verbrachten eine geraume Zeit damit, sich über die Güte der verschiedenen Rotweine auf der Getränkekarte zu einigen. Als endlich alles bestellt war, wollte Ovelmann mit seinem Anliegen herausrücken. Aber Aren legte ihm freundlich und beschwichtigend die Hand auf den Arm. »Verehrter Herr Ovelmann, werden Sie mir sehr böse sein, wenn ich Sie bitte, den fachlichen Teil des Programms auf morgen zu verschieben? Ich bin nämlich, offen gesagt, heute etwas dumm im Kopfe und werde kaum die genügende Konzentration aufbringen können. Gestern Abend hatte ich Besuch von einem alten Studienfreund aus England, und die Sache ist etwas heftig verlaufen.«

»Ich verstehe«, lachte Ovelmann breit. »Aber hoffentlich wollen Sie doch nicht gleich wieder ausrücken? Man sitzt hier wirklich sehr angenehm.«

»Ich bin nie ein Spielverderber gewesen«, beteuerte Aren ehrlich. »Ich mache alles mit, was mitzumachen ist. Ich habe nur Dispens für den fachlichen Teil erbeten. Eigentlich hätte ich Ihnen das anstandshalber gleich am Telephon sagen müssen. Aber ich war da gerade mit einer Lektüre beschäftigt und hatte meine Gedanken nicht beisammen.«

Ach, du Schlaumeier, dachte Ovelmann. Die Sache paßt dir wohl heute abend schlecht. Aber er komplimentierte: »Lieber Herr Aren, es ist gar kein Grund vorhanden, sich zu entschuldigen. Und über heute und morgen läßt sich unsere Angelegenheit doch nicht ordnen.«

Kommst du mir mit Zweideutigkeiten, mein Bester, dachte Aren, dann zahle ich dir heim. Er sagte: »Ja, ja, solche Anschläge wollen wohl vorbereitet und überdacht sein. Ich bitte Sie aber, mir heute abend einen kleinen Ausgleich dafür zu gestatten, dass Sie so vergeblich mit mir herumsitzen müssen.«

»Sagen Sie nicht vergeblich. Es kann alles seinen Zweck haben, auch wenn man im Augenblick nicht übersieht, welchen.«

»Richtig. Das sieht man erst am Schluß. Aber wie gesagt: der Ausgleich. Überlassen Sie mir bitte den alkoholischen Teil des Abends.«

Ovelmann lachte aufs neue: »Sind Sie so erpicht auf Alkohol?«

»An sich nicht«, sagte Aren mit philosophischer Ruhe. »Aber immer, wenn meine schlechte Erziehung einmal mit mir durchgegangen ist, dann kann ich beim ersten Male nicht stehen bleiben. Wenn ich gestern gebummelt habe, dann muß ich auch heute bummeln. Sonst komme ich nicht zur Ruhe.«

»Solchen Tick respektiere ich. Also will ich die Stelle Ihres Freundes aus England einnehmen.«

Während sie tranken, sagte Aren: »Die Stelle ist schwer einzunehmen, denn er kommt nicht eigentlich aus England, sondern aus einer englischen Kolonie, nämlich Ceylon.«

Ovelmann grinste offen: »Muß schön sein da unten. Waren Sie schon einmal da?«

»Noch nicht. Aber ich bin noch jung. Was nicht ist, kann ja noch werden.«

So betasteten sie einander höchst vergnügt, ohne dabei das Trinken zu vergessen. Sie gaben sich in der Identität dieses Genusses nichts nach. Es hatte sogar den Anschein, als ob Ovelmann von dieser Einladung zum Freitrunk recht ausgiebig Gebrauch machen wollte. Die ersten Flaschen erledigten sich gewissermaßen als kleines Vorgericht. Es war ein Macon mittlerer Art und Güte, nicht schwer und nicht leicht, aber doch voll und mündig. Dann gingen sie nach ausführlichen Erörterungen zu einem St. Etienne über. Der hatte schon ein gewisses Feuer, eine gewisse verhaltene, schwere Wärme. Ovelmann schnalzte förmlich.

Aren sah es und neckte ihn wieder: »Man sollte nicht denken, daß die Beschäftigung mit Uhrensteinen so intime Weinkenntnisse verschafft.«

Aber Ovelmann war nicht aus der Fassung zu bringen: »Mein lieber Herr Aren, jeder Mensch hat einen sogenannten Nebenberuf … oder sagen wir besser: eine Spezialneigung, die eigentlich außerhalb seines Berufes liegt. So kann es vorkommen, dass einer in einem kaufmännisch-technischen Betriebe arbeitet und doch alle Rotweine der Welt zumindest einmal gerochen hat. So kann es vorkommen, daß einer sich mit der Aufklärung von Verbrechen unserer modernen Zeit befaßt … und dabei weder die Klassiker noch die Humanisten verachtet.«

Das war deutlich. Das war eigentlich unverschämt deutlich. Aber anders hatte Aren es doch wohl nicht erwarten können. Er war ja überzeugt, daß dieser Ovelmann nicht der wahre Ovelmann sei. Darum durfte er sich auch nicht wundern, daß dieser falsche Ovelmann seine Vorliebe für alte Literatur kannte. Und endlich hatte er ja nur den Hieb zurückgegeben, den er bekommen hatte.

Alles das betrübte ihn nicht; im Gegenteil. Es versetzte ihn in fröhliche Laune, denn diese Replik warf zugleich ein helles, überraschendes Licht auf die Kette seiner Gedanken, die er zwischen dem telephonischen Anruf und diesem Gespräch geflochten hatte. Das gab ihm die Möglichkeit und die Kühnheit, in seinen anzüglichen Bemerkungen immer weiterzugehen. Dabei wechselten sie unausgesetzt die Weinmarken. Sie waren gerade bei einer alten, prächtigen, schweren Château Lafitte angelangt. Aren blieb von dieser Schwere insofern unberührt, als er sich auf einen handfesten Trunk gut vorbereitet hatte. Diese Vorbereitung bestand darin, daß er vor solchen Betätigungen ein kleines Mittel einnahm, das ein befreundeter Chemiker ihm für solche Fälle lieferte und das geeignet war, Alkohol in erheblichem Umfange zu neutralisieren. Dieses Mittel vergaß er nie, wenn es für seine Zwecke notwendig schien, mit anderen Leuten ausgiebig zu kneipen. In einer Fischerkneipe konnte man zur Not, wenn die Beleuchtung nicht allzu hell war, das Glas auf dem Wege zum Munde über die Schulter hinweg ausgießen. Er hatte das mehr als einmal getan. Im Savoy ließ sich das mit den großen, runden Rotweingläsern nur sehr schwer ausführen. Sicher hätte der

♠

Geschäftsführer nach dem dritten Glase den Gast gebeten, mit Rücksicht auf die Teppiche und die anderen Gäste diese Art des Trinkens zu Hause fortzusetzen.

Also trank Aren tatsächlich und mit aller Gründlichkeit; und er konnte es sich, wie gesagt, auf Grund seiner Vorbereitungen auch leisten. Vielleicht würde Herr Ovelmann doch etwas mitteilungsfreudiger werden.

Aber das erstaunliche war, daß all die schweren Rotweine Ovelmann über die Zunge glitten, als wäre es ein leichter, ungefährlicher Mosel, den man noch mit Mineralwasser vermischt hatte. Daß einer ein guter Weinkenner ist, sagt noch nicht, daß er sehr große Mengen verträgt, und Aren war längst mit seiner Berechnung der Menge des Weines und der Widerstandskraft eines normalen Menschen dahin gelangt, zu vermuten, daß auch Ovelmann sich auf einen handfesten Trunk präpariert habe. Wieder fand er an dieser Vermutung nichts Erstaunliches. Es war eben nicht aus dem Auge zu lassen, daß der falsche oder ein falscher Ovelmann vor ihm saß; und ein falscher Ovelmann konnte genau soviel Interesse haben, Aren betrunken zu machen, wie Aren ein Interesse daran hatte, den falschen Ovelmann betrunken zu machen.

Der Detektiv hielt mit seiner Bewunderung nicht zurück. »Glänzend,« sagte er, »wie Sie trinken können. Man sollte direkt glauben, Sie hätten sich auf einen guten Abendtrunk präpariert.«

Ovelmann wieherte vor Vergnügen: »Mein Kompliment, Herr Aren. Sie haben vorhin nicht zuviel gesagt, als Sie mir erklärten, Sie seien kein Spielverderber. Ich will ganz ehrlich sein ...«

»Halt, halt!« unterbrach ihn Aren. »Sagen wir: ehrlich mit fünfzig Prozent Skonto. Sonst macht es keinen Spaß. So ganz ehrlich ist langweilig; es bleibt dann ja nichts mehr zu raten.«

»Einverstanden, mein Lieber. Ich will also mit dem vorgeschlagenen Diskont ganz ehrlich sein: sich selbst zu betrinken macht kein Vergnügen. Aber andere betrunken zu sehen, kann ein großes Vergnügen bereiten.«

»Nicht nur das«, übertrumpfte ihn Aren. »Es kann sogar sehr nützlich sein.«

»Auch das, auch das«, pflichtete Ovelmann bei. »Wenn man dem anderen zum Beispiel, wie der Volksmund so schön sagt, die

♠

Würmer aus der Nase ziehen will …«

»Oder«, ergänzte der andere, »ihn für eine bestimmte Zeit irgendwo festhalten will …«

Sie lachten sich beide mit ausgefallener Heiterkeit an. Das Lachen des einen sagte: Du bist gar nicht Ovelmann. Das Lachen des anderen sagte: Du möchtest sicher gerne wissen, wer ich wirklich bin.

Sie erkannten endlich beide, daß es keinem gelingen würde, den anderen betrunken zu machen. Darum gaben sie gegen Mitternacht das Wettrennen auf, nicht ohne sich eingestehen zu müssen, daß sie am Wein und jeder an der Gerissenheit des anderen große Freude gehabt hätten.

»Was machen wir nun?«, fragte Aren harmlos. »Man kann doch den Abend nicht einfach so beschließen. Wissen Sie, meine Gewohnheit ist, nach solch einem kleinen Umtrunk noch einen guten, gediegenen Kaffee zu trinken. Der macht so schön lebendig.«

»Gleiche Brüder, gleiche Kappen«, lachte Ovelmann. »Ich mache mit. Wohin gehen wir?«

Aren überlegte. (In Wirklichkeit überlegte er gar nicht, sondern wollte nur seine Vorfreude etwas ausdehnen.) »Ich mache Ihnen einen Vorschlag zur Güte …«

Ovelmann unterbrach ihn: »Warum sagen Sie ›Güte‹? Sagen Sie: ich mache Ihnen einen lustigen Vorschlag, einen lausejungenhaften Vorschlag.«

»Richtig, mein Herr. Nämlich?«

»Nämlich: Einladung, den Kaffee in Ihrer Wohnung zu trinken. Denn in den Cafés, wollten Sie weiter sagen, bekommt man doch nichts Gescheites. Ich aber, Aren, mache einen Kaffee nach irgendeiner garantiert erstklassigen Methode. Also kommen Sie mit zu Aren.«

»Ein Prachtkerl sind Sie!« strahlte Aren. »Ein fabelhaftes Exemplar. Schade, daß Sie mir nicht schon eher über den Weg gelaufen sind.«

»Na, warten Sie es ab«, rief Ovelmann gutmütig.

»Es ist noch nicht aller Tage Abend, und vergessen Sie nicht, daß wir doch noch einmal zusammenkommen müssen, um den sachlichen Teil zu erledigen, den wir heute vertagt haben.«

♠

Arm in Arm zogen sie die Straße entlang. Sie wußten jetzt, was sie voneinander zu halten hatten. Darum war aller Grund zur Vorsicht und zur Beschränkung ihrer natürlichen Heiterkeit aufgehoben. Jetzt erst kam ihnen richtig zum Bewußtsein, wie gut die Weine eigentlich gewesen waren. Leider ließ die Situation nicht zu, daß sie umkehrten, sonst hätten sie sich doch wieder an den Tisch im Savoy gesetzt.

Es war in der Nacht gegen ein Uhr, als sie vor Arens Hause standen. Während er aufschloß, flammte drinnen im Hausflur und über der Treppe mit einem Male blendendhelles Licht auf.

»Nanu?« sagte Ovelmann. »Noch Besuch im Haus?«

»Keine Angst«, meinte Aren. »Wir sind allein. Das ist nur eine kleine praktische Erfindung, die ich selbst gemacht habe und auf die ich sehr stolz bin. Man kann als Detektiv nie wissen, wie man begrüßt wird, wenn man heimkommt. Wenn ich jetzt aufschließe, ist zugleich das ganze Haus, bis in mein Zimmer hinein, hell erleuchtet. Und die Sache ist so schön eingerichtet, daß die Lichtschaltung selbst dann nicht versagt, wenn beispielsweise in meiner Abwesenheit einer meine Wohnung betreten und die Tür mit einem Nachschlüssel oder Dietrich geöffnet hat. Nur mein eigener Schlüssel ist imstande, den Kontakt auszulösen.«

»Diese Erfindung würde ich aber unbedingt verkaufen«, riet Ovelmann. »Sie können eine Menge Geld damit machen.«

»Das ist mir nicht so wichtig«, sagte Aren, während er die Tür öffnete und Ovelmann vorangehen ließ. »Zuweilen habe ich noch etwas kindliche Neigungen. Darum macht es mir Freude, daß nur ich allein dieses Spielzeug besitze.«

»Es könnte aber doch sein,« meinte Ovelmann, »daß einer, der das weiß, Ihnen einmal in Ihrer Abwesenheit alle Birnen aus den Fassungen dreht. Und dann sitzen Sie im Dunkeln.«

Aren lachte: »Ich möchte keinem raten, sich an meinen Glühbirnen zu vergreifen. Aber das ist ein anderes Patent, das ich nicht preisgebe. Soll ich vorangehen? Es ist nur eine Treppe hoch.«

Auf der dritten Treppenstufe blieb Aren stehen und wurde nachdenklich. Die Treppe war mit einfarbigem, blauen Linoleum belegt und mit Messingleisten sorgfältig eingefaßt. Das Linoleum war immer außergewöhnlich gut mit reinem Wachs gebohnert, so

♠

daß jeder Schritt und jede Schramme sich darauf abzeichnen mußte. Das helle Licht lag gleichmäßig kräftig über jeder Stufe.

»Sehen Sie doch mal,« sagte Aren verwundert, »da sind ja
Schritte die Treppe heruntergekommen.«

»Na, das werden wohl Ihre eigenen von vorhin sein«, beruhigte
ihn Ovelmann.

»Nein: Meine sind hier, genau in der Mitte der Treppe. Aber
sehen Sie doch die anderen Tritte hier. Sie führen an der rechten
Geländerhälfte hinauf und sind ganz leicht und gleichmäßig. Sie
schleifen und tasten etwas. Da ist jemand auf den Zehenspitzen
und im Dunkeln nach oben gegangen. Ganz klar zu sehen, nicht
wahr?«

Ovelmann beugte sich zu den Treppenstufen und lächelte: »Tatsächlich, daß ist der genaue und gleichmäßige Abdruck von Stiefelsohlen, die einer vorsichtig aufgesetzt hat.«

»Das beunruhigt mich an sich gar nicht«, dozierte Aren weiter.
»Aber nun sehen Sie sich mal das Linoleum auf der anderen Seite
des Geländers an. Da führen die Schritte wieder herunter.«

»Na, zum Teufel,« lachte Ovelmann, »wer Sie in Ihrer Abwesenheit besucht, wird doch nicht oben vor verschlossener Tür stehen
bleiben, bis Sie heimkommen. Und irgendwie muß der Besucher
doch wieder herunterkommen.«

»Soll er auch«, sagte Aren. »Soll er in Gottes Namen. Aber wie
kommt er herunter? Sehen Sie doch hin. Er ist nicht die Treppe
heruntergegangen, sondern gehumpelt; regulär gehinkt. Der rechte
Fuß ist jedesmal ganz breit mitsamt dem Hacken aufgesetzt, und
auf der gleichen Stufe daneben findet sich immer die Andeutung
der Spitze einer Stiefelsohle. Verstehen Sie das jetzt?«

Ovelmann kniff die Lippen zusammen. »Weiß Gott, Sie haben
recht. Wie erklären Sie sich das?«

»Leider gibt es da nur eine Erklärung«, sagte Aren dumpf. »Der
Besucher, der hier nichts zu tun hatte, hat sich verletzt und mußte schrittweise die Treppe hinunter. Mit dem unverletzten rechten
Bein tritt er fest auf; das linke Bein setzt er vorsichtig auf und stützt
sich auf das rechte Geländer so kräftig als möglich.«

»Ja, aber was soll denn geschehen sein?«

»Es ist das geschehen, daß er in unverantwortlichem Leichtsinn meine Warnung mißachtet hat. Ich habe ausdrücklich einen großen Bogen an die Tür geheftet und darauf geschrieben: Achtung! Selbstschuß!«

Ovelmann stutzte: »Und Sie haben tatsächlich einen Selbstschuß gelegt?«

»Aber gewiß! Warum denn nicht? Man schreibt doch so etwas nicht zum Vergnügen an die Tür. Außerdem konnte ich mich strafbar machen, wenn ich ein solches Ding ohne Warnung anbrachte. Das ist sogar ein juristischer Schulfall.«

»Gott segne Ihre Schulfälle«, unterbrach ihn Ovelmann ungeduldig. »Interessiert es Sie gar nicht, zu wissen wie es oben in Ihrer Wohnung aussieht?«

Aren grinste. »Nee«, sagte er jungenhaft. »Bei mir ist nichts zu holen. Also Überraschungen werde ich nicht erleben. Außerdem zeigen mir ja die Fußspuren auf dem Linoleum, daß der Herr Besucher wieder fort ist. Aber kommen Sie bitte mit. Ich bin so unhöflich, Sie die ganze Zeit hier auf der Treppe festzuhalten. Seien Sie aber vorsichtig beim Gehen. Ich lasse jeden Tag sehr heftig bohnern. Unsereins muß ja immer mal auf Besuche gefaßt sein, und da ist eine gut gewachste Treppe zuweilen ein vorzüglicher Ersatz für fehlende Visitenkarten.«

»Aber Sie trampeln ja jetzt auf dieser Visitenkarte herum«, sagte Ovelmann mit neuem Erstaunen, »und bringen sie völlig durcheinander.«

»Das schadet nichts«, erwiderte Aren gutmütig. »Diese Spuren brauche ich nicht, weil ich bestimmt weiß, daß bei mir im Augenblick keine Schätze lagern, die jemand reizen könnten. Ich habe nur meinen Igel Fifi oben. Der ist so schlau, einfach in die äußerste Ecke unter die Chaiselongue zu kriechen, wenn er ein Geräusch hört. Den nimmt auch keiner mit.«

Ovelmann hatte das immer klarere Gefühl, hier nach allen Regeln der Kunst verspottet zu werden. Aber er war machtlos dagegen. Diese Situation beherrschte offensichtlich nicht er, sondern Aren.

Sie standen auf dem Korridor. Die Tür, die in Arens Wohnzimmer führte, war geschlossen. Er griff an die Klinke und wollte öffnen. Doch Ovelmann hielt ihn ängstlich zurück: »Ist es auch gefahrlos? Kann der Schuß nicht losgehen?«

♠

»Kann er nicht. Bestimmt nicht. Er ist schon losgegangen. Bemühen Sie sich etwas weiter zum Fußboden. Dann werden Sie sehen, daß sich da ein schöner, runder Blutstropfen befindet. Nicht wahr? Er kann nur von dem Selbstschuß herrühren; und da ich nur einen gelegt habe, ist es ungefährlich. Aber zu Ihrer Beruhigung will ich vorangehen.«

Wie Aren es schon unten angekündigt hatte, war das Zimmer hell erleuchtet. Es sah sehr ordentlich darin aus, und man konnte auf den ersten Blick nicht den Eindruck gewinnen, als ob sich jemand darin betätigt hätte. Unmittelbar neben der Tür befand sich ein niedriger, runder, schwarzer Tisch, auf dem eine abgebrannte Kerze stand. Daneben lag Verbandzeug, das einen starken Geruch von Jodoform ausströmte.

Ovelmann zeigte mit der Hand darauf und sagte: »Der Besucher hat wohl viel Geistesgegenwart gehabt, denn er hat doch versucht, den Schaden nach Möglichkeit zu reparieren.«

»Sehen Sie, lieber Ovelmann: zu meinem eigenen Lobe muß ich sagen, daß ich doch ein relativ menschenfreundliches Wesen bin. Ich lege zwar einen Selbstschuß, wenn ich es für ratsam halte, aber ich lege dann auch gleich das Verbandzeug daneben und lasse eine kleine Kerze auf dem Tisch brennen, damit der Herr Besucher nicht erst durch das ganze Zimmer läuft und mir den Teppich einschmutzt. Sie sehen, daß auch nur wenige Tropfen gefallen sind: da auf der Schwelle einer und dann noch zwei bis hier an den kleinen Tisch.«

»Sie sind ein unerhörter Zyniker«, sagte Ovelmann durch die Zähne.

»Das ist bestimmt nicht wahr!« sagte Aren, indem er den kleinen Tisch zur Seite rückte. »Ich arbeite immer mit den Mitteln, mit denen mein Gegner arbeitet. Aber nun wollen wir den Fall ruhen lassen. Es tut mir aufrichtig leid, daß ich Sie in diese ungemütliche Situation mit hineingebracht habe. Das muß doch einen sehr abstoßenden Eindruck auf Sie machen, nicht wahr?«

»Eigentlich möchte ich sagen: im Gegenteil. Denn ich bewundere vor allem die Sorgfältigkeit, mit der Sie einfach diesen Tatbestand feststellen und sich weiter um nichts kümmern.«

♠

Aren setzte Wasser auf den Spirituskocher. »Ich sage Ihnen ja, daß bei mir nichts zu holen ist. Und im anderen Falle würde die Prüfung dessen, was mir fehlt, genau zwei Minuten in Anspruch nehmen. Ich weiß haargenau, was in meinem Zimmer ist. Ich lasse auch alles seit Jahren mit pedantischer Genauigkeit auf demselben Fleck. Ich habe tausendmal geübt, mit verbundenen Augen jeden Gegenstand sofort und ohne jedes Zögern zu greifen. Und wenn mal ein neuer Gegenstand hinzukommt, dann wird dieser Griff im Dunkeln sofort eingeübt, bis er sitzt.«

Er drehte die kleine türkische Kaffeemühle und sah sich im Zimmer um. Während er so seine Bücherreihe überflog, weiteten sich seine Augen mit einem Male. Dann sagte er laut und deutlich: »Das ist aber eine Schweinerei!«

»Was denn?« fragte Ovelmann gespannt.

»Mir fehlt ein Buch. ›Die Satyren des Ariost‹.« Aber plötzlich lachte er laut auf.

»Erst sagen Sie ein Kraftwort und dann amüsieren Sie sich?« forschte Ovelmann.

»Ja. Es steckt doch eine tolle Komik darin. Da kriecht einer bei Nacht und Nebel in mein Zimmer, holt sich einen soliden Schuß ins Bein, und hat dann noch Sinn genug, sich gerade ein altitalienisches Buch zu ergattern. Offenbar hat er die Satyren deshalb genommen, um die Satyre der Situation sinnfällig zu machen. Das ist ja ein prächtiger Kerl. Ein Jammer, daß ich ihn nicht hier habe. Ich würde ihm alles verzeihen ... das heißt, wenn er mir das Buch wiedergeben würde.«

»Na, lieber Aren, wenn Ihnen weiter nichts abhanden gekommen ist als das Buch, dann sollten Sie eigentlich zufrieden sein. Lag Ihnen denn soviel daran?« Bei diesen Worten konnte Ovelmann nur mühsam seinen Ernst bewahren. In ihm dröhnte alles vor zufriedenem Lachen.

»Sie sehen, daß ich nicht viel Bücher habe«, sagte Aren. »Aber die ich habe und behalte, behandle ich wie Kameraden, die zu mir gehören. Ich lasse sie gut binden und stelle sie auf. Und ausgerechnet dieses Buch habe ich in diesen Tagen neu binden lassen und habe es heute nachmittag frisch vom Buchbinder zurückgeholt.«

Während er mit verärgerter Miene seine Kaffeemühle weiter

drehte, sah er ganz genau, wie Ovelmann zusammenzuckte. Aren hätte vor Vergnügen mit den Füßen trampeln mögen; aber er durfte es nicht und tat es folglich nicht. Sein später Gast hatte sich auch sofort wieder in der Gewalt und sagte: » Na, schlagen Sie sich die Sache aus dem Kopf. So schlimm ist der Verlust nicht. Ich verstehe ja, daß man an Büchern hängen kann. Gelegentlich gehe ich selbst mal durch die Antiquariate und sehe, ob sich irgendwelche Raritäten billig erwischen lassen. Haben Sie übrigens einen guten Buchbinder?«

»Schwärmen Sie auch für alte Bücher?« fragte Aren zurück. Dabei kicherte es in ihm vor Freude über dieses Versteckspiel.

»Wenn etwas gutes darin steht, warum nicht? Es ist wie mit gutem Wein, nur daß ich bei Büchern auch gerne eine Umhüllung habe. Meistens lasse ich bei Lehning binden. Aber der ist mir zu modern und zu teuer.«

Der Kaffee wurde aufgegossen. Dabei sagte Aren wie nebenher: »Ich habe hier einen kleinen Buchbinder in der Nachbarschaft. Ein ordentlicher Handwerker. Der macht seine Sache sehr nett. Schnaps gefällig?«

»Mit Vergnügen. Wenn der Kaffee schon den Rotweingeschmack tot macht, muß irgendeine neue Geschmacksnuance hinzukommen.«

Aren schenkte ein. »Es lebe die Nuance!« rief er lachend.

Gauner! Ausgepichter Gauner! schimpfte Ovelmann innerlich, während er mit halb geschlossenen Augen genießerisch das Glas leerte. Sie plauderten noch eine halbe Stunde, dann brach Ovelmann auf. »Also, lieber Herr Aren, vielen Dank für den vergnügten Abend. Ich weiß nicht, wie es in den nächste Tagen mit meiner Zeit steht. Wollen wir es so halten, daß ich Sie anrufe und frage, ob und wann Sie Zeit haben? Dann bereden wir den sachlichen Teil.«

»Gewiß. Einverstanden. Nun seien Sie vorsichtig auf dem Linoleum. Halten Sie sich am Geländer fest. Ich begleite Sie hinunter. So, nun lassen Sie es sich gut bekommen. Auf Wiedersehen und herzlichen Dank für die gute Gesellschaft. Wie gesagt: Schade, daß dieser kleine Vorfall dazwischengekommen ist.«

Unter vielen Komplimenten verabschiedeten sie sich. Aren schloß die Haustür; aber er ließ sie nur einschnappen, ohne das

♠

Schloß zu sperren. Er ging langsam nach oben, schüttelte den Kopf und sagte: Merkwürdige Mischung zwischen Raffinement und Tölpelei. Er setzte sich an seinen Tisch, überlegte noch einiges und löschte dann das Licht aus. Er griff zum Telephon und verlangte eine Nummer. Nach einiger Zeit kam eine verschlafene Stimme, undeutlich grollend: »No?«

»Fifi«, sagte Aren leise in den Trichter. »Prompt!«

Ein undeutlicher Laut kam als Antwort. Dann wurde beiderseits abgehängt. Die Verständigung war hergestellt

Aren legte sich auf die Chaiselongue, nachdem er sich tastend vergewissert hatte, daß der Igel Fifi in seiner Tapferkeit wirklich in die äußerste Ecke gekrochen war. Er schaltete das Türsignal ein, stellte die Uhr mit dem leuchtenden Zifferblatt neben sich und schlief augenblicklich ein.

Kurz nach zwei Uhr weckte ihn das scharrende Geräusch des Signals. Unten ging die Haustür. Sie schloss sich wieder. Winkelmanns Klopfzeichen gegen das Treppengeländer wurde vernehmlich. Aren stand auf, zündete eine Kerze an und öffnete die Stubentür.

»Kommen Sie, Winkelmann. Und schimpfen Sie nicht, daß ich Sie aus dem Schlaf gerissen habe. Aber ich brauche Sie dringend.«

»Kaffee«, sagte Winkelmann lakonisch.

»Ich habe ihn warm gestellt. Bedienen Sie sich. Bei mir ist eingebrochen worden.«

»Gratuliere«, sagte der Kommissar kurz. »So etwas müssen Sie bei der nächtlichen Polizeiwache anmelden. Dafür bin ich nicht zuständig. Und das ist kein Grund, mich nachts aus dem Bett zu jagen.«

»Das übersehen Sie nicht, mein Lieber, denn dieser Einbruch ist ganz besonderer Art.«

Winkelmann schlürfte seinen Kaffe: »Bei Ihnen ist alles besonderer Art. Bei Ihnen gibt es nichts Einfaches.«

»Ganz recht. Darum habe ich gerade Sie gebeten, zu kommen. Es harrt Ihrer hier eine Aufgabe, die von Ihnen alle Finessen, allen Spürsinn und alle Gaben Ihres so reichen und umfassenden Verstandes verlangt.«

»Danke«, sagte der Kommissar. »Außerdem riecht es hier nach Blut.«

»Sehen Sie, wie gut es war, daß ich Sie auf Gerüche gedrillt habe?«

»Wenn ich das nicht gerochen hätte, als ich die Tür öffnete, wäre ich gleich wieder umgekehrt.«

»Das wären Sie nicht, Freund Winkelmann.«

»Das wäre ich auch nicht. Aber im übrigen rate ich Ihnen: Nehmen Sie Pilsener. Das schlägt nieder. Sie riechen stark nach Alkohol.«

»Nehmen Sie einen Schnaps«, sagte Aren. »Das wird Sie endlich wach machen. Oder soll ich mich an einen anderen Herrn wenden?«

Winkelmann nahm folgsam den Schnaps. »Sie wissen ja: ich tue immer, was Sie sagen. Aber darum mache ich aus Ihrer Sucht zum Experimentieren und zum Gespenstersehen kein Hehl.«

»Wir wollen uns nicht zu lange bei den gegenseitigen Komplimenten aufhalten. Ich will Ihnen lieber eine Kleinigkeit erzählen; allerdings nur einen Bruchteil des vergangenen Abends, beginnend mit dem Augenblick, als ich die Tür meines Hauses öffnete.«

Winkelmann hörte den Bericht aufmerksam an. Dann überlegte er: »Bis jetzt kann ich aus der Geschichte noch nichts machen.«

»Ich auch nicht, wenn ich ehrlich sein soll. Man muß eben sehen, wie man weiterkommt. Zu diesem Zwecke brauche ich Sie.«

»Wenn es brenzlig wird, brauchen Sie mich immer.«

»Das ist eine Selbsttäuschung. Ich brauche Sie im Augenblick nur deswegen, weil einige Ermittlungen anzustellen sind, die nicht ich, sondern nur die Polizei vornehmen kann.«

Die weitere Unterredung dauerte nicht lange; sie war aber dazu angetan, Winkelmann höchst wach und lebendig zu machen. Er nahm zum Abschied noch einen Benediktiner und verschwand dann eiligst. Aren legte sich auf die Chaiselongue zurück und schlief traumlos und zufrieden ein …

Zweites Kapitel

Schwester Henriette

Kurz vor acht Uhr klingelte bei dem Geheimrat Ismael am Bülowplatz schon der erste Patient. Er wünschte dringend, als erster vorgelassen zu werden. Das Hausmädchen führte ihn in das Wartezimmer und beschied ihn nach einer Weile, er müsse noch eine Viertelstunde warten. Der Patient dankte und griff zu der Lektüre auf dem Tische. Nach der angegebenen Zeit öffnete der Geheimrat die Tür zum Sprechzimmer: »Bitte, kommen Sie hier herein.«

Der Patient war ein elegant gekleideter Mann von etwa dreißig Jahren. Er hatte etwas Südliches in seinem Typ, etwas Unschuldiges und Verderbtes zugleich. Er erhob sich mühsam mit Hilfe eines Stockes, biß die Zähne zusammen und näherte sich stark hinkend.

»Nanu?« fragte der Geheimrat. »Verletzung?«

Der Patient lächelte schmerzlich: »Jawohl, Herr Geheimrat. – Danke, es geht schon.«

»Was ist Ihnen denn passiert? Kommen Sie hier auf den Liegestuhl. Warten Sie, ich helfe Ihnen.«

»Vielen Dank. Herr Geheimrat, ich muß vorweg bemerken, daß ich auf Ihre Diskretion angewiesen bin. Ich habe einen Schuß in das linke Bein bekommen, und zwar bei der Ausübung einer strafbaren Handlung.«

Ismael wich unwillkürlich vor dieser tollkühnen Selbstbezichtigung zurück. Er sagte zögernd: »Ich stehe unter meiner Verschwiegenheitspflicht als Arzt ...«

»Das weiß ich,« sagte der Mann, »und damit rechne ich. Damit muß ich rechnen, weil ich diese Stadt vorläufig nicht verlassen kann. Ich will Ihnen auch klar sagen, um was es sich handelt, damit

Sie mich nicht für einen gemeinen Verbrecher halten. Nein, wehren Sie nicht ab. Ich bin in die Wohnung eines Mannes eingedrungen, der kompromittierende Briefe einer Frau besaß, und dieser Frau bin ich verpflichtet. Offenbar war aber der Mann auf mein Kommen vorbereitet, denn er hatte einen Selbstschuß gelegt. Ich bitte Sie, mich schnellstens zu kurieren … weil ich den Einbruch wiederholen muß.«

»Alle Achtung vor Ihrem Mut; aber ich bin zu sehr Arzt, um an solcher Mitwisserschaft interessiert zu sein.«

Er machte sich energisch daran, dem Patienten das Beinkleid abzustreifen und den Verband zu öffnen.

»Gott sei Dank, kein schmutziges Taschentuch,« sagte er, »sondern Jodoformgaze. Ausschußöffnung ist nicht vorhanden. Dann muss ich Sie sofort unter den Röntgenapparat bringen. Bleiben Sie ruhig liegen. Ich rolle den Stuhl hinüber.«

Die Röntgenaufnahme wurde gemacht. Bis die Platte entwickelt war, saß der Patient, brennend vor Ungeduld, in einem kleinen Laboratorium. Das Fenster ging auf die Straße hinaus. Er öffnete es, weil ihn die Luft im Zimmer bedrückte. Da sah er durch den schmalen Spalt, daß auf der anderen Straße ein Mann stand, der das Haus sorgfältig beobachtete. Er lächelte verächtlich und schloß das Fenster wieder.

Die Röntgenplatte bestätigte, was der Arzt sich gedacht hatte: ein Geschoß von geringem Kaliber saß im Fleisch. Es hatte einen schräg nach oben verlaufenden, geraden Kanal geschlagen. Es genügte die vorsichtige Handhabung einer Sonde, um es mühelos zu entfernen.

Der Patient lag ruhig und beherrscht auf dem Operationstisch. »Eigentlich möchte ich Ihnen eine kleine Narkose geben«, sagte der Geheimrat. Aber der Kranke weigerte sich energisch. »Geht es nicht mit einer örtlichen Betäubung? Ich hasse diese anderen Mittel.«

»Na, dann versuchen wir es mit Chloräthyl. Viel hilft es nicht, aber der Schmerz wird nur kurz sein.«

Noch während er sich den Anschein gab, mit den Vorbereitungen beschäftigt zu sein, fuhr er plötzlich mit der Sonde in den Wundkanal, zog zurück und hatte ein kleines Stahlgeschoß entfernt, gerade, als der unvermutete Schmerz dem Patienten zum Bewußtsein kam und er alle seine Kräfte zusammenriß.

♠

»Nicht anspannen«, sagte Ismael. »Es ist schon alles in Ordnung. Hier ist das Ding. Die Sache ist ausnahmsweise glatt gegangen … ich meine die Verletzung.«

»Ja«, lachte der Patient und wischte sich einige Schweißperlen von der Stirn. »Dieses Mal ist es noch gut abgelaufen.«

»Schwester Henriette«, rief der Geheimrat in das Nebenzimmer. »Bitte, helfen Sie mir eben mit dem Verband.«

Die Schwester erschien, nickte stumm und half. Während Ismael zu einem Instrumentenschrank ging, beugte sie sich plötzlich über den Verletzten und fragte mit hastigem, fast drohenden Flüstern: »Wo ist der Plan?«

Der Mann riß die Augen auf, als sei ein Gespenst vor ihm aufgetaucht. Seine Finger krampften sich um das Gestänge des Tisches. Er hatte den Mund halb offen und hätte fast einen Schrei ausgestoßen, wenn die Schwester nicht mit einer kurzen, warnenden Bewegung den Finger an den Mund gelegt hätte. Sie sah ihn unaufhörlich durchdringend an. Aber er konnte sie nicht erkennen. Sie stand gegen das Licht und hatte ihre weiße Haube tief in die Stirn gezogen. Darunter konnte er nur einen schmalen Streifen tiefschwarzer Haare sehen. Die Züge schienen glatt und ebenmäßig; aber es war alles im Halbdämmern. Nur um den Mund glaubte er eine Falte von verbissener Energie zu erkennen. Eine böse Ahnung durchzuckte ihn. »Olly?« fragte er flüsternd.

Sie wandte sich mit einem Ruck ab, als habe sie Furcht, sich zu verraten. Mit leichten, schwebenden Schritten ging sie durch den Raum. Ihre Bewegungen waren so geschmeidig und beherrscht, daß er in seiner schreckhaften Ahnung bestärkt wurde, dieses sei nicht einfach nur eine Schwester, sondern eine Frau … die er überall zu finden geglaubt hätte, nur nicht hier. Wie leicht war es möglich, daß sie gehört hatte, was er dem Professor als Ursache seiner Verletzung angegeben hatte! Sie würde unschwer ihre Folgerungen daraus ziehen können. Vor Aufregung stöhnte er leise. Der Geheimrat sah auf: »Na, tut es weh?«

»Entschuldigen Sie, es ist nur ein kleines Zucken. Ich spüre nur ein ganz wenig Wundschmerz. Sonst nichts.«

»Den werden Sie auch wohl in den nächsten vierzehn Tagen noch spüren. Nun machen Sie vorläufig keine großen Experimente mit ihrem Bein. Legen Sie sich einige Tage ruhig hin. Wenn Sie wollen, können Sie wieder zum Verbinden hierherkommen. Es kann aber auch ein anderer Arzt tun. Ich sage Ihnen das ganz ehrlich mit Rücksicht auf meine sehr belastete Zeit.«

»Das ist Ihnen nicht zu verdenken, Herr Geheimrat. Darf ich Sie dann bitten, gleich zu liquidieren?«

Der Geheimrat nannte eine Summe, die nicht gerade gering war. Aber der Patient zahlte, ohne eine Miene zu verziehen. Er ließ zum ersten Male etwas von Unbehagen verspüren, als der Geheimrat sagte: »Ich bitte noch um Angabe Ihres Namens und Ihrer Wohnung. Ich bin als Arzt verpflichtet, Journal zu führen.« Und als er die verstörte Miene des anderen sah: »Das beeinträchtigt meine Verschwiegenheitspflicht als Arzt nicht.«

»Henry Alming«, sagte der Patient. »Dorotheenstraße 17.«

»Notieren Sie es, Schwester Henriette. Wünschen Sie Begleitung nach Hause, Herr Alming?«

»Danke, nein. Ich fühle schon wieder, daß ich mich auf meine Beine verlassen kann.«

Während die Schwester ihm beim Verlassen des Operationstisches half, immer mit tief gesenktem Kopf, flüsterte sie ihm auch noch einmal zu: »Hüte dich, wenn ich dich draußen treffe!«

Für eine Weile war er wieder nahe dran, die Beherrschung zu verlieren. Diese Drohung war deutlich. Aber die ganzen Umstände blieben verworren und erschreckend. »Olly?« fragte er noch einmal leise.

Sie gab mit keinem Zeichen eine Antwort. Sie geleitete ihn, halb hinter ihm gehend, bis zum Eingang des Wartezimmers. Da der Geheimrat in der Nähe war, sagte er: »Vielen Dank, Schwester. Bemühen Sie sich nicht weiter. Ich nehme mir unten einen Wagen.«

Da er starke Schmerzen beim Gehen verspürte, winkte er das erste Auto herbei, das über den Platz rollte. »Rolandstraße 9«, sagte er. - - -

Gegen elf Uhr vormittags lag Aren, mit einem dicken Wollschal um den Hals, auf seiner Chaiselongue und schmökerte planlos. Er sah recht elend und angestrengt aus. Eine große Flasche mit Emser Wasser stand neben ihm auf dem Rauchtisch. Er sah ungeduldig auf die Uhr, als wartete er auf etwas oder jemand. Er fluchte leise vor sich hin: »Ich hab doch kein Stroh im Kopf. Ich kann doch noch denken. Es gibt doch wohl noch Aufregungen in der Welt!« – Das

♠

Telephon rief. Er meldete sich, horchte aufmerksam und notierte: Rolandstraße 9.

Aber das war nicht das Ereignis, auf das er wartete. Diese Ermittlung der Adresse war keine große Leistung.

Seine Geduld wurde aber noch auf eine harte Probe gestellt. Dann hörte er endlich die Haustür gehen. Es kamen Schritte die Treppe hinauf. Es wurde gegen seine Zimmertür geklopft.

»Herein«, krächzte er und stand auf.

In der Tür erschien Ovelmann und sah ihn erstaunt und etwas zweifelnd an. Aber Aren war ganz unbefangen. Er sprach mit kräftiger, röchelnder Stimme: »Guten Morgen, Herr Ovelmann. Der Teufel soll Sie holen.«

Der andere stand immer noch in der Tür, von Mißtrauen und Unsicherheit gefoltert. »Warum denn?« fragte er verblüfft.

Aren wies auf seinen dick umwickelten Hals: »Das habe ich von dem Rotwein und dem Kaffee und dem Schnaps. Aber Ihnen fehlt nichts; und das gönne ich Ihnen nicht.«

»Das tut mir aufrichtig leid, lieber Herr Aren. Sie sehen tatsächlich elend aus.«

»Na, es wird vorübergehen. Womit kann ich Ihnen im Übrigen dienen, Herr Direktor? Aber so setzen Sie sich doch.«

»Danke, danke«, stotterte Ovelmann. »Ich wollte … es ist mehr, verstehen Sie, eine Art Neugierde. Als ich heute früh zur Fabrik hinausfuhr, sah ich aus purem Zufall, daß eine Krankenschwester zu Ihnen ins Haus ging. Da dachte ich mir: Was ist denn bei Aren los? Ich wollte eigentlich aussteigen, aber ich hatte keine Zeit, weil ich um zehn Uhr eine Besprechung in der Stadt hatte. Und wie ich zum zweiten Male hier vorbeikomme, sehe ich doch, weiß Gott, wieder dieselbe … wieder eine Krankenschwester herauskommen. Da sagte ich mir: sofort nach der Konferenz gehst du hin und siehst nach, was da los ist.«

»Das ist reizend von Ihnen. Was für eine glänzende Beobachtungsgabe Sie haben! Aber Sie haben richtig beobachtet. Es war die alte Polizeischwester Grete. Wir beide lieben uns unglücklich. Ehe sie in Dienst ging, habe ich sie angerufen, weil ich Halsschmerzen hatte.«

»Das ist doch kein Grund, eine Krankenschwester anzurufen, Sie Held!«

♠

»Sie bemuttert mich,« sagte Aren verschämt, »und ist beleidigt, wenn ich ihr nicht jede Kleinigkeit melde. Sogar Emser Kränchen hat sie mir besorgt. Unter uns gesagt: Château Lafitte ist mir lieber.«

»Glaub ich Ihnen auf's Wort. So, nun entschuldigen Sie die Störung. Ich muß weiter. Gute Besserung. Seien Sie nächstes Mal solider.»

»Das ist Sache des Schicksals«, sagte Aren trocken und verabschiedete seinen Besucher.

Als er allein war, wickelte er sich den langen, warmen Schal vom Halse und lachte: »Solch ein Stümper! Solch ein plumper Bursche!« Dann nahm er aus der Flasche mit Emser Kränchen einen tüchtigen Schluck … Kognak. »So«, sagte er befriedigt. »Das wäre das Vorspiel. Jetzt kann der erste Akt mit seinen eigentlichen Verwicklungen beginnen.«

Er rief Winkelmann an: »Lieber Winkelmann, bis jetzt ist alles programmgemäß und … ohne Ergebnis verlaufen. Aber gegen Abend muß ich Sie doch noch mal sprechen. Ich habe leider Stubenarrest. Also bei mir? Schön.«

Während dieses Arrestes, den er sich im Interesse der Sache auferlegt hatte, war Aren keineswegs müßig. Er fertigte eine ganze Reihe von Zeichnungen an, die er immer wieder vernichtete. Er schrieb sich dann eine Reihe von Gedanken auf, und zwar jeden auf einen besonderen Zettel. Diese Zettel breitete er auf dem Tische aus und schob sie wie Figuren auf einem Schachbrett durcheinander.

»Bis jetzt«, seufzte er, »ist die Eröffnung beiderseits recht kläglich. Ich könnte ihm ja den einen Bauern schlagen, aber ich weiß nicht, was damit gewonnen ist. Ach was, man muß es einfach riskieren. Entweder er reagiert nicht, dann ist er jedenfalls um einen Bauern ärmer; oder er geht zur Offensive über, und dann ist wenigstens sein Angriffsplan zu übersehen. Also wagen wir es.«

Er verbrannte die Zettel, nahm zur Stärkung wieder einen Schluck Emser Kränchen und bereitete sich dann sein Abendbrot. Er hatte kaum abgeräumt und alles für die Aufwartefrau in die Küche getragen, als Winkelmann erschien.

»Na, kommt jetzt etwas mehr?« fragte er begierig.

»Es kommt bestimmt etwas; aber ich weiß noch nicht, ob es wichtig ist.«

Nun erteilte er Winkelmann wieder einen Auftrag, den dieser mit allen Zeichen des Unglaubers und Widerstrebens entgegennahm. Aber als Aren ihm eine Wette anbot, daß dieser Auftrag das gewünschte Ergebnis haben würde, wich er zurück: »Nein, das riskiere ich doch nicht. Sie bleiben also zu Hause, bis ich komme oder anrufe?«

»Abgemacht. Ich werde auch diese Nacht nicht ins Bett kommen und mit der Chaiselongue vorliebnehmen müssen.«

»Na,« brummte der Kommissar. »wenn Sie recht haben, bekomme ich auch keine Ruhe. Also kein Grund, Mitleid mit Ihnen zu haben.« – –

Gegen ein Uhr nachts schnarrte das Türsignal. Aren fuhr aus dem Schlaf und machte Licht. Winkelmann kam und brachte den kleinen Buchbinder Jäger mit. Der war äußerst aufgeregt und fiel gleich mit einem Schwall von Worten über den Detektiv her: »Nee, wissen Sie, lieber Mann, ich hab' mir die Sache doch anders vorgestellt. Ich kann jetzt noch nicht richtig wieder Atem holen. Das mach' ich nie wieder mit. Um keinen Preis.«

»Nun ist es doch vorüber, lieber Herr Jäger. Ich kann Ihnen versichern, daß Sie von jetzt an Ruhe haben werden. Sie sehen aber, daß die Sache auch dann aufregend ist, wenn die Beteiligten äußerlich sehr ruhig erscheinen. Ich habe Ihnen aber gestern versprochen, daß ich Ihnen erzählen wollte, was aus der Geschichte geworden sei. Dieses Versprechen will ich jetzt einlösen, soweit das im Augenblick möglich ist. Auch unser lieber Freund Winkelmann weiß noch nicht alles, während er Dinge kennt, von denen ich noch nicht weiß. Also lassen Sie mich den ersten Teil des Dorfspiels referieren. Späterhin, vielleicht erst nach langen Wochen oder gar nach einigen Monaten, werde ich weiter berichten können:

Gestern nachmittag saß ich friedlich hier in meinem Zimmer und schmökerte in einem Buche, den ›Satyren des Ariost‹. Ich habe es in einem kleinen Trödelladen der St.-Martini-Gasse entdeckt. Das Buch stammt angeblich aus einem Nachlaß. Als ich so mitten in der Lektüre bin, klingelt das Telephon, und es meldet sich der Direktor Ovelmann von den Zeinithwerken. Er bittet mich um eine Zusammenkunft, um Kontrollmaßnahmen zu besprechen, die er in seiner Fabrik treffen wollte. Als Zeit dafür war neun Uhr abends im

Savoy vereinbart. Ich fragte so ganz nebenher, ohne mir eigentlich etwas dabei zu denken, ob noch mehr Herren kommen würden. Da stotterte Ovelmann einen Augenblick und sagte, er wüßte es nicht. Ich gebe Ihnen zu, daß ich darauf erst nachträglich aufmerksam wurde, als ich anfing, über das Gespräch nachzudenken.«

Winkelmann unterbrach: »Was für einen Anlaß zum Nachdenken hatten sie denn?«

Aren wies auf seinen Wandspruch: »Eigentlich nur den da; und dann den Ärger über die Störung; und zuletzt wohl der Instinkt, der jedem im Blute liegt und von dem die wenigsten Gebrauch machen. In meiner Verärgerung und Zerstreutheit rufe ich bei den Zeinithwerken an und lasse mich mit Direktor Ovelmann verbinden. Ich habe nicht mit ihm gesprochen, sondern nur einige Worte von ihm gehört. Aber die genügten mir, um festzustellen, daß das unter keinen Umständen die Stimme war, die ich vorher am Telephon gehört hatte. Die erste Stimme war breit, schwer und dunkel. Diese Stimme war scharf, hell, fast etwas grell. Eine Verwechslung war ganz unmöglich. Darum wurde mein Mißtrauen so heftig, daß ich nicht umhin konnte, nach Möglichkeiten zu suchen, die hier etwas unklar erscheinen ließen.

Und das war gar nicht so schwer, wie es scheinen möchte. Stellen Sie sich vor, meine Herren: in einem gut geleiteten Werk, das kostbares Material verarbeitet, kommen Unregelmäßigkeiten vor. Der Direktor sagt mir, sie kämen trotz strengster Kontrolle vor. Der Detektiv soll also helfen, hier Aufklärung zu schaffen. Was tut man unter solchen Umständen? Man geht in die Fabrik und sieht sich zunächst mal die ganze Sache an: die Arbeitsstellen, die Ankleide- und Untersuchungsräume, die Eingänge und Ausgänge, die Möglichkeiten, etwas zu verstecken und so fort. Und wenn das alles geschehen ist, dann setzt man sich mit den Direktoren zusammen und läßt sich die augenblicklichen Kontrollmaßnahmen erklären.

Aber nichts von dem geschah. Man bestellt mich für abends neun Uhr in ein feudales Restaurant, also an einen denkbar ungeeigneten Ort, um solche Dinge zu bereden. Man weiß noch nicht einmal, ob die anderen Direktoren, die doch schließlich dasselbe Interesse haben sollten wie Herr Ovelmann, auch dorthin kommen werden. Nimmt man hinzu, daß schon nach meinem Anruf in den Zeinithwerken feststand, daß Ovelmann eins ein ganz anderes Organ hatte als Ovelmann zwei, so ist der Schluß von selbst gegeben, nicht wahr?«

»Der Schluß meines Verstandes ist nur gegeben«, meinte der kleine Jäger. »Sonst aber gar nichts.«

»Seien Sie nicht zu bescheiden«, sagte Aren. »In jedem Menschen steckt die Fähigkeit zu einem Detektiv, wenn er sie nur entwickeln will, das heißt, wenn er Gehirn und Phantasie hat. Überlegen Sie doch: es bittet mich jemand für eine späte Abendstunde in ein feudales Restaurant im Zentrum der Stadt. Nach dem, was ich Ihnen gesagt habe, ist nicht wahrscheinlich, daß er mir ernsthaft etwas über die Zeinithwerke erzählen will. Er kann gewiß davon erzählen und allerhand Märchen vorbringen; aber im Grunde liegt ihm an meiner Meinung und Beratung nichts, denn er hat ja nichts mit dem Werk zu tun. Das Restaurant ist auch nicht der geeignete Ort, um mich totzuschlagen. Also was kann er wollen?«

»Sie aus Ihrer Wohnung locken!« rief Jäger.

»Sehr richtig. Ihm liegt daran, daß ich an diesem Abend für einige Stunden nicht zu Hause bin. Ich sagte schon: auf mich selbst kann man es nicht abgesehen haben. Kommt also nur meine Wohnung in Betracht. Man will die Möglichkeit haben, sich hier etwas umzusehen. Weitere Frage: Was gibt es bei mir an wichtigen Dingen zu sehen? Ich will nicht sagen, daß ich ärmlich lebe; aber ich lebe einfach. An den paar Sachen, die hier liegen und stehen, kann wirklich keinem Menschen gelegen sein. Was zum Teufel wollte man hier finden? Ich ging jedes Stück einzeln durch, jeden Gegenstand, sogar jedes Buch. Es blieb ganz zuletzt nur der Ariost übrig, den ich bei dem Trödler gekauft hatte. Es steckten doch keine verborgenen Schätze darin wie bei einem alten Klosterbuch, wo meinetwegen im Deckel etwas eingeklebt ist, etwa eine kostbare Handschrift oder eine wertvolle Miniatur. Um mich von der Sinnlosigkeit einer solchen Idee zu überzeugen, nahm ich ein Federmesser und löste vorsichtig eine Ecke des Pergamentumschlages vom Pappdeckel ab … und siehe da: zwischen Pergament und Pappe liegt ein Blatt Papier, mit Zeichen darauf.«

»Wo? Wo ist das?« rief Winkelmann und sprang auf. »Ruhe, Ruhe«, mahnte Aren. »Das trage ich wohlgeborgen auf meinem Herzen. Nur Herr Jäger hat es bisher gesehen.«

»Aber ich bin nicht daraus klug geworden«, gestand Jäger.

»Kein Grund zum Schämen, mein Herr; denn ich bin auch nicht sofort daraus klug geworden. Jedenfalls war ein solches eingeklebtes Blatt nichts Alltägliches, und die Zeichen selbst schienen mir noch auffälliger. Beides zusammen ergab die Möglichkeit – ich betone: die Möglichkeit –, daß man es auf dieses Buch abgesehen hatte, beziehungsweise auf dieses Blatt. Was blieb also zu tun? Zu Hause bleiben? Das wäre vorsichtig, aber dumm gewesen, weil ich ja dann nichts an Aufklärung bekommen haben würde; und Sie werden verstehen, daß mir an einer Aufklärung viel gelegen war. Sollte ich nun zum Savoy gehen und das Buch hier liegen lassen? Das wäre auch dumm gewesen, denn dann wäre es vermutlich bei meiner Heimkehr samt dem Blatt verschwunden gewesen, und ich wäre um nichts klüger geworden. Ich habe den einfachen Mittelweg genommen: ich habe das Buch hier gelassen, aber ohne den Zettel. Herr Jäger war so freundlich, das Buch im Eiltempo neu zu binden und das Blatt sorgfältig herauszutrennen.«

»Aha«, sagte Winkelmann. »Daher der Zusammenhang.«

»Ja«, bestätigte Aren. »Das ist der erste Zusammenhang. Der Vorteil meiner Methode wird einleuchten. Ich konnte durch Sie feststellen, ob man es wirklich auf das Buch oder auf das Blatt abgesehen hatte, und brauchte darum das Blatt doch nicht aus den Händen zu geben. Aber es konnte mir nicht genügen, zu wissen, ob man es darauf abgesehen hatte; ich wollte auch gerne wissen, wer Absichten auf das Buch hatte. Natürlich stand für mich von vornherein fest, daß es sich nicht um eine einzelne Person handeln konnte, denn wenn mich einer im Savoy erwartet, um mich dort mit unnützen Gesprächen festzuhalten, mußte ein zweiter sich inzwischen mit meiner Wohnung beschäftigen. Ich selbst hingegen konnte nicht an beiden Orten zu gleicher Zeit sein. Darum mußte ich dem Besucher für alle Fälle einen Stempel aufdrücken, an dem ich ihn später wiedererkennen konnte.«

Der Kommissar lachte: »Das ist ein solider Stempel geworden.«

»Wieso?« fragte Jäger.

»Kommt sofort. Ich ließ mir von dem alten Waffenmeister bei Gersing einen kleinen Selbstschuß legen, ehe ich die Wohnung verließ, und begab mich dann in das Savoy. Dabei ist eine kleine Nach-

♠

lässigkeit des Herrn Ovelmann zu vermerken: er hatte schlechthin das Savoy als Treffpunkt angegeben. Wie sollte ich da unter hundert Leuten den mir unbekannten Herrn herausfinden? Er aber musste mich offenbar kennen, und das war weiterhin verdächtig. Wie sollte er dazu kommen? Ich lasse mich grundsätzlich weder abbilden noch photographieren. Mein Gesicht ist Gott sei Dank ausdruckslos genug, um nirgends aufzufallen. Ich zeige mich wenig, und wenn ich arbeite, tue ich es fast immer in irgendeiner Maske. Der Herr Ovelmann mit der breiten Stimme mußte mich aber kennen. Er stand auch sehr bald, nachdem er mich erblickt hatte, von einem Tische auf und begrüßte mich. Wir haben dann über alle möglichen Dinge gesprochen, aber nicht über die Zeinithwerke. Ich habe gar kein Hehl daraus gemacht, daß ich ihn durchschaute; und er hat kein Hehl daraus gemacht, daß er das sehr wohl merkte. Ich hatte mich darauf präpariert, ihn betrunken zu machen, und er hatte sich darauf präpariert, mich betrunken zu machen. Als wir uns in unseren Absichten erkannt hatten, gaben wir das Wetttrinken auf und gingen, um noch einen guten Kaffee zu haben, in meine Wohnung.«

»Wie?« riefen Winkelmann und Jäger wie aus einem Munde. »Das haben Sie riskiert?«

»Aber meine Herren, das mußte ich doch! Glauben Sie denn, ich gebe mein gutes Geld umsonst aus? Ich hatte an dem ganzen Abend doch noch nichts Positives erreicht. Ich mußte mich demnach bemühen, wenigstens den Kreis meines Wissens zu erweitern. Darum nahm ich ihn mit nach Hause. Da haben wir denn festgestellt, daß der Schuß prompt seine Wirkung getan hatte. Aber zugleich war auch das Buch verschwunden. Die Leistung imponierte mir. Sie beweist, daß ich es mit intelligenten und tollkühnen Leuten zu tun habe, die sich auch durch eine Schußwunde nicht behindern lassen, das zu tun, was sie wollen. Zugleich wurde mir dadurch der Wert des Blattes bestätigt: man nimmt einen Schuß in Kauf, nur um das Buch mit dem eingeklebten Blatt in die Hände zu bekommen.«

»Wie hat sich der falsche Ovelmann denn benommen?« fragte Winkelmann.

»Eigentlich sehr nett. Er hat alles geglaubt, was ich sagte. Er hat mich für so naiv gehalten, wie ich mich stellte.«

»Erklären Sie das doch, bitte«, sagte der Buchbinder.

»Gerne. Nehmen wir an, Sie erwarten einen Verbrecher und legen zu seiner Begrüßung einen Selbstschuß. Würden Sie das dann mit großen Buchstaben an die Tür schreiben?«

»Bestimmt nicht. Haben Sie es etwa getan?«

»Jawohl. Ich stellte mir vor, wenn der Besucher kommt und das Schild liest, wird er sich sagen: das ist aber ein naiver Jüngling, wenn er glaubt, ich ließe mich dadurch abschrecken. Ich denke gar nicht daran. Er öffnet … und es knallt. Also ist der Beweis der Naivität geliefert. Ovelmann hat auch daran geglaubt. Er hat unter allen Umständen auch daran geglaubt, daß ich über den Verlust des Buches böse sei!«

»Wieso denn?« fragte Jäger.

»Ich sagte ihm, daß ich gerade dieses Buch neu hätte binden lassen und es just vom Buchbinder geholt hätte. Da zuckte er zusammen, als ob er sich auf Stecknadeln gesetzt hätte. Dann interessierte er sich mit einem Male für alte Bücher und Buchbinder und wollte wissen, wo ich binden lasse. Und ich in meiner Naivität sagte es ihm auch, jedenfalls so andeutungsweise, daß er Sie finden mußte, wenn ihm daran gelegen war. Und es blieb mir nichts anderes übrig, als ihn auf Sie zu hetzen. Wenn er mir überhaupt glaubte, dann würde er auch versuchen, das herausgetrennte Blatt noch bei dem Buchbinder zu finden. Dazu mußte er aber in der folgenden Nacht bei Ihnen einbrechen oder einbrechen lassen. Damit hätte ich dann eine neue Bestätigung über den Wert des Blattes. Eventuell aber auch Aufklärung darüber, ob noch mehr Herren an dem Unternehmen beteiligt sind. Herr Winkelmann wird mir darüber gleich berichten können. Ich will nur mit dem zu Ende kommen, was ich Ihnen noch sagen kann. Ich hatte bei der ganzen Sache den Eindruck, als ob es sich bei Herrn Ovelmann um einen Menschen handelte, der etwas Geld hinter sich hatte. Dafür sprach sein ganzes Auftreten. Wer so viele Weinsorten kennt wie er, der ist mindestens schon mal in der Lage gewesen, sie sich zu leisten. Also war für seine Mitarbeiter, wenn ich diesen Ausdruck gebrauchen darf, anzunehmen, daß auch sie nicht mittellos sein würden. Einer der Mitarbeiter hatte sich nun im Dienste der guten Sache eine kleine Verletzung zugezogen, für die er unter allen Umständen einen Arzt aufsuchen mußte. Und zwar würde er zu einem Arzt hingehen und

♠

nicht den Arzt zu sich kommen lassen, weil auf alle Fälle das Risiko sehr groß war, seine Wohnung zu verraten. Er mußte, um sicher zu gehen, auch möglichst früh einen Arzt aufsuchen. Er würde endlich, so schloß ich weiter, zu einem der sogenannten besseren Ärzte gehen. Da ist man sicher, diskret behandelt zu werden, und man kann über die Ursache seiner Verletzung irgendeine gutklingende Erzählung anbringen. Darum habe ich Herrn Winkelmann gestern nacht gebeten, sich mit den sogenannten prominenten Privatärzten in Verbindung zu setzen und mir Bescheid geben zu lassen, wo ein Patient mit einem Beinschuß auftauchen würde. Von sieben Uhr an stand ich als eine der – verzeihen Sie die naive Überzeugung – nettesten Krankenschwestern bereit, die ich seit langem gesehen habe.«

Jäger lachte vor Vergnügen: »Mit diesem Organ haben Sie das gewagt?«

»Das Organ habe ich sehr geschont«, sagen Aren. »Ich habe nur geflüstert, und zwar Dinge, die nicht einmal der Geheimrat gehört hat. Beim Verbinden habe ich mal sachte angefragt, wo der Plan sei.«

»Sieht Ihnen ähnlich«, grinste Winkelmann. »Vermutlich wird er Ihnen aber die Auskunft verweigert haben.«

»Richtig«, sagte Aren. »Er konnte auch vor Schreck gar nicht reden. Aber mich interessierte auch weniger die Auskunft, als erstens die Besichtigung meines Besuchers, sodann die Feststellung, ob etwa noch weitere Personen an dem Unternehmen beteiligt seien. Und das ist der Fall. Es ist noch eine Frau daran beteiligt, die Olly heißt.«

»Woher wissen Sie das?« fragte der Kommissar.

»Er hat selbst diesen Namen genannt. Aber so entsetzt, daß es sich bei dieser Olly nur um eine Gegenspielerin handeln kann. Das macht die Sache noch komplizierter. Im übrigen hat er einen falschen Namen und eine falsche Wohnung angegeben. Aber das versteht sich ja von selber.«

»Ich verstehe nur nicht,« sagte der Buchbinder, »warum Sie ihn nicht haben festnehmen lassen.«

»Das ging nicht. Ismael hat mir nur erlaubt, ihn zu sehen. Alles andere wäre ein Verstoß gegen seine ärztliche Verschwiegenheitspflicht gewesen. Aber im übrigen hätte es auch gar keinen Zweck gehabt. Was hätte ich davon? Was hätte ich ihm beweisen können?

♠

Daß er einen Schuß ins Bein bekommen hat, und daß ein solcher Schuß auch aus meinem Selbstschuß stammen konnte. Mehr nicht. Dann hätte ich immer noch nicht gewußt, was es mit dem Plan auf sich hat, der auf dem Blatt gezeichnet steht. Und um einen Plan handelt es sich zweifellos. Ein Schrifttext ist es nicht. Endlich ist nicht zu vergessen, daß wir erst in den Anfängen sind. Ich kann doch die Figuren nicht gleich vom Schachbrett herunternehmen, ehe das Spiel richtig angefangen hat. Jedenfalls habe ich dem Herrn den guten Rat gegeben, sich vorläufig nicht außer dem Hause sehen zu lassen. Er wird das schon vor lauter Angst nicht tun, und das wird unsere Beobachtungen erleichtern, da wir ihm dann nicht nachzusteigen brauchen.«

»Ich glaube,« unterbrach ihn Winkelmann, »er wird höchstens mißtrauisch geworden sein und so bald als möglich verschwinden.«

»Er wird nicht verschwinden, obgleich er mißtrauisch ist. Er wird sogar sehr mißtrauisch sein und auf die Idee kommen, ob Aren nicht selber die Krankenschwester war. Aber dieses Mißtrauen ist inzwischen schon beseitigt. Ich habe nämlich noch folgendes mitzuteilen. Um mich als Krankenschwester herzurichten, habe ich in aller Frühe die alte gute Polizeischwester Grete zu mir gebeten. Sie hat mich nach allen Regeln der Kunst hergerichtet. Dann habe ich das Haus verlassen, während Schwester Grete im Hause blieb. Sie ist erst weggegangen, als ich wieder zurückkam. Dieser Vorgang ist genau beobachtet worden, und zwar von Ovelmann.«

»Beweisen! Beweisen!« schrie Winkelmann aufgeregt.

»Ovelmann war gegen elf Uhr selbst bei mir. Tableau? Nicht wahr? Ich hatte mich darauf vorbereitet und einen dicken Schal um meinen Hals gebunden. Er war sichtlich erstaunt, mich anzutreffen. Er mußte annehmen, daß ich, falls ich seinem Freunde als Krankenschwester assistiert hätte, unmöglich zu Hause sein könnte, wenn ich als Krankenschwester wieder die Wohnung verlassen hatte. Nun hatte eine Krankenschwester die Wohnung verlassen, und ich war doch zu Hause. Also konnte ich nicht mit der Krankenschwester identisch sein. Er konnte zwar auf die Idee kommen, daß es dann eben zwei Krankenschwestern gegeben habe, aber er sah doch, daß ich selber krank war. Sie wollen sagen, Winkelmann: plump. Zum

♠

hundertsten Male meine Antwort: es kommt auf die wahrscheinliche Wirkung eines Mittels oder einer Methode an.« Zum Nachweis zeigte Aren den Schal und die Flasche mit Emser Kränchen, aus der sich die beiden Besucher mit Ergötzen stärkten.

»Es sind also an dem Plan interessiert: der falsche Ovelmann, der falsche Alming und die unbekannte Frau mit dem wahrscheinlichen Namen Olly ...«

»Und der Taubstumme«, ergänzte Winkelmann. »Denn jetzt komme ich an die Reihe. Sie haben ganz richtig vorausgesehen, daß Ovelmann versuchen würde, bei Herrn Jäger das Blatt noch zu finden. Ich habe Ihrer Anweisung gemäß zwei handfeste Kriminalbeamten aufgestellt. Vor gut zwei Stunden stieg ihnen denn auch ein Mann in blauer, ganz netter Monteuruniform in die Arme. Er hatte nur neue Sachen an, die kein besonderes Merkmal tragen. Das ist sehr vorsichtig. Das Besondere ist, daß der Mann taubstumm ist. Er antwortet auf keine Frage. Wir haben einen Taubstummenlehrer aus dem Schlaf geholt und alle erdenklichen Experimente mit ihm anstellen lassen. Aber er antwortet einfach nicht. Er sah sich alles an, verstand offenbar alle Zeichen, die ihm der Lehrer machte; weigerte sich aber, irgendetwas zu äußern. Er machte nur einmal eine Bewegung, als wollte er sagen: Gebt euch doch keine Mühe; ich sage doch nichts. Papiere hat er natürlich nicht. Uns blieb nichts übrig, als den Mann festzuhalten.«

»Dumm«, sagte Aren. »Aber wieder ein Beweis, daß die Herren gut organisiert sind ... und daß wir nach wie vor nichts, aber auch gar nichts wissen. Waren Sie beim Trödler, Herr Winkelmann?«

»Jawohl. Auftragsgemäß. Und da gibt es etwas sehr Lustiges zu berichten. Unmittelbar nachdem Sie das Buch gekauft hatten, hat sich ein untersetzter, breiter Herr eingefunden, der es kaufen wollte. Er hätte es am Morgen zufällig in der Auslage gesehen. Der Trödler hat bedauert. Der untersetzte Herr hat erklärt, er sei Sammler, es sei Ehrensache für ihn, seinen Konkurrenten das Buch abzujagen. Ob er den Käufer nicht beschreiben könne. Das habe er, der Trödler, nach bestem Können getan, zumal ihm der Herr eine indische Bronze abgekauft habe.«

»Aha«, sagte Aren. »Daher ist Ovelmann auf mich verfallen. Mein

Gesicht scheint also doch nicht so ausdruckslos zu sein, wie ich es für meine Zwecke nötig habe. Na, und weiter?«

»Dann habe ich noch ermittelt, woher er die Sachen hat. Sie stammen alle aus dem Nachlaß eines alten Farmers, der früher in Ceylon lebte und sich seit einem halben Jahre hier in der östlichen Vorstadt zur Ruhe gesetzt hat. Er war als Miquel gemeldet. Der Hauswirt hat die paar Sachen, die er hatte, wegen der rückständigen Miete versteigern lassen. Da hat sie der Trödler erworben. Als Todesursache hat der Kreisarzt Arterienverkalkung festgestellt. Mehr ist nicht zu ermitteln.«

Aren hatte den Kopf in die Hände gestützt und war sehr nachdenklich geworden. Seine Lippen bewegten sich in unhörbarem Selbstgespräch. Dann sprang er plötzlich auf und rief: »Es ist nicht auszudenken! Es wäre zu schön! Winkelmann, ich sage Ihnen: wir kommen mit der Sache weiter. Ich hab' einen Lichtblick bekommen. Schnell, wo ist das Emser Kränchen? Stärken Sie sich, meine Herren. Wir bekommen Arbeit. Aber erst will ich darüber schlafen. Gute Nacht, meine Herren. Gute Nacht.«

Er drängte seine Besucher zur Tür hinaus. Winkelmann und Jäger blieben auf der Straße stehen. Aber sie stellten fest, daß das Licht in Arens Wohnung nicht erlosch. »Passen Sie auf,« sagte der Kommissar, »er denkt gar nicht daran, zu schlafen. Er arbeitet. Er spricht mit seinem Igel Fifi. Und wenn er das tut, dann gibt es etwas Neues.«

Drittes Kapitel

Der Taubstumme

In der Staatsbibliothek saß seit geraumer Zeit der Detektiv Aren. Während er in den ersten Tagen ruhig und mit fast heiterer Miene arbeitete, wurde er von Mal zu Mal nervöser und brummiger. Irgendetwas schien seinen Erwartungen nicht zu entsprechen, ja, es schien ihn sogar derartig aus der Fassung zu bringen, daß er sich selbst und sein Äußeres völlig darüber vernachlässigte. Er war unrasiert und hatte zuweilen einen Kragen an, den er besser in die schmutzige Wäsche getan hätte. Er trug auch zuweilen eine Brille und kaute an seinem gelben Bleistift. Er wälzte Bücher über Indien, unaufhörlich, in allen Einzelheiten, mit einer verbissenen Eindringlichkeit. Die Beamten der Bibliothek wurden schon mißtrauisch und waren ganz darauf eingestellt, ihm immer nur ein Buch zur Zeit zu geben, da sie in diesem Leser einen Bücherdieb vermuteten. Aber durch Zufall erfuhren sie, wer der eifrige Leser sei, und daß er mit einem Problem beschäftigt war, das er nicht lösen könne. Sie versuchten, ihm mit ihren eigenen Kenntnissen zu helfen; aber er war derartig überreizt, daß er schroff jede Unterstützung ablehnte: »Wenn ich es nicht selber lösen kann, dann soll es eben ungelöst bleiben.«

Auch Ovelmann erfuhr davon, sei es durch Zufall, sei es, weil er sich um das Tun und Lassen seines Gegners kümmern mußte. Er wagte es, kurzerhand zu Arens Wohnung zu gehen, gegen Abend, als er annehmen konnte, daß Aren von seinem ergebnislosen Studium zurück sei. Aber schon an der Haustüre empfing ihn die Aufwartefrau, breit, respektabel, drohend: »Herr Aren ist nicht zu Hause. Er ist verreist.«

♠

Ovelmann lächelte: »Verehrte Frau, ich sehe ja, daß Licht in seinem Zimmer ist.«

»Er ist aber nicht da. Jedenfalls ist er nicht zu sprechen. Guten Abend.«

Sie wollte die Türe zuschlagen. Aber Ovelmann hielt seinen Fuß dazwischen: »Einen Augenblick noch, liebe Frau. Bestellen Sie ihm bitte, daß Herr Ovelmann da gewesen wäre. Ich komme morgen abend wieder und hole mir Bescheid. Das heißt: wenn Sie es erlauben.«

»Am Wiederkommen kann ich Sie nicht hindern«, knurrte die Alte. Ovelmann ging noch einmal auf die andere Straßenseite, um ganz sicher zu sein. Er sah den langen, schmalen Schatten Arens ruhelos am Fenster vorbeihuschen und wieder verschwinden.

Am nächsten Abend erschien er wieder, um sich die Antwort zu holen. Die Aufwärterin hatte ihn schon erwartet. Sie kam die Treppe herunter, löste die Sperrkette und sagte durch den Spalt der Tür: »Schönen Gruß von Herrn Aren, und Sie sollen sich zum Teufel scheren.« Dann knallte die Tür zu. Die Sperrkette wurde vorgelegt. Das Licht im Treppenhaus erlosch. Aber der wandernde Schatten war nach wie vor zu sehen. – – –

Ovelmann schlenderte langsam durch die Straßen. Vor einem Hause an der Rolandstraße piff er leise eine Melodie, ging aber an dem Hause vorüber, ohne es scheinbar zu beachten. An der Ecke der Straße machte er kehrt. Diesmal ging er ohne weiteres in das Haus hinein und klingelte an der Tür der unteren Wohnung. Hinter der Glasscheibe meldete sich eine Frauenstimme: »Zu wem wollen Sie?«

»Zu Herrn Alming.«

Es wurde ihm geöffnet. Mit der Sicherheit des Nachtwanderers ging er den dunklen Korridor entlang, tastete, als er in der Mitte war, nach einer Türklinke und trat ein, ohne anzuklopfen. »Tag«, sagte er verdrießlich.

Alming (oder Mingal, wie er in Wirklichkeit hieß) lag in einem Sessel und las. Er hob den Blick kaum von dem Buche auf. »Na, was Neues?«

»Einen schönen Gruß hat er mir bestellen lassen, und ich möchte mich zum Teufel scheren.«

»Ich habe ihn überschätzt«, sagte Mingal verächtlich. »Es hat nur Zweck, einen intelligenten Gegner zu haben; denn der rührt sich und setzt sich in Bewegung. Dieser hier verkriecht sich in seinem Bau und wartet, wahrscheinlich, daß wir den ersten Hieb riskieren.«

»Ich traue ihm nicht«, schimpfte Ovelmann. »Er hat eine Form der Naivität, die unberechenbar ist.«

»Gewiß, aber gefährlich kann sie erst werden, wenn sie zum Bewegungskrieg übergeht. Und da glaube ich, ihm gewachsen zu sein. Verflucht noch mal, jetzt sitzen wir hier volle vier Wochen herum und sind um nichts weitergekommen. Und diesen ewigen Wohnungswechsel habe ich bald satt; ebenso die Lektüre von modernen Büchern. Ich hätte im Leben nicht gedacht, daß aus mir noch einmal eine Bücherratte werden könnte.«

Ovelmann lachte gereizt: »Du meinst wohl immer noch, es ginge hier so wie unten, ja? Wenn es nicht klappt, dann mit Revolver und Dynamit. Du scheinst an deine Rückkehr nach Europa noch immer nicht zu glauben.«

»Ich glaube leider nur zu sehr daran, oder besser gesagt: wir müssen eben daran glauben. Ich fürchte nur, auf die Dauer werde ich die Nerven verlieren. Ob sich der Kerl wirklich einbildet, er könnte in der Staatsbibliothek den Plan entziffern? Im günstigsten Falle bekommt er heraus, daß er sich auf Ceylon bezieht ...«

Ovelmann unterbrach ihn: »Alles das scheint mir im Augenblick nicht so wichtig wie die Tatsache, daß wir vermutlich zwischen zwei Feuern stehen.«

»Gott segne deine Naivität, lieber Ovel. Dieses ›vermutlich‹ ist reizend. Wir stehen unter allen Umständen zwischen zwei Feuern. Ich nahm an, das würde deine erste Frage heute sein.«

»Entschuldige. Du hast recht. Also, was ist mit Olly?«

»Verschwunden. Vom Hauspersonal weiß niemand etwas. Sie sagen, es kämen öfter Schwestern nur zur Aushilfe oder für kurze Zeit zur Ausbildung. Wenn dringende Fälle vorlägen, würde auch diese oder jene Schwester vom Heim angefordert. Sie glauben, daß eine Schwester Henriette da war, aber sie wissen nicht, wann und wie lange.«

Ovel – das war sein richtiger Name – überlegte. »Es war unklug von dir, dich mit Olly zu überwerfen. Schließlich hat sie dir schon viel im Leben genützt.«

Mingal entgegnete kühl: »Jeder ist sich selbst der Nächste. Sie kann mir nicht mehr nützen.«

»Henry, ich sage dir: Olly ist noch hier in der Stadt. Sie wird Vorbereitungen treffen … und wenn nicht alles täuscht, bekommt sie den Plan eher in die Hände als wir. Sie zur Gegnerin zu haben, ist nicht ungefährlich.«

»Sie hat kein Geld für die Reise. Darum kann sie ohne uns nichts machen.«

»Und wir haben den Plan nicht. Wir werden mit ihr teilen müssen. Das ist weiter nicht wichtig. Bedenklich ist nur, daß Weiber nicht reinen Mund halten können. Sie wird schwätzen; wird diesen und jenen ins Vertrauen ziehen. Sie wird das tun müssen, weil sie es alleine doch nicht schaffen kann.«

Sie blieben eine Weile nachdenklich. Dann stöhnte Ovel: »Was der arme Bob wohl macht. Ich sehe nicht die geringste Möglichkeit, ihn frei zu bekommen.«

Alming warf das Buch beiseite: »Laß dieses Kapitel weg. Die ganze Schuld daran hast du alleine. Wie konntest du so tapsig sein und ihn prompt in der nächsten Nacht zum Buchbinder schicken? Zwar wird Bob reinen Mund halten, und wenn er daran sterben müßte. Aber uns fehlt eine wertvolle Hilfskraft. Sie ist weg. Durch deine Dummheit und Voreiligkeit.«

»Ja, ja«, schimpfte Ovel. »Schweig nur davon. Damit wird es auch nicht besser. Es ist vernünftiger, an seine Rettung zu denken.«

»Rettung? Man hat ihn auf frischer Tat ertappt und müßte ihn wegen versuchten Einbruchsdiebstahls aburteilen. Wenn er gescheit ist, gibt er irgendeinen Namen an, damit man ihm wenigstens den Prozeß machen und dann über die Grenze schieben kann. Aber was kann er machen, wenn er keine Instruktionen von uns bekommt? Man wird ihn so scharf bewachen, daß es ausgeschlossen ist, ihm einen Kassiber zu schicken. Wir können auch nicht hingehen und ihn etwa als Verwandten besuchen. Das würde uns schlecht bekommen. Wir sind machtlos. Absolut machtlos.«

Ovel stand auf: »Nur das ewige Nachdenken macht uns so gedankenlos. Wir müssen etwas tun. Ich gehe heute nacht in die Keller und sehe, daß ich jemand bekomme.«

♠

»Jemand? Wofür? Damit er zu Bob geht und ihm einen schönen Gruß von uns bestellt?«

»Jemand, der sich für eine nicht zu schwere Geschichte und gegen gutes, hinterlegtes Geld einige Tage einsperren läßt. Solche Leute gibt es.«

»Na, und dann?« fragte Alming gespannt.

»Dann müssen wir uns überlegen, was wir Bob bestellen lassen können.«

»Glaubst du, daß du jemand findest?«

»Wir müssen es versuchen. Es wird am besten sein, wir gehen beide in die Keller.«

Sie nahmen einige Umwandlungen an ihrer Garderobe und an ihrem Äußeren vor, dann verließen sie getrennt das Haus. – – –

Bob saß in seiner Zelle im Untersuchungsgefängnis. Seine schöne blaue Monteurkleidung hatte man ihm gelassen. Er gab zuweilen rauhe Kehllaute von sich, setzte sich geduckt auf seinen Schemel und starrte vor sich hin. Die Zeit wurde ihm unerträglich lang. Er entbehrte die Freiheit sehr. Hinzu kam, daß er fast täglich mit Vernehmungen belästigt wurde. Er sagte nichts; verstand nichts; rührte sich nicht; warf hin und wieder einen Blick auf den Kommissar, auf den Gerichtsarzt, auf den Lehrer aus der Taubstummenanstalt, und sah wieder zu Boden.

Man gab ihm gelegentlich Bücher aus der Gefängnisbibliothek in die Zelle. Er rührte sie nicht an. Das einzige Lebenszeichen gab er von sich, wenn er sah, daß ihm die Mahlzeiten auf den Tisch gestellt wurden. Dann fiel er wie ausgehungert darüber her.

Winkelmann unterhielt sich über ihn mit dem Gefängnisinspektor: »Ich habe den Eindruck, daß man diesen armen Kerl einfach als willenloses Werkzeug benutzt hat. Jetzt ist er zu ängstlich, etwas zu gestehen. Ich meine, man sollte ihm die Kost etwas verbessern, damit er zufriedener wird. Vielleicht kommt dann gelegentlich ein Wort aus ihm heraus.«

Bob bekam in der Folgezeit eine bessere Verpflegung. Aber die einzige Wirkung war, daß sie seinen Heißhunger noch vermehrte. Er grunzte behaglich, wenn ihm die Mahlzeit gebracht wurde. Im übrigen blieb er stumpf und teilnahmslos.

♠

Eines Tages, gegen Mittag, wurde die Tür zu seiner Zelle geöffnet. Zwei Wärter hielten einen Untersuchungsgefangenen an den Schultern. Der Mann wehrte sich aus Leibeskräften und sparte nicht mit Schimpfworten. Aber es nützte ihm nichts. Man stieß ihn in die Zelle und riegelte ab. Aber damit gab sich der neue Gast nicht zufrieden. Er stellte sich mit dem Rücken gegen die Tür und trommelte taktmäßig mit den Absätzen dagegen. Nichts antwortete auf seine Demonstration. Er gab sie endlich auf, da er ihre Vergeblichkeit einsah.

Erst jetzt machte er sich mit seiner neuen Umgebung vertraut. Er ging zu seinem Zellengenossen, der ihn nur mit einem flüchtigen Blick gestreift hatte, hielt ihm die Hand hin und sagte: »Tag. Sommer ist mein Name. Wer sind Sie denn?«

Bob sah die Hand vor seinem Gesicht, blinzelte und schwieg.

»Denn nicht, du Hohlkopf«, schimpfte Sommer und setzte sich in die andere Ecke.

Als das Mittagessen gebracht wurde, knurrte er den Wärter an: »Ist das hier eine Schweigezelle? Oder was ist hier los?«

»Der Mann ist taubstumm«, sagte der Wärter. »Es ist genug, wenn einer hier so viel redet. Darum haben wir diese Zelle für Sie ausgesucht.«

Sommer nahm seinen Napf und ging damit auf seinen Schemel. Er sah sofort, daß der andere besseres Essen hatte als er. Das wurmte ihn tief. Bob beobachtete es wohl. Er schien ein guter Kerl zu sein, denn er deutete Sommer durch Bewegungen an, daß sie den Inhalt beider Näpfe miteinander vermischen und dann teilen wollten.

»Laß man«, sagte Sommer. »Ist ja gut gemeint von dir. Aber ich will die Sippschaft hier schon dazu kriegen, daß sie mir besseres Futter gibt.«

Bob sah nur die ablehnende Gebärde, schwieg und aß seinen Napf leer.

Sommer vertiefte sich für den Rest des Tages in die Lektüre, die man für seinen Genossen zurechtgelegt hatte. Dann dunkelte es. Um sechs Uhr kam die Abendbrotsuppe. Um neun wurden die Pritschen an den Wänden aufgeschlossen und heruntergelassen. Die beiden legten ihre Strohsäcke und ihre Matten zurecht. Sommer schien in

♠

diesen Verrichtungen nicht unerfahren. Mit großer Geschicklichkeit wickelte er sich ein, warf sich einige Male hin und her und
schlief dann mit festen, gleichmäßigen Atemzügen ein.

Bob war durch diese neue Nachbarschaft sehr beunruhigt. Zwar
sah der andere recht gutmütig aus, aber immer hatte er irgendetwas
zu schwätzen. Und auch im übrigen war Bob von Mißtrauen nicht
frei. Er lag schlaflos. Mitten in der Nacht erhob er sich sehr leise
und vorsichtig, stand von seiner Pritsche auf und ging zu Sommer
hinüber. Der schlief fest. Sein Gesicht, gegen die Wand gekehrt, war
nicht genau zu erkennen. Da wagte Bob es, sich selber dem Schlaf
zu überlassen.

Am anderen Morgen, als sie beide vor ihren Waschnäpfen standen, sagte Sommer, während er sich mit dem groben Handtuch
das Gesicht abrieb: »Nun pass' mal auf, lieber Bob. Wenn wir gute
Nachbarschaft halten wollen, dann laß diese nächtlichen Besuche.
Es könnte dir schlecht bekommen. Verstanden?«

Bob hatte offenbar nicht verstanden. Er rieb sich lange und ausgiebig das Gesicht, bis es eine hellrote Farbe hatte. Sommer sagte
auch weiter nichts. Sie tranken ihren Roggenkaffee, aßen die schwere Schnitte Schwarzbrot und säuberten die Zelle.

Sie wurden zu verschiedenen Zeiten zum Spaziergang in den
Hof geführt. Erst Bob, dann Sommer.

Als der Wärter hinter ihm abschließen wollte, sagte er: »Ich
möchte ein Stück Papier und einen Bleistift haben. Ich will an den
Untersuchungsrichter schreiben.«

Aber erst nach dem Mittagessen wurde sein Wunsch erfüllt.
Er begann zu schreiben. Als er fertig war, bog er einen schmalen
Rand des Papiers um, faltete ihn scharf mit dem Daumennagel und
trennte ihn sorgfältig ab. Auf diesen schmalen Streifen schrieb er
mit großen Buchstaben das Wort Pik und legte es seinem Zellengenossen in die Hand. Der sah darauf nieder … und fuhr zusammen.
Ängstlich, wie gejagt, starrte er Sommer an. Der nahm den Streifen
wieder an sich, verwischte die Schrift mit dem Daumen und riß den
Streifen Papier in kleine Fetzen.

Dann sagte er gemütlich: »Weißt du, Bob, der Unterschied zwischen uns ist der: du kennst mich nicht; aber ich kenne dich. Du
bist von der Partei Ovel; ich von der Partei Olly. Ich komme nach

♠

drei Tagen wieder raus, weil man mir nichts nachweisen kann. Du spielst den stummen August und wirst eine kleine Ewigkeit sitzen, bis dich irgendein Zufall identifiziert. Wenn ich Lust hätte, könnte ich es jetzt schon tun. Aber ich habe keine Lust.«

Bob schwieg immer noch; aber die Erregung funkelte ihm aus den Augen. Seine Hände zitterten.

Sommer lachte: »Glaubst du denn wirklich, deine Herren Chefs würden monatelang auf dich warten? Wenn sie keinen Erfolg haben – und das werden sie wahrscheinlich nicht –, dann ziehen sie eben wieder ab und überlassen dich einem vergnügten Schicksal.«

Da sprang Bob auf. Sommer sprang fast gleichzeitig auf und sagte leise, aber eindringlich: »Halt! Bleib' mir drei Schritt vom Leibe. Ich trau' dir nicht. Und wenn du jetzt nicht sofort deine Rolle als Taubstummer aufgibst, dann …«

»Sei still!« zischte Bob. Seine Augen glühten dunkel. Wie ein eingesperrtes Tier, das gegen die Gitter springen will, duckte er sich. So verharrte er eine Zeitlang, ohne daß Sommer ihn auch nur eine Sekunde aus den Augen ließ. Dann lehnte er sich ermattet gegen die Wand.

Ein rasendes Angstgefühl beschlich ihn. Warum hatte er sich von diesem Strolch aus der Rolle werfen lassen? Wofür war jetzt diese unerhörte Anstrengung vergeudet, als Mensch mit klarer Stimme und scharfen Ohren den Taubstummen zu spielen? Ein unvorsichtiges Wort dieses gefährlichen Schwätzers, und er konnte mit langen Monaten einer sinnlosen Untersuchungshaft rechnen … um nachher, arm wie eine Kirchenmaus, jedem Zufall und jedem Verhungern ausgesetzt, auf der Straße zu liegen. Sein Zorn steigerte sich in das Sinnlose. Er duckte wieder den Kopf vor und sagte mit scharfer Betonung, die vom Übermaß der Energie etwas zitterte: »Nun hör' mal gut zu, was ich dir sage. Du hast mich jetzt mit List und Tücke und deinen boshaften Andeutungen wieder zum Hören und Sprechen gebracht. Jetzt ist mir alles, aber auch alles egal. Es kann sein, daß du nichts weißt und mich nur mit ein paar Worten, die du selbst nicht verstehst, in die Falle gelockt hast. Es kann aber auch sein, daß du mehr weißt. Dann rate ich dir, mir das sofort mitzuteilen. Wenn du es nicht kannst, dann drehe ich dir so schnell den Hals um, daß du keinen Wärter mehr rufen kannst. Ich habe so etwas gut, sehr gut gelernt.«

♠

Sommer ließ sich nicht aus der Fassung bringen. »Mein lieber Bob, du darfst dich nicht überschätzen. Ich weiß selber, welche Methode die Eingeborenen in Ceylon anwenden, wenn sie jemand schmerzlos das Licht ausblasen wollen. Ich kenne auch die Abwehrmethoden; und du darfst nicht daran zweifeln, daß ich auf einen Angriff von dir gefaßt bin. Darum habe ich schon gestern nacht nicht geschlafen. Ich hätte dir bei der ersten unvorsichtigen Bewegung die Pulsader durchgebissen. Merkst du jetzt, wohin der Hase läuft?«

Bob wischte sich den Schweiß von der Stirn: »Heiliger Himmel, was ist das für eine Situation! Heißt du wirklich Sommer?«

»Ach, woher denn! Mein richtiger Name geht dich nichts an. Nenne mich meinetwegen Adam. Das gibt dann zusammen Pik Adam oder Adam Pik. Bist du jetzt im Bilde?«

»Im Bilde bin ich schon,« stöhnte Bob, »aber beruhigt noch lange nicht. Ich kenne dich nicht. Ich weiß nicht, was ich mit dir anfangen soll. Willst du mir eine Frage beantworten?«

»Es kommt darauf an«, sagte Sommer vorsichtig. »Ich kann es dir nicht im voraus versprechen.«

»Wo ist der Plan?«

Da lachte Sommer leise. »Der Plan? Den habe ich bei dem Buchbindermeister Jäger abgeholt.«

Nun schoß Bob wie ein wütendes Tier auf und warf sich der ganzen Länge nach Sommer entgegen. Aber der machte, im Bruchteil einer Sekunde später, die gleiche Bewegung und packte Bob, während sie zusammen hinfielen, scharf um die Kehle. Der Druck war so fest, daß Bob den Mund öffnen mußte und dumpfe Laute von sich gab. Aber schon stand Sommer wieder auf und ging zu seinem Schemel zurück.

»Setz' dich hin«, sagte er ruhig. »Du siehst, daß du mit solchen Kinderscherzen nicht weiterkommst. Ich bin nicht die richtige Adresse, an die du dich mit deiner Wut zu wenden hast. Schuld an deiner Überrumpelung ist allein Ovel, weil er die Sache so tölpelhaft angestellt hat. Da ist es doch kein Wunder, daß dich gleich zwei Mann in Empfang genommen haben. Gibst du jetzt das Rennen auf?«

»Ich habe nichts aufzugeben. Ich sitze fest und kann nichts machen. Wozu dient eigentlich die ganze Komödie? Ich bin hier und werde für die nächste Zeit sicher hier bleiben. Wenn ich dir glauben kann, wird man dich bald laufen lassen. Womit ist mir also gedient?«

»Das will ich dir sagen. Überleg' doch mal: ich habe den Plan. Weiter nichts. Ich weiß nichts damit anzufangen. Ceylon ist groß, und der Adampik ist hoch. Verstehst du?«

»Und ich soll dir den Plan erklären? Du glaubst wohl, ich bin verrückt? Ich weiß wohl: Mingal und ich sind die einzigen, die ihn lesen können. Aber was bekomme ich für meine Weisheit?«

Sommer beugte sich vor: »Die Freiheit und eine gute Belohnung.«

»Wenn man nur wüßte, ob man dir glauben kann«, stöhnte Bob. »Ich sage dir immer wieder: ich traue dir nicht.«

Sommer nahm den Wasserkrug, benetzte einen Finger und begann damit Figuren auf den Tisch zu zeichnen. Bob sah aufmerksam hin, aber plötzlich wischte Sommer alles wieder mit seinem Ärmel aus. »Ich wollte dir nur zeigen, daß ich den Plan so gründlich kenne, daß ich ihn dir auswendig aufzeichnen kann. Bist du jetzt überzeugt?«

»Was ich da eben gesehen habe, das genügt mir. Ich kenne den Weg und Steg. Also welchen Anteil bekomme ich?«

»Anteil?« frage Sommer nachdenklich zurück.

»Jawohl, Anteil. Für eine begrenzte Summe tue ich es nicht. Ich will einen bestimmten Prozentsatz von den Sachen haben, die da liegen.«

»Darüber habe ich nicht zu bestimmen. Das ist Ollys Sache. Es muß dir genügen, wenn ich dir sage, daß ich bei dir bleibe, bis wir mit allem fertig sind.«

»Und wie sollen wir dorthin kommen? Du vergißt, daß ich nicht einfach ausbrechen kann.«

»Du mußt ausbrechen. Aber nicht von hier aus. Ich lasse mich heute abend in eine andere Zelle bringen, verstehst du? Morgen früh markierst du irgendwelche Krämpfe. Das wirst du wohl können. Drüben die Leute machen so etwas sehr geschickt. Dann wird man dich, aller Vermutung nach, ohne viel Federlesens in die Krankenanstalt bringen. Da ist eine besondere Abteilung für Gefangene. Man wird dich untersuchen und kaum etwas finden. Nach zwei Tagen verweigerst du die Aufnahme jeglicher Nahrung. Es ist anzunehmen, daß man dich dann unter den Röntgenapparat bringt, um zu sehen, ob du schweigsamer Gast irgendetwas verschluckt hast. Vom Röntgenzimmer aus geht ein langer Gang bis zur Gefangenenabteilung. Unterwegs wird es sich für dich empfehlen, ohnmächtig zu werden. Du fällst wie ein Stein zu Boden. Die Schwester oder der Wärter läuft zurück, um Hilfe zu holen. Du hast dann die Möglichkeit, während ihrer Abwesenheit in irgendeines der Zimmer auf dem Flur zu gehen, kurzerhand das Fenster zu öffnen und herauszuspringen. Auf jeden Fall landest du im Garten. Versuch' dann, so schnell als möglich die Isolierbaracken zu erreichen. Die sind gar nicht zu verfehlen. Sie liegen im Südteil des Gartens, sind flach und lang und haben ein schneeweißes Dach. Merk dir das gut. Hinter der Isolierbaracke ist eine Desinfektionsanstalt: ein kleiner roter Ziegelbau. Da ist ein Kohlenkeller, von der Seite aus zu erreichen. Auf die Gefahr hin, recht dreckig zu werden, kriechst du hinein. Du mußt dort so lange bleiben, bis ich komme. Hast du verstanden? Wiederhole mal.«

Bob wiederholte alles und prägte es seinem Gedächtnis erneut ein. »Und was machst du inzwischen?«

»Ich betreibe meine Freilassung«, lachte Sommer. »Mir kann man nämlich nichts nachweisen. Ich habe mich doch nur einsperren lassen, um mit dir Fühlung zu bekommen. Ja, da reißt du die Augen auf. Glaubst du, daß nur Ovel sich rührt? Wir rühren uns auch, mein Lieber. Und wir haben den Plan. Also ist der Vorteil der heftigen Bewegung wohl auf unserer Seite.«

Gleichwohl blieb Bob mißtrauisch und aufmerksam. Gegen Abend veranstaltete Sommer einen furchtbaren Lärm. Er verlangte energisch, in eine andere Zelle gebracht zu werden; lieber allein, als mit diesem schweigsamen Gast zusammen. Er machte einen derartigen Höllenspektakel, daß die Wärter, schon um selber Ruhe zu haben, ihn herausholten.

Bob überlegte, daß er nicht viel zu wagen habe. Darum wollte er den Versuch machen, den Weg zu bestreiten, den dieser unbekannte Sommer ihm vorgezeichnet hatte. Eigentlich war alles recht klar und übersichtlich. Alles sprach von sorgsamer Überlegung und genauer Kenntnis von Ort und Möglichkeiten.

Die Wärter fanden ihn am nächsten Morgen, ganz zusammengekauert, mit zusammengepreßten Händen und Zähnen, auf dem

♠

Boden vor seiner Pritsche liegen. Sie hoben ihn auf das Bett zurück und holten den Arzt. Der untersuchte aufmerksam, ohne etwas Bestimmtes feststellen zu können. »Na, auf jeden Fall ins Krankenhaus, damit wir ihn unter Beobachtung nehmen können.«

Er gab ihm eine Einspritzung, die Bob heldenhaft ertrug. Wenn er nur gewußt hätte, welche Wirkung normalerweise davon zu erwarten war! Aber instinktiv machte er es richtig. Er löste die verkrampften Bewegungen etwas und warf sich, Kehllaute röchelnd, zur Seite.

Der Arzt sah ihn an und sagte: »Hm, also ab mit ihm.«

Bob wurde, wenn auch nicht allzu sanft, in einen Krankenwagen geschafft und weggebracht. Die Vorgänge fingen an, ihm zu behagen. Man brachte ihn in ein helles, geräumiges Zimmer. In dem schönen weißen Bett fühlte er sich recht wohl und machte sich sofort an einen ausgiebigen Dauerschlaf. Er wachte auf, als er undeutlich verschiedene Stimmen hörte und das grelle Licht einer elektrischen Lampe über den Augenlidern fühlte. Er mußte sich über die Maßen beherrschen, um seinen Schrecken nicht zu verraten. Er blinzelte mit den Augen und sah, daß ein Arzt, ein weiterer – offenbar ein Assistent – und eine Krankenschwester im Zimmer waren. Der Arzt fühlte ihm den Puls, und Bob glaubte ihm, als er ihn sagen hörte: »Stark beschleunigt.«

Sodann fühlte er; daß ihm ein Thermometer in die Achselhöhle geschoben wurde und daß die Schritte das Zimmer verließen. Er sah durch einen Spalt der Augen, daß es leer war.

Sofort nahm er das Thermometer und hielt es gegen die Birne der kleinen Nachttischlampe. Es stieg erfreulich: 37 – 37,5 – 38 – 38,5 – … Bob meinte, nun sei es genug. Er legte es in die Achselhöhle zurück und machte es sich wieder behaglich. Als die Krankenschwester kam und abgelesen hatte, notierte sie etwas auf einer Tabelle, drehte das Licht aus und ging.

Bob war ein Mensch, der so leicht nicht aus der Fassung zu bringen war. Er hatte in seinem Dasein viele Situationen erleben müssen, die eine Menge Selbstbeherrschung und Geschmeidigkeit verlangten. Aber selten hatte er innerlich so geflucht wie in diesem Augenblick, und zwar lediglich darüber, daß er mit diesem Krankspielen die Zeit sowohl für das Mittag- als auch für das Abendessen verschlafen hatte. Er war eben eine optimistische Natur trotz allem,

♠

und kaum sah er am Horizont die blassen Hoffnungsstreifen der Befreiung, als er schon – wie eben jetzt – den kleinen Dingen seine Aufmerksamkeit zuwandte. Er hatte oft genug im Leben gehungert, wenn es nicht anders gehen wollte, aber hier wäre es anders gegangen, wenn seine Verschlafenheit ihm nicht einen Streich gespielt hätte.

Eines aber hatte diese lange Nacht im Gefolge: er sah vor Hunger und Zorn am nächsten Morgen wirklich elend aus. Der beschleunigte Puls, die abendliche Temperatur und dieses Aussehen gaben ihm wirklich den Anschein eines Kranken. Aber man betrieb seine Ernährung vorsichtig. Die Schwester brachte ihm gegen acht Uhr einen Teller mit Haferschleim, den er langsam auslöffelte. Er hatte in den folgenden Stunden und am nächsten und übernächsten Tag überhaupt seine Gedanken nur auf die Mahlzeiten gerichtet. Mehr zu denken war er nicht in der Lage. Dieses Denken war umso dringlicher und schmerzlicher, als er, gemäß Sommers Weisung, nun aufhören mußte, zu essen. Er drückte die Hand über den Magen, schloß die Augen, stöhnte leise vor Hunger und rührte sich nicht. Dann ging alles so, wie der kesse Sommer es ihm vorausgesagt hatte. Der Arzt knetete auf seinem Leib herum. Bob zuckte bei einer bestimmten Stelle, die er sich genau merkte, krampfhaft zusammen.

»Vielleicht Fremdkörper«, meinte der Arzt zu dem Assistenten. »Diese Kerle verschlucken ja allerhand. Wollen ihn mal unter den Röntgenapparat bringen.«

Bald darauf erschien ein baumlanger Wärter – ach, dachte Bob, wäre doch eine Krankenschwester gekommen – nahm ihn unter die Arme und hob ihn auf. Bob machte ihm andeutende Bewegungen, daß er alleine gehen wollte. »Umso besser«, brummte der Wärter.

Langsam, sich an der Wand entlang tastend, ging Bob vorwärts. So hatte er ausreichend Gelegenheit, sich alles genau einzuprägen. Er kam, wie Sommer vorausgesagt hatte, in den langen Gang. Rechts und links waren Türen, alle mit Mattglasscheiben und Aufschriften: Laboratorium I, Laboratorium II, Kassenverwaltung, Inspektion, Geistlicher ... Bob nahm sich vor, durch das Zimmer des Geistlichen zu gehen ...

Dann lag er in dem verdunkelten Raum, in dem es aus Glasröhren funkte und knisterte. Auch diese Prozedur ging vorüber. Der

♠

Wärter hob ihn vom Tisch herunter, und wieder ging es in den langen Gang hinein.

Kurz vor der Tür zum Zimmer des Geistlichen sank Bob lautlos zu Boden. »Er hat schlapp gemacht«, sagte der Wärter, duckte sich und nahm ihn wie ein Kind auf die Arme.

Jetzt war die vergnügte Spielerei zu Ende. Nun wurde es bitterer Ernst. Noch zwanzig, fünfzehn Schritte, und dieser Riese von einem Wärter hatte ihn mühelos wieder in seine Krankenzelle gelegt. Er spürte die stahlharten Muskeln der Arme durch seinen dünnen Anzug. Er versuchte, sich etwas zu schütteln; aber das hatte nur den Erfolg, daß der Wärter ihn noch stärker anpackte. Er wollte verhindern, daß der Ohnmächtige ihm nochmals auf den Boden fiel.

Jetzt waren es nur noch fünfzehn Schritte, vielleicht nur noch zehn bis zum Ende des Ganges, wo die schwere Gittertür lag. Bob öffnete ein wenig die Augen, sah das breite, gedrungene Kinn des Wärters gerade über sich und stieß plötzlich seinen Schädel mit aller Wucht und Wut dagegen, so daß er den Rückstoß bis weit in das Genick hinein spürte. Von dem Anprall taumelte der Wärter bis an die Wand zurück. Seine Arme öffneten den massiven Griff; aber sie ließen nicht los. Er konnte nur annehmen, daß der Kranke in einem Anfall von Krämpfen oder Zuckungen diese Bewegung ausgeführt hatte. Darum dachte er in dieser Sekunde weder an eine Gefahr noch an eine unmittelbare Abwehr. Aber die geringe Lockerung seines Griffes genügte Bob, den rechten Arm frei zu bekommen. Er schwang ihn und schlug mit der starr geballten Faust dem Wärter einen zweiten Hieb unter das Kinn. Es war ein ausgesprochener Boxerhieb, der mit vollendeter Präzision die richtige Stelle erreichte.

Jetzt sank der Wärter zurück und gab Bob frei. Ein dritter Hieb streckte ihn ohnmächtig zu Boden. Bob riß ihm die Mütze vom Kopf und drückte sie ihm über das Gesicht. Dann war er mit zwei großen Sprüngen am Zimmer des Geistlichen. Er drückte die Klinke. Die Tür war verschlossen! Ohne Besinnen sprang er zur nächsten Tür. Verschlossen! Die nächste Tür war das Laboratorium. Es war fast unvermeidlich, daß Menschen darin waren. Er konnte sich vorstellen, daß der Raum der ganzen Länge nach mit Tischen voll Gläsern und Präparaten verstellt war. Ehe er alle diese Hindernisse genommen hatte, war er zehnmal gepackt und überwältigt.

♠

Aber es blieb ihm keine andere Wahl. Sein Gehirn arbeitete in dieser brennenden Gefahr mit der Geschwindigkeit und Genauigkeit eines Motors. Er riß die Tür auf, mit einem harten, schlagenden Geräusch. Im Zimmer drehten sich zwei Laboranten, die dort arbeiteten, erschreckt um. Bob lehnte sich gegen die Wand, die Augen krampfhaft aufgerissen, deutete mit der Hand in den Gang hinaus und würgte, wie zu Tode erschreckt, die Worte hervor: »Da draußen ... der Wärter ... verunglückt!« Dann deckte er seine Hand über die Augen und blieb erschöpft stehen.

An ihm vorbei schossen die beiden Laboranten zur Tür hinaus, um zu sehen, was draußen geschehen sei. Da schloß Bob schnell und leise die Tür hinter ihnen zu, ging um die langen Tische herum an eines der weit geöffneten Fenster, war mit einem Sprung draußen und ging in aller Ruhe, ohne sich durch seine Hast bemerkbar zu machen, wie ein in der Anstalt beschäftigter Monteur zu den Isolierbaracken hinüber. Da sah er schon die roten Ziegelmauern des Desinfektionshauses. Er ging hinein, fand seitwärts eine eiserne Tür, geschwärzt und verrußt, und öffnete sie. Ein Dunst von Heizungskohle stieß ihm entgegen. Es knirschte unter seinen Schritten. Er zog die Tür hinter sich zu und war im Dunkel. Vorsichtig stieg er über die schweren Brocken hinweg, machte sich oben auf dem Haufen eine Mulde und legte sich hinein. Wenn dieses Lager auch mit seinem schönen weißen Krankenbett keinen Vergleich aushalten konnte, so war es doch nicht hinter Schlössern und Eisenstäben.

Er atmete schwer und erschöpft. Diese letzte Zeit der Untätigkeit und der beschränkten Freiheit hatte ihn doch mehr geschwächt, als er vermutet hatte. Es hing jetzt alles davon ab, die letzten Kraftreserven heranzuholen, um nicht noch im letzten Augenblick zu versagen.

Er lag da und mühte sich, wieder ruhig zu atmen, sich nicht in Aufregung zu verschwenden und klare Sinne zu behalten. Sein Schicksal war nach wie vor ungewiß. Er kannte Sommer nicht; hatte ihn nie gesehen und hatte nie von ihm gehört. Aber Sommer kannte den Plan ... oder vielleicht besaß er ihn sogar, wie er im Untersuchungsgefängnis behauptet hatte. Aber das war bei ruhiger Überlegung kaum denkbar. Bei der Beratung mit Mingal und Ovel war sehr wohl die Vermutung aufgetaucht, daß der Detektiv Aren den Plan habe, daß er ihn in dem Buch gefunden und entfernen

♠

lassen hatte und daß er aus diesem Grunde den Diebstahl ruhig geschehen lassen konnte. Er konnte aber auch noch beim Buchbinder liegen, weil er unentdeckt geblieben war. Bob wußte jetzt, daß die Möglichkeit ausschaltete, denn sonst hätte man ihn nicht gleich beim ersten Versuch des Einsteigens durch zwei Beamte in Empfang genommen. Das konnte nicht Zufall sein. Das war bestellte Arbeit.

Und wenn Aren den Plan nicht gefunden hatte, blieb immer noch unklar, wie er um den Einbruch in seine Wohnung und bei dem Buchhändler wissen konnte. Vielleicht Olly? Gleichgültig; jedenfalls besaß Sommer den Plan nicht, sondern Aren … es sei denn … er weitete im Dunkeln erschreckt die Augen … es sei denn, daß Sommer und Aren ein und dieselbe Person seien.

Er drückte sich beide Fäuste auf die Stirn, aus Wut, daß er nicht früher an eine solche Möglichkeit gedacht hatte. Was war jetzt das Ergebnis? Man hatte ihm das Geheimnis entlockt, daß er weder taub noch stumm sei; man hatte seine Beziehungen zu Ovel und Mingal klar aufgedeckt und hatte im übrigen noch einen guten Grund, ihn wegen dieser Flucht und des Angriffs auf den Wärter sehr fest hinter Schloß und Riegel zu halten.

Er weinte vor Wut und Verzweiflung. Aber sein Zorn war größer als seine Niedergeschlagenheit, und er versuchte noch einmal, zu einem klaren Gedanken zu kommen. Und da fand er, daß es noch zwei andere Möglichkeiten gab. Es konnte sein, daß Aren den Plan noch beim Buchbinder gelassen hatte, und daß einer von Ollys Helfern ihn in der zweiten Nacht dort entwendet hatte, als sein eigener Versuch in der ersten Nacht fehlgeschlagen war. Zum anderen konnte es auch sein, daß es einem von Ollys Helfern gelungen war, was Mingal mit einem Beinschuß und einem Fehlschlag bezahlen mußte: das Blatt mit dem Plan bei Aren selbst zu entwenden oder sich eine Kopie zu besorgen.

Beide Möglichkeiten blieben unsicher. Entscheidende Aufklärung würde er erst bekommen, wenn Sommer wirklich erscheinen würde, um ihn aus dieser Situation zu befreien. Und gerade das erschien ihm jetzt zweifelhaft. Einige Minuten später wußte er, daß Sommer in der Nähe war; aber nicht, um ihn zu befreien, sondern um ihn auszuliefern! Aus dem kleinen Luftloch oben an der Mauer, dicht unterhalb der Decke, konnte er Geräusche und Rufe aus dem

♠

Garten der Anstalt hören. Dazwischen unterschied er deutlich Sommers Stimme. Er vernahm ganz klar die Worte: »Im Kohlenkeller!«

Obgleich er wußte, daß er verloren sei, drückte er sich tiefer in seine Mulde hinein, in instinktiver, letzter Abwehr. Er bedeckte sich in aller Eile mit großen Koksbrocken, preßte die Arme kreuzweise über das Gesicht und schüttelte mit den Ellenbogen noch einige Brocken darüber. Bald darauf wurde die eiserne Tür aufgerissen. Ein-, zwei-, dreimal wurde mit großen Schürhaken in den Koksberg gestoßen. Es rollte und knisterte und stäubte. Dann schlugen die langen Stangen bis oben auf den Berg hinauf. Sie trafen überall auf Koks, gaben überall dasselbe harte, rasselnde Geräusch. Ihm stand für Sekunden das Herz still.

»Hier ist er nicht«, sagte eine Stimme. Obgleich ihm das Blut mit lauten Schlägen zu Kopf drang, konnte Bob doch unterscheiden, daß diese Stimme zwar ähnlich klang wie Sommers Stimme, aber doch nicht seine Stimme sein konnte.

Die Eisentür fiel wieder in das Schloß. Die Schritte entfernten sich. Hin und wieder rollte noch ein Stück Koks den Berg hinunter, und jedesmal brannte der Schreck wie glühendes Eisen. Dann wurde es ganz ruhig.

Der schwache Streifen Licht aus der Luftöffnung her wurde blasser und verdämmerte endlich. Von dem kleinen Turm der Kapelle konnte er die Schläge der Uhr hören. Es wurde zehn, dann elf Uhr, dann Mitternacht. Seine Glieder schmerzten unerträglich. Keine Stelle seiner Haut war frei von dem scharfen Druck der Koksbrocken. Lange war diese Tortur nicht mehr zu ertragen. Er bereitete sich darauf vor, sein Versteck zu verlassen und die Flucht auf eigene Rechnung zu versuchen.

Warum hatte er das eigentlich nicht längst getan? Schon vor zwei, drei Stunden wäre es möglich gewesen. Einhundertachtzig Minuten Schmerz und Nadelstiche hätte er sparen könne. Er wußte, daß ringsum der Anstaltsgarten war. Man würde ein Krankenhaus wohl mit einem Gitter umgeben, aber nicht mit einer unübersteigbaren Mauer. Auch Wachtposten waren nicht zu vermuten, denn hier war doch kein Gefängnis. Und irgendwie würde er schon den Weg zu Ovel oder zu Alming finden. Aber da lag eine Schwierigkeit. Sie wohnten immer und grundsätzlich getrennt. Sie wechselten auch fortgesetzt ihre Wohnungen. Sie gaben sie einander auch nur in dringenden Fällen bekannt, schon um den anderen vor jeder Versuchung oder jedem unfreiwilligen Verrat zu bewahren. In der Regel trafen sie sich an dritten Orten; meist nur zu zweit, selten zu dritt: und sie verabredeten dabei jedesmal einen neuen Treffpunkt.

Es war also ein Wagnis, in diesem Zustand, barhäuptig, mit blauem Monteuranzug, völlig geschwärzt von Ruß und Kohlenstaub, sich in die Straßen zu wagen. Er zweifelte nicht mehr daran, daß gerade dieser Plan von Olly kam und daß er geeignet war, ihn völlig von seinen bisherigen Freunden zu entfernen und ihn der Frau und ihren Helfern auszuliefern.

Es schlug eins. Da öffnete sich unten mit einem kleinen Spalt die eiserne Tür. »Bob!« flüsterte jemand.

Bob antwortete nicht. Er fürchtete, in eine Falle zu geraten. Wieder diese Stimme: »Bob, mach' keinen Unsinn. Ich hänge dir hier ein Frauenkleid an die Tür. In fünf Minuten bist du fertig. Sonst riegle ich die Tür von außen zu.«

Diese Drohung war so mächtig, daß es dagegen keinen Widerstand gab. Der Trieb zur Selbsterhaltung regte sich wild. Es war nicht auszudenken, hier länger zu bleiben, vielleicht für Tage abgesperrt … bis er ermattet und erschöpft war und sich selber ausliefern mußte … oder hier einfach jämmerlich verhungern würde. Und endlich war es auf jeden Fall besser, eine noch so große Strafe abzusitzen, als hier auf dem Kohlenhaufen umzukommen.

Langsam befreite er sich aus seinem Versteck. Jede Bewegung schmerzte wie Brand in allen Gliedern und am ganzen Körper. Endlich war er unten auf der Erde. Er tastete zur Tür. Sie war einen Spalt weit offen. Er faßte in Stoff, betastete ihn, fand die Ärmel, den weiten unteren Teil eines Frauenkleides und die schmale Taille. Er schlüpfte hinein. Das Kleid schloß bis hoch an den Hals. Dann wartete er, kraftlos gegen die Tür gelehnt.

Die Flüsterstimme war wieder neben ihm: »Fertig?« – »Ja«, sagte er leise zurück. – »Dann nimm das Kopftuch hier. Gib mir deinen Arm. Hast du Stiefel an?« – »Nein, Filzschuhe.« – »Gut. Dann komm.«

Sie drückten sich um die Ecke des kleinen Gebäudes. Mit eiligen Schritten ging es durch den Garten. Dann kam eine dunklere

♠

Stelle, die im Schatten hoher alter Tannen lag. Sie gelangten von dort aus an eine niedere Mauer, über der sich ein spitzes Eisengeländer befand. An einer kleinen Pforte machten sie halt, sicherten noch einmal nach allen Seiten und schlichen hindurch.

Unmittelbar vor der Pforte stand ein kleiner, gedrungener Kraftwagen. Bob fühlte sich hineingestoßen. »Tuch über den Kopf!« kommandierte Sommer. Bob gehorchte. Ein kurzer, metallischer Laut, als der Anlasser das Schwungrad anwarf. Dann ein Ruck, und der Wagen schoß vorwärts, unaufhaltsam vorwärts.

Die Räder glitten über ruhigen Asphalt. Dann rollten sie etwas zitteriger über Steinpflaster. Endlich surrten sie über den Schotter einer blankgewalzten Chaussee. Bob hörte, daß der Auspuff geöffnet wurde. Die Fahrt wurde beschleunigt.

»So«, sagte Sommer. »Wenn du nicht erstickt bist, dann wirf das Kopftuch ab.«

Bob tat es mit einem Fluch. Aber das Licht der Schweinwerfer blendete ihn allein durch den Reflex so, daß er die Augen schließen mußte.

Nach geraumer Zeit hielt der Wagen. »Hier ist eine Viehtränke«, sagte Sommer. »Da wasch dich erst mal gründlich. Deine Ausstattung habe ich hinten im Koffer. Ich hole sie inzwischen heraus.«

»Vor allen Dingen gib mir was zu essen«, sagte Bob. » Mir ist ganz elend.«

»Essen kannst du, wenn wir weiterfahren. Hier, nimm vorläufig einen Schluck Kognak. Der macht dich lebendig.«

Bob tat einen langen Zug aus der flachen Reiseflasche. Er spülte, obgleich es ihn wie Gift brannte, allen Staub und alles Durstgefühl herunter. Dann warf er seine Kleidung ab und stieg in die Tränke. »Schnell machen!« drängte Sommer; und Bob gab sich Mühe, so sehr es ihm seine schmerzenden Glieder erlaubten. Dann wurde ihm Wäsche und ein Reiseanzug gereicht. Er hatte noch die letzte, entfernte Vorstellung, daß ihn jemand in den Sitz drückte, daß der Wagen mit einem Ruck vorwärtssprang … dann entglitt ihm das Bewußtsein.

Als er aufwachte, sah er über sich den blauen Himmel. Er blinzelte hinein und wußte nicht, wie er das zu deuten hatte. Er versuchte, sich darüber klar zu werden, ob er noch im Wagen saß und ob der

Wagen noch fahre. Er tastete um sich. Aber er faßte kein Leder, sondern … Gras. Täuschung! Traum! dachte er. Er gab sich einen Ruck,
schnellte zum Sitzen auf … und fand sich auf einer sommerlichen
Wiese, allein, vor einer dichten Hecke aus Haselnußsträuchern!

Das konnte kein Traum sein. Er trug wirklich den Reiseanzug, den Sommer ihm in der Nacht gegeben hatte. Er betastete
alle Taschen. Sie waren leer, bis auf eine, in der er ein einfaches
Taschentuch fand, ohne jedes Zeichen oder Monogramm. Er sah
ausdruckslos durch diese Landschaft, die er nicht kannte. Er stützte
den Kopf in die Hände und stöhnte leise vor sich hin.

Da kam hinter der Hecke her eine bekannte Stimme: »Na, aus-
geschlafen?«

Bob wußte nicht, ob er sich freuen oder ob er fluchen sollte.
Ohne Sommer zu sehen, sagte er schwer und drohend: »Du hast
mir was in den Kognak getan!«

»Das habe ich, lieber Bob«, antwortete Sommer und kam aus der
Hecke heraus. »Ich hatte das Gefühl, als ob du immer noch ein wenig
widerspenstig wärst, und ich hielt es darum für nötig, dir noch einmal zu beweisen, daß du diesen Widerstand auf jeden Fall aufgeben
mußt. Du wirst jetzt einsehen, daß dir nichts anderes übrigbleibt.«

»Ich glaube schon«, sagte Bob dumpf. Dann sah er sich um:
»Wo ist der Wagen?«

»Der Wagen ist weg. Mit dem Wagen kommst du also nicht
weiter. Geld hast du auch nicht; ebensowenig eine Waffe. Du hast
nicht einmal einen Paß. Aber alle diese schönen Dinge, lieber Bob,
habe ich. Sogar einen wunderschönen Paß, der aussieht, als wäre er
gerade für dich angemessen. Bob, ich frage dich nun zum allerletz-
tenmal: gibst du dich zufrieden? Und gibst du mir die Hand darauf,
daß es dabei bleibt? Ich will dich nicht zwingen, damit du nachher
nicht sagen kannst, du hättest ein Recht, dein Versprechen zu wi-
derrufen. Ich bin bereit, dir den Weg zur nächsten Station zu zeigen
und dir auch etwas Reisegeld zu geben. Es steht ganz bei dir. Vorher
will ich dir aber eins sagen, und das sag’ ich dir auf Ehrenwort: ich
habe den Plan vernichtet …«

Bob sprang auf: »Mensch, bist du wahnsinnig?«

»Ruhig! Ruhig! Hör’ nur weiter zu. Ich habe ihn vernichtet,
nachdem ich ihn auswendig gelernt habe. Ich kann ihn in jedem

Augenblick wieder aufzeichnen, mit jeder, selbst der geringsten Einzelheit. Aber das tue ich erst, wenn wir an Ort und Stelle sind, und dann nur stückweise, damit du mir nicht mit meinen Kenntnissen davonläufst. Nun überleg' dir die Sache.«

»Es gibt nichts mehr zu überlegen«, sagte Bob. »Ich erkenne an, daß du der Stärkere bist. Hier hast du meine Hand. Ich gebe dir auch mein Ehrenwort, daß ich mich nicht gezwungen fühle. Nur wäre ich dir dankbar, wenn du mir etwas zu essen verschaffen könntest.«

Sommer lachte: »Dann bemühe dich, bitte, auf die andere Seite der Hecke. Da steht alles zu deinem Empfang bereit.«

Bob sah einen kleinen Handkoffer, der mit einer Papierserviette überdeckt war. Darauf standen, wie zu einem Picknick geordnet, eine Reihe von Büchsen und kleinen Flaschen. Bob hielt sich nicht lange mit der Prüfung auf. Er aß und trank, bis der letzte Krumen und der letzte Tropfen verschwunden waren. Dann lächelte er friedlich: »Darf ich noch eine Stunde schlafen? Ich bin so wunderschön satt.«

»Meinetwegen«, sagte Sommer. »Eine Stunde kann ich noch drangeben. Aber nachher müssen wir den Weg unter die Beine nehmen. Vergiß das nicht.«

»Das vergesse ich nicht«, sagte Bob und war in der gleichen Sekunde eingeschlafen.

Genau nach einer Stunde wurde er geweckt. Er war sofort munter und sprang auf. »Geht's jetzt los? Schön. Dann laß mir den Handkoffer. Ich fühle jetzt Bärenkräfte in mir.«

Neben der Wiese her lief eine Landstraße, durch einen Graben abgetrennt. Sie waren mit einem vergnügten Sprung drüben und trabten über die Chaussee, an deren Ende das rote Gebäude einer kleinen Station winkte. – – – –

Viertes Kapitel

Mannik

Gegen die zehnte Abendstunde kamen zwei Männer, elegant und nach letzter Mode gekleidet, in das »Schlachthaus«. Das Haus trug diese Bezeichnung nur als Spitznamen. Im übrigen gab es sich nach außen hin das Ansehen eines ordentlichen und bescheidenen Bierrestaurants. Diejenigen, die mit den örtlichen Verhältnissen vertraut waren, verzichteten von vornherein auf den Haupteingang. Sie benutzten die anderen Eingänge; und es gab deren verschiedene.

Die beiden Besucher gingen in den nach der Straße gelegenen kleinen Raum und nahmen in der Nähe einer Seitentür Platz. Als der Kellner ihnen den gewünschten Portwein brachte, drückte ihm Mingal einen Geldschein in die Hand und sagte: »Wir möchten nach unten.«

Der Kellner sah auf das Geld, warf einen flüchtigen Blick nach dem Schanktisch zurück, hinter dem der Wirt stand und flüsterte: »Gehen Sie durch die Tür. Ich komme gleich nach.«

Einer nach dem anderen verschwanden die beiden Besucher durch die Tür, die man ihnen bezeichnet hatte. In einem halbdunklen Korridor warteten sie eine Weile. Dann kam der Kellner, öffnete schnell eine weitere Tür, stieß sie hinein und riegelte hinter ihnen ab. Sie standen in völliger Dunkelheit. Alming zog eine stabförmige Taschenlampe aus dem Rock und leuchtete vor sich hin. In dem schwachen Licht sahen sie Stufe auf Stufe sich in die Tiefe senken. Es herrschte ein dumpfer, modriger Geruch.

Sie entsicherten ihre Waffen und stiegen hinunter. Dabei zählten sie für alle Fälle genau die Stufen. »Siebzehn«, sagte Ovel, als sie vor einer niedrigen, schweren Holztür anhielten. Sie klopften.

♠

Es wurde ohne weiteres geöffnet, da der Kellner schon Weisung gegeben hatte. Ein dicker Mann mit einer Schifferbluse begrüßte sie. »Ist heute etwas Besonderes los?« fragte Mingal.

»Nichts Besonderes. Wie immer«, antwortete der Dicke. »Gehen Sie nur hinein.«

Sie kamen in einen gewölbten Raum, der durchaus nicht den Eindruck machte, als ob sich hier die unterirdische Welt ein Stelldichein zu geben pflegte. Die Wände waren frisch geweißt. Das Büfett im Hintergrunde glänzte von sauber geputztem Nickel und hatte blanke, facettierte Spiegelscheiben. Tische und Stühle waren aus dunkler Eiche. Der Fußboden hatte einen Belag von Linoleum. Zwischen den Gängen lagen rote Läufer. Sogar die Kellner trugen blendend weiße Jacken.

Mingal lachte leise: »Wenn diese Herrschaften unter sich sind, dann wollen sie so vornehm als möglich sein. Ich glaube, sie sind imstande, einen Einbruch zu begehen und sich einen guten Anzug zu stehlen, ehe sie ins Schlachthaus kommen.«

In der Tat waren alle Gäste überraschend gut gekleidet. Zwar die Gesichter von vielen ließen eine Täuschung über den Eigentümer der Kleidung nicht zu. Aber das wäre für einen Menschen, der nicht im Bilde war, auch das einzige Erkennungszeichen gewesen. Im übrigen herrschte ein sehr gedämpfter Lärm, eine betonte gegenseitige Freundlichkeit und Höflichkeit. Das hinderte nicht, daß zuweilen die Leidenschaften hier in wildester Form ausbrachen, und die Bezeichnung »Schlachthaus« kam nicht zuletzt daher, daß mehr als einmal in diesen sauberen und gepflegten Räumen Blut geflossen war.

Die Tische waren stark besetzt. Überall wurde eifrig getrunken. Um die neuen Gäste kümmerte sich kaum jemand. Sie fanden im Mittelgang des Lokals noch zwei Stühle und nahmen dort Platz. Sie unterhielten sich über gleichgültige Dinge. Dabei ließen sie ihre Blicke unauffällig in die Runde gehen, ob wohl ein Gesicht zu entdecken sei, dessen Träger ihnen für ihre Zwecke dienlich sein könnte.

Als sie eine Weile so gesessen hatten, entstand an einem der Tische eine Bewegung. Ein Gast redete auf einen Kellner ein. Seine Stimme übertönte die anderen: »Ich gebe Ihnen mein Wort darauf, daß ich einen Fünfmarkschein gehabt habe, als ich kam. Jetzt kann ich ihn nicht finden.«

Der Kellner wollte sich damit nicht zufrieden geben. Ovel und Mingal verständigten sich durch einen Blick. Dann ging Mingal zu dem Tisch hinüber und sagte zu dem Kellner: »Warum glauben Sie dem Herrn nicht? Er ist ein guter Bekannter von mir, und ich übernehme die Zeche.« Damit warf er ein Geldstück auf den Tisch.

Der vermeintliche Zechpreller sah überrascht auf, erhob sich und sagte: »Verbindlichsten Dank, mein Herr. Wo und wann darf ich Ihnen Ihre Auslage zurückerstatten?«

»Ist nicht der Rede wert«, lächelte Mingal. »Sie würden meinen Freund und mich zu Dank verpflichten, wenn Sie uns etwas Gesellschaft leisten würden. Wir langweilen uns nämlich.«

Die übrigen Gäste an dem Tische lachten. Das war einmal eine billige Zeche. »Mannik,« sagte der eine, »du hast mehr Glück als Verstand.«

»Glück ist mehr wert«, sagte Mannik zufrieden und ging an den anderen Tisch. Dort stellte er sich mit aller Förmlichkeit vor: »Gestatten: Mannik.«

Mingal sagte: »Wir heißen Müller und Schulze.«

»Aha!« meinte Mannik. »Ich verstehe: unter Ausschluß der Öffentlichkeit.«

»Ganz recht. Wir stehen nämlich nicht im Register. Es tut uns leid, Herr Mannik, daß Sie Ihren letzten Geldschein verloren haben. So etwas soll für das wirtschaftliche Fortkommen recht hinderlich sein.«

»Nun,« sagte Mannik gottergeben, »es gibt immer noch gute Menschen auf der Welt; und solange es die gibt, solange gibt es auch Möglichkeiten, zu verdienen.«

»Leicht gesagt«, erwiderte Mingal. »Zuweilen kann man tagelang suchen; zuweilen aber auch liegt das Geld so auf der Straße umher. Man braucht sich nur zu bücken, und man hat einige hundert Mark, unter Umständen sogar tausend Mark verdient.«

Mannik war sehr hellhörig. Er verstand schon, warum man ihn an diesen Tisch geholt hatte. Er sagte träumerisch: »Tausend Mark verdiene ich sehr gern … wenn die Bedingungen nicht zu schwer sind.«

♠

»Für nichts ist nichts«, sagte Ovel energisch. »Wer zu Geld kommen will, der muß sich schon einmal hart anfassen lassen. Sie sehen eigentlich aus, als ob Sie ganz gut einen Knuff vertragen könnten. Sind Sie im Augenblick beschäftigt?«

Mannik nickte: »Jedenfalls habe ich ein Angebot, einen Auftrag auszuführen. Aber ich habe mich noch nicht entschieden. Die Bedingungen sind mir etwas peinlich.«

»Schlachtfest?« frage Ovel fachverständig.

»Ach woher denn! Das ist ja Amateurarbeit. Nein, ich soll etwas viel Vertrackteres tun. Ich soll mich für nichts und wieder nichts einsperren lassen.«

Mingal stieß unter dem Tisch Ovel an und lachte: »Sonderbare Zumutung. Ist es unbescheiden, wenn ich frage, was das eigentlich auf sich hat? Verstehen Sie mich nur recht, Herr Mannik: ich will Ihnen kein Geheimnis entlocken. Es ist … reine Neugierde.«

»Bitte, bitte, Herr Müller oder Herr Schulze. Es ist ganz einfach ein Kassiberschleppen, das ich vornehmen soll.«

Ovel saß wie erstarrt. Auch Mingal hatte Mühe, seine Beherrschung zu bewahren. Wieder bewährte sich seine Überzeugung, daß nichts sinnloser und kostbarer sei als der Zufall. Seine ganze Chance bestand im Augenblick darin, sich diesen Zufall nicht wieder entwischen zu lassen. Vielleicht war die Spur falsch; vielleicht war sie aber auch richtig. Er saß schon zu lange untätig da, um nicht das Äußerste in dieser Situation zu wagen. Darum beugte er sich über den Tisch und frage schlicht: »Was bietet Ihnen Olly dafür?«

Mannik warf vor Schreck sein Glas um. Mingal war überzeugt, daß er es nur tat, um Zeit für eine Antwort zu gewinnen. Und er ließ ihm die Zeit. Während der Kellner die Tischplatte abtrocknete, zündete er sich nachlässig eine Zigarette an. »Nun?« frage er dann.

Mannik hob die rechte Hand etwas und sagte: »Ich bin taubstumm. Guten Abend.« Damit stand er auf und ging quer durch das Lokal fort.

Ovel und Mingal blieben zitternd auf ihren Plätzen. Sie kamen erst zu klarem Bewußtsein, als die schwere Holztür sich hinter Mannik geschlossen hatte. Dann zahlten sie und ließen sich hinausgeleiten. Beide bebten vor Zorn und Enttäuschung. »Warum

♠

hast du ihn nicht festgehalten?« zischte Ovel. »Was fängst du mit all deiner Schlauheit an, wenn du diesen Mann entwischen läßt.«

»Soll ich ihm mitten im Lokal etwa die Hände zusammenbinden? Im übrigen ist es besser, nachzudenken, als sich zu streiten.«

»Zugegeben. Du siehst, Olly ist noch da und ist schon in voller Tätigkeit. Sie will versuchen, an Bob heranzukommen. Er ist ja auch der einzige, der den Weg kennt. Wenn er nicht rechtzeitig Nachricht von uns bekommt, dann ist er endgültig für uns verloren. Du mußt dir seine Situation vorstellen. Er sitzt da und weiß nicht, was er beginnen soll.«

»Gewiß,« sagte Mingal, »aber wenn er draußen ist, kann er uns einstweilen auch nicht helfen, weil wir den Plan nicht haben.«

»Gleichgültig. Ich vermute, daß Olly ihn inzwischen hat, weil sie sich sonst nicht so um ihn kümmern würde. Mir ist nur unklar: woher weiß der Mann, daß Bob den Taubstummen spielt? Oder hältst du die Bemerkung für einen Zufall?«

»Das ist kein Zufall. Damit wollte er mir die Antwort darauf geben, daß ich Ollys Namen genannt habe. Diesen Mann müssen wir haben. Er wird im Keller nicht unbekannt sein. Wir wollen zurückgehen und nach ihm fragen.«

»Und Aufsehen erregen, nicht wahr? Ich denke nicht daran. Wir wollen morgen abend wieder herkommen. Ich bin überzeugt, daß er sich die Sache überlegt und ein größeres Angebot erwartet …«

»Oder daß er inzwischen Olly Bescheid gibt!«

»Das ist auch möglich; aber was schadet uns das? Sie weiß doch, daß wir hier etwas unternehmen. Auf jeden Fall gehen wir morgen wieder hierher. Ich weiß schon, wie ich Herrn Mannik mürbe mache.« – –

Sie waren am nächsten Abend wieder im Keller des »Schlachthauses«. Bald bestätigte sich ihre Vermutung. Mannik, in einem tadellos neuen Anzug, erschien und setzte sich, etwas entfernt von ihnen, an einen Tisch. Ovel winkte dem Kellner: »Bringen Sie, bitte, dem Herrn da drüben mit dem graugestreiften Anzug diesen Brief.«

Der Kellner erledigte seinen Auftrag. Mannik öffnete den Brief, ohne sich nach dem Tisch der beiden Gäste umzudrehen und las folgendes:

♠

»An die Inspektion des Untersuchungsgefängnisses, hier. Wir erlauben uns, Ihnen mitzuteilen, daß in diesen Tagen dort ein Untersuchungsgefangener eingeliefert wird, der Mannik heißt. Vielleicht wird er auch einen anderen Namen angeben. Dieser Herr hat den Auftrag, sich mit dem dort inhaftierten Untersuchungsgefangenen Bob (Einbruch bei dem Buchbinder Jäger) in Verbindung zu setzen und ihm mündlich oder schriftlich eine Botschaft zu übermitteln. Wir empfehlen der verehrlichen Inspektion daher, sowohl auf Bob wie auf diesen Boten besonders achtzugeben. Eventuell kommt sogar Gefangenenbefreiung in Frage. Hochachtungsvoll! Müller und Schulze.«

Mannik faltete den Brief sorgfältig wieder zusammen und steckte ihn in die Tasche. Ovel beobachtete es durch den Spiegel des Büfets. Er sagte zu Mingal: »Jetzt wird er wohl kein Vergnügen mehr daran haben, für Olly diesen Auftrag auszuführen. Wenn er nicht für uns tätig sein will, dann schreibe ich unter allen Umständen an die Inspektion. In zwei Minuten sitzt er hier am Tisch.«

So geschah es auch. Mannik kam durch das Lokal, als habe er die Absicht, fortzugehen. Er spielte den Erstaunten, als er die beiden Gäste sah. »Sieh an, da sind ja die liebenswürdigen Helfer von gestern abend wieder. Wie geht's, meine Herren?«

»Danke, danke. Wollen Sie uns einen Augenblick Gesellschaft leisten?«

»Gerne«, sagte Mannik und nahm Platz. »Aber es kann sich nur um einen Augenblick handeln. Ich muß bald fort.«

»Nun, für einen kleinen Schoppen Wein wird es langen. Was machen die Geschäfte, Herr Mannik?«

»Es geht so an«, lächelte Mannik. »Die Konkurrenz ist groß.«

»Wirklich?« fragte Mingal. »Das wundert mich. Im allgemeinen heißt es doch, daß das Angebot die Nachfrage und damit den Preis drückt.«

»In diesem Falle liegt es umgekehrt, meine Herren. Mir sind tausend Mark geboten. Bieten Sie mehr?«

»Ich denke gar nicht daran«, sagte Mingal kühl. »Wenn Olly Ihnen tausend Mark bietet, dann biete ich Ihnen die Hälfte. Mehr ist uns die Geschichte nicht wert. Und wenn Sie nicht wollen, dann geht der Brief an die Inspektion ab und Sie sitzen auf.«

♠

»Ich will nicht«, sagte Mannik gelassen. »Das heißt: für diesen Auftrag selbst verlange ich nicht mehr als fünfhundert Mark. Aber ich habe noch etwas anderes abzugeben, und dafür verlange ich zweitausend Mark.«

»Mätzchen!« rief Mingal verächtlich. »Nehmen Sie die fünfhundert und seien Sie zufrieden, daß wir Ihnen das Geschäft nicht ganz verderben. Entscheiden Sie sich heute abend noch; sonst ziehen wir das Angebot zurück. Dann können Sie sich einsperren lassen und haben überhaupt nichts davon.«

Mannik schmunzelte: »Meine Herren, ich bin nicht mehr so grün, wie Sie glauben. Zwar können Sie mir das Geschäft mit den tausend Mark verderben, aber ich kann Ihnen mehr verderben; oder besser gesagt: ich kann Sie davor bewahren, daß Sie noch mehr verderben, als Sie bisher schon verdorben haben. Warum wollen wir lange Verstecken spielen? Was macht übrigens Ihr Bein, mein Herr?«

Mingal riß die Augen auf. Jetzt war es klar, daß der Mann über eingehende Kenntnisse verfügte. Es war gleich, woher sie kamen. Es war wieder ein Beweis, daß Olly nicht schlief.

»Sie spielen Verstecken«, sagte Ovel erregt. »Wissen wir denn, ob Ihre Kenntnisse überhaupt etwas wert sind? Vielleicht sind sie gerade soviel wert wie der Schoppen Wein, den Sie da trinken. Wir kaufen keine Katze im Sack.«

»Das kann ich verstehen. Dann will ich den Sack ein ganz klein wenig, so oben am Zipfel öffnen, und Sie gewissermaßen den Schwanz von der Katze sehen lassen. Dann können Sie sich die Sache mit den zweitausend überlegen. Ich will sie jetzt gar nicht haben.«

»Gut«, sage Mingal. »Dann öffnen Sie erst mal den Zipfel.«

Mannik beugte sich etwas vor: »In diesen Tagen verreist der Detektiv Aren für längere Zeit.«

Es trat eine Pause des Schweigens ein. Ovel und Mingal waren sehr ernst geworden. Endlich sagte Mingal: »Wir schlagen Ihnen vor, daß wir uns in einer halben Stunde am Klostermarkt treffen. Einverstanden?«

Mannik nickte und ging. Ovel fuhr sich durch die Haare: »Jetzt geht das Rennen los. Wenn Aren verreist, dann hat das seinen guten Zweck. Sollte er den Plan entziffert haben? Wir müssen, glaube ich, die zweitausend springen lassen. Mannik kann ein Schwindler sein oder nicht. Ich vermute aber, daß er noch mehr weiß. Wir wollen nicht am falschen Orte sparsam sein.«

»Schon recht. Wir müssen aber zur Bedingung machen, daß er uns sagt, wo Olly steckt. Also gehen wir zum Klostermarkt.«

Mannik war schon an Ort und Stelle. »Nun, meine Herren?«

»Wir sind mit Ihrem Vorschlag einverstanden, aber nur unter der Bedingung, daß Sie uns den Aufenthalt von Olly mitteilen.«

Mannik zuckte die Schultern: »Dann zerschlägt sich das Geschäft. Ich kann Ihnen auf Ehrenwort versichern, daß ich nicht weiß, wo Olly ist und daß ich sie nie zu Gesicht bekommen habe.«

»Das sieht ihr ähnlich«, entfuhr es Ovel. »Aber egal. Sie sollen sehen, daß wir nicht kleinlich sind. Genügt Ihnen unser Ehrenwort, daß wir bezahlen, wenn der Auftrag ausgeführt ist?«

»Genügt mir. Wir sind ja unter Ehrenmännern. Was soll ich Bob bestellen?«

»Folgendes: er soll seine Rolle als Taubstummer beibehalten. Er soll sich aber schriftlich äußern, und zwar dahin, daß er den Einbruch nur aus Not versucht habe, um an die Ladenkasse zu kommen. Er sei in Not geraten, weil Olly ihn vollständig ausgeplündert habe. Im übrigen soll er ruhig seinen wahren Namen angeben. Sagen Sie ihm weiter, daß er sich beim holländischen Konsulat Geld abholen könne, sobald er frei ist. Er soll dann sofort nach Colombo kommen und dort im Gelben Haus Unterkunft nehmen.«

»Gut. Sonst noch etwas?«

»Das wäre wohl alles. Aber halt, eines noch. Sagen Sie ihm, er solle sich unter allen Umständen, ohne sich um uns zu kümmern, nach Colombo begeben, sobald er frei ist; auch dann, wenn wir hier noch zu tun haben. Vom Gelben Haus aus soll er versuchen, festzustellen, ob Miquels Aufzeichnungen noch vorhanden sind. Er muß sich zu diesem Zwecke an den alten Bungalow heranmachen. Dann soll er – ob mit oder ohne Aufzeichnungen – drüben auf uns warten.«

»Das werde ich ausrichten«, sagte Mannik. »Und nun will ich mit meiner Gegenleistung herausrücken. Sie werden übermorgen im Generalanzeiger ein Inserat finden, in welchem ein Herr Krojan Bekannte oder Verwandte des Herrn Miquel zwecks Informationserteilung sucht.«

»Nanu? Was soll das für einen Zweck haben?« rief Mingal.

»Den Zweck kann ich Ihnen nicht sagen. Ich kann Sie nur auf folgendes hinweisen: Aren reist morgen ab. Ziel unbekannt. Man kann vermuten, daß er sich nur irgendwo in der Umgebung versteckt, um den Anschein zu erwecken, er sei vom Schauplatz abgetreten. Kaum ist er einen Tag weg, da sucht Herr Krojan Leute ausfindig zu machen, die etwas von Herrn Miquel wissen oder etwas über Herrn Miquel erfahren wollen. Er bekommt Mut, sobald Aren weg ist. Wenn ich nun Ovel oder Mingal hieße, würde ich mich sehr hüten, darauf hereinzufallen.«

»Woher wissen Sie unsere Namen?« packte Mingal ihn an.

»Ihre Namen? Ich habe doch Müller oder Schulze gesagt. Oder haben Sie etwas anderes verstanden? Also ich meine: man könnte zu Herrn Krojan ins Haus gehen und dann große Schwierigkeiten haben, wieder herauszukommen. Wenn aber niemand kommt, dann wird Frau … Verzeihung: Herr Krojan das Geld für das Inserat vergeblich bezahlt haben.«

»Hm«, sagte Ovel. »Ich kalkuliere, ich wäre in die Falle gegangen. Du wohl auch, Mingal.«

»Vielleicht. Bei dieser unübersichtlichen Geschichte hätte ich es vielleicht darauf ankommen lassen. Immerhin gut, daß wir es wissen. Also die Zweitausend sind geordnet, Herr Mannik … sobald alles andere erledigt ist. Haben Sie sich schon überlegt, wie Sie in das Untersuchungsgefängnis hineinkommen?«

»Versteht sich. In einer Stunde bin ich drin.«

»Nun, Sie haben es aber eilig«, lachte Mingal. »Wie machen Sie es denn?«

Mannik zog eine kleine blaue Schachtel aus der Tasche. »Sie wissen, meine Herren, daß der Handel mit Kokain verboten ist. Verfügen Sie sich, bitte, in das kleine Weinlokal, das da drüben unter der grünen Laterne liegt. Daher heißt es Laubfrosch. Da werde ich, mehr oder minder unauffällig, versuchen, den Inhalt dieser Schachtel los zu werden. Das Lokal wird scharf überwacht, und es müßte mit dem Teufel zugehen, wenn ich nicht binnen zehn Minuten einem Kriminalbeamten in die Hände falle.«

Ovel nickte zustimmend, aber Mingal schüttelte den Kopf: »Bester Mann, dann bekommen Sie doch mindestens drei Monate wegen

♠

verbotenen Handels mit Giften. Und solange können wir nicht warten.«

»Unsinn«, lachte Mannik. »Ich laß mich solange einsperren, bis ich Bob gesprochen habe, dann weise ich den Herren nach, daß in dieser blauen Schachtel gar kein Kokain ist, sondern … Magnesium, das mit feinem Kochsalz vermischt ist. Äußerlich sieht es wie Kokain aus. Aber für Magnesium mit Kochsalz kann man mich nicht bestrafen.«

Sie lachten alle drei herzlich. Dann verabschiedeten sie sich und wünschten einander ein frohes Wiedersehen. Ovel und Mingal begaben sich in den Laubfrosch. Die Gesellschaft dort war recht bunt gemischt. Man sah wirkliche und scheinbare Eleganz; biedere, stumpfe Gesichter und solche, die alle Merkmale des Rauschgiftes in den zerstörten Zügen trugen. Neben den zufälligen Gästen waren deutlich die Stammgäste zu erkennen, die an jedem Tisch bekannt waren, sich mit dem Barkeeper unterhielten, die Wirtin um Geld angingen und jedes unbekannte Gesicht zweifelnd betrachteten, ob es ein Kriminalbeamter sei oder einer, von dem man eine Freizeche erwarten konnte.

Die beiden saßen in der Nähe der Bar, tranken ihren Schwedenpunsch und warteten auf Mannik. Er kam nicht. Sie wurden unruhig. War hier irgendein neuer Bluff von Olly zu erwarten? Aber plötzlich stieß Mingal seinen Freund an: »Da sitzt er ja!«

Mannik hatte seinen Anzug gewechselt. Er sah unscheinbar und kümmerlich aus. An Stelle des Kragens trug er ein breites, rotes Halstuch. Er stierte mit gläsernen Augen vor sich hin. »Glänzende Maske«, flüsterte Ovel. »Den müssen wir uns für später warm halten. Er scheint etwas zu können. Vor allem ist es gut, daß er uns mit keinem Blick beachtet.«

Sie sahen, daß Mannik nach einem Tische hin Zeichen machte und die kleine blaue Schachtel andeutend hochhielt. Der Mann, dem das Zeichen galt, rieb Daumen und Zeigefinger gegeneinander, als wollte er sagen: Kein Geld. Mannik versuchte es nach einer anderen Richtung hin, wo eine blasse, grellweiß geschminkte Frau saß. Sie winkte ihm mit dem Kopfe. Er schlenderte mit schleifenden Bewegungen an ihren Tisch und stellte sich hinter ihren Stuhl. Dabei hatte er die blaue Schachtel in der geschlossenen Hand auf dem Rücken.

Während er noch mit der Geschminkten sprach, streckte sich vom Nebentisch eine Hand nach seinem Arm aus und hielt ihn fest. Mannik fuhr mit einem Ruck herum und wollte sich frei machen. Da wurde ihm eine blanke, runde Marke vor das Gesicht gehalten. In der nächsten Sekunde verließ er, von einem stämmigen Mann geführt, das Lokal. Das alles ging so schnell und exakt vor sich, daß die beiden Auftraggeber ihre helle Freude daran hatten.

Aber in Mingal war noch ein letztes Mißtrauen. »Bleib sitzen«, sagte er zu Ovel. »Ich gehe nach und will sehen, ob er tatsächlich abgeliefert wird oder ob das ein vereinbarter Bluff ist.«

Nach zehn Minuten kam er zurück und lächelte: »Mannik hat noch einen ordentlichen Hieb ins Genick bekommen und ist dann auf die Wache dreizehn geführt worden. Die Sache geht also ihren Gang. Und wir können uns schlafen legen.« –

In dem Distriktbüro 13 wurde Mannik unsanft in die Wachstube geschoben und auf einen Stuhl gedrückt. »So,« sagte der Beamte, »endlich einmal einen Kokshändler auf frischer Tat ertappt.«

Die anderen Beamten kamen neugierig hinzu. »Wer ist der Kerl? Wie heißen Sie?«

Mannik sah einen nach dem anderen aufmerksam an. Er gab keine Antwort und schüttelte mißbilligend den Kopf.

»Wollen Sie jetzt endlich Antwort geben?« wurde er angeranzt.

Mannik schüttelte immer noch in dieser seltsamen Art den Kopf. Endlich sagte er leutselig: »Kinder, Kinder, wer hat euch eigentlich ausgebildet? Wozu habt ihr denn Augen?«

»Ist das aber ein frecher Lümmel! Wollen Sie jetzt Ihren Namen sagen!?«

»Winkelmann«, sagte der Arrestant bescheiden.

»Was für einen Beruf haben Sie?«

»Ich bin Kriminalkommissar bei der Abteilung fünf. Und das sage ich Ihnen, Schaffhausen, wenn Sie mir noch mal einen solchen Hieb ins Genick geben, dann lege ich Sie mit einigen Kunstgriffen auf die Erde, daß Sie sich für einen Pflasterstein halten.«

Er riß Halstuch, Perücke und den kleinen Schnurrbart ab und reckte sich. Ein dröhnendes Gelächter entstand in der Wachstube, an dem sich Schaffhausen nicht beteiligte. Ihm war sehr unbehaglich zumute. »Aber Sie haben sich doch so gesträubt«, sagte er entschuldigend.

♠

»Das mußte ich, mein Lieber, weil einer der Herren mir nach-ging. Machen Sie sich keine Kopfschmerzen darüber. Ich trage es Ihnen nicht nach. Ich habe mir diese Rolle schließlich selbst ausge-sucht und muß ihre Unannehmlichkeiten in Kauf nehmen.«

»Was haben Sie denn angestellt?« wurde er gefragt.

»Amtsgeheimnis. Kann ich nicht sagen. Ist Herr Aren schon da?«

»Ja. Er sitzt seit einer Stunde in der Registratur und wartet auf Sie.«

»Schönen Dank. Guten Abend, meine Herren. Und machen Sie nächstes Mal Ihre Augen besser auf. Die Sache ist blamabel für Sie. Sie dürften sich schließlich durch eine so schlichte Verkleidung nicht täuschen lassen.«

Damit ging er zu Aren hinüber, der ihn freundlich begrüßte. »Na, alles gut gegangen?«

»Ausgezeichnet. Ich muß Ihnen nochmals bestätigen, daß Sie gute Gedanken haben.«

Aren wehrte bescheiden ab: »Was ist denn so wichtig daran? Etwa, daß ich Mingals Wohnung ermittelt habe? Oder daß ich seine Wirtin bestochen und alle Gespräche belauscht habe, die Ovel und Mingal miteinander geführt haben? Das sind doch Anfängerleis-tungen. Die Hauptarbeit hatten Sie. Was haben Sie erreicht?«

»Also erstens: Bob ist weder taub noch stumm. Das wußten wir längst. Dann zweitens: Ihre Vermutung bezüglich Ceylon hat eine neue Bestätigung bekommen. Bob soll sich nach seiner Frei-lassung sofort nach Colombo begeben und dort im Gelben Haus Unterkunft nehmen. Geld für ihn wird beim holländischen Konsul hinterlegt. Dann soll er versuchen, an die Aufzeichnungen Miquels heranzukommen, falls solche vorhanden sind. Zu diesem Zweck soll er sich in den alten Bungalow begeben. Und endlich: sie wissen nicht, wo Olly ist; genau so wenig wie wir.«

»Das ist sehr schön«, sagte Aren. »Soviel können wir also fest-stellen: Ceylon und Miquel gehören zusammen; ferner der Plan samt Miquel und Ceylon; endlich Ovel, Mingal und Bob auf der einen und Olly auf der anderen Seite. Wir haben jetzt ferner Co-lombo, das Gelbe Haus und den alten Bungalow; ferner die An-deutung von Aufzeichnungen, die Miquel drüben gemacht hat. Ich vermute – und das bestätigen Sie mir wohl –, daß es sich um ein

Versteck mit wertvollen Sachen handelt, nach dem beide Parteien suchen. Das Wo und das Wie liegen allerdings noch im Schatten. Aber es gibt keinen Weg, der nur einen Anfang und kein Ende hätte. Wir müssen weitergehen. Haben Sie sonst alles vorbereitet?«

»Jawohl; und zwar glaube ich: mustergültig.«

»Recht erfreulich. Wir werden also jetzt getrennt marschieren und vereint schlagen. Halten Sie sich munter. Meine Instruktionen finden Sie in diesem Briefumschlag. Ich habe alle Situationen numeriert und die Eventualfälle mit A und B bezeichnet. Auch über die Nachrichtenübermittlung ist alles Erforderliche darin gesagt.«

»Na, denn viel Glück. Ich werde vermutlich in einer Woche wieder mit Ovel und Mingal zusammentreffen und dann sofort berichten.«

Damit trennten sie sich. – – – – – – – –

Das Inserat im Generalanzeiger, auf das Ovel und Mingal warteten, erschien zu der angegebenen Zeit nicht. Das beunruhigte sie. Sie mußten mit der Möglichkeit rechnen, daß Mannik sie falsch unterrichtet habe. Dem stand aber die Erwägung gegenüber, daß er noch kein Geld bekommen hatte und sich selber schädigte, wenn er falsch berichtete. Vielleicht hatte er aber auch, statt seinen Auftrag auszuführen, in irgendeiner Weise Olly verständigt, und sie hatte das Inserat nicht aufgegeben, weil sie auf den gewünschten Erfolg nicht mehr rechnen konnte. Immerhin vergewisserten sie sich, daß Arens Wohnung tatsächlich verschlossen und die Vorhänge heruntergelassen waren.

Dieser Teil der Voraussage stimmt somit. Wenn es richtig war, daß Olly sie mit der Anzeige fangen wollte, dann war nicht zu verstehen, warum sie nicht erschien. Sie studierten alle Zeitungen, deren sie habhaft werden konnten. Nichts war zu finden. Dagegen bekamen sie, als sie eine Woche vergeblich gewartet hatten, in einem neutralen Briefumschlag mit Poststempel aus dem Zentrum der Stadt Nachricht: Inserat erscheint nicht! Die Adresse und der Brief waren mit Schreibmaschine angefertigt.

Sie standen vor einem neuen Rätsel. Sie gingen in den Keller des Schlachthauses, um zu erfragen, ob Mannik sich wieder habe sehen lassen. Man sagte ihnen, Mannik sei von der Polizei erwischt. Das war ihnen nicht neu und damit war ihnen nicht gedient.

♠

»Du wirst sehen,« sagte Mingal, »wir werden abreisen müssen, ohne das geringste erreicht zu haben. Der Plan ist weg; Aren ist verreist; Bob sitzt im Gefängnis; Olly meldet sich nicht; Mannik kommt nicht wieder. Alles Nieten! Es wird das beste sein, wir packen unsere Koffer und fahren nach Colombo zurück. Dieser Zettel bestärkt mich darin. Offenbar kommt er doch von Mannik und bedeutet, daß Olly ihre Ermittlungen hier ebenfalls aufgegeben hat. Vielleicht ist sie schon unterwegs nach Ceylon und hat einen Vorsprung, den wir nicht einholen können.«

»Was nützt der Vorsprung, wenn sie den Plan nicht hat? Und niemand, der sie nach dem Plan führen kann? Und warum sollte sie abreisen?«

Mingal überlegte: »Es gibt eine Möglichkeit, die mich schon seit einigen Tagen beunruhigt. Aren ist weggefahren. Warum sollte er nicht nach Ceylon gefahren sein? Und warum sollte Olly nicht davon Wind bekommen haben? Nichts natürlicher dann, als daß sie nachfährt. Dann braucht sie sich um uns nicht mehr zu kümmern.«

So berieten sie unausgesetzt hin und her und blieben im ungewissen. Diese fortgesetzten Beratungen und die Nachricht, die ihnen der anonyme Zettel überbrachte, hatten zur Folge, daß sie sich um die Zeitungen überhaupt nicht mehr kümmerten. So kam es auch, daß sie eine mittelgroße, nicht zu versteckte und nicht allzu sichtbare Anzeige übersahen, der sie sicher die größte Aufmerksamkeit geschenkt hätten, wenn sie zu ihrer Kenntnis gekommen wäre. Die Anzeige lautete:

Freihändiger Verkauf gegen Meistgebot! Aus Nachlässen stammende Gegenstände (Schöer, Hamelmann, Miquel usw.) wie Haushaltssachen, Schmuckgegenstände, Bücher usw. Montag von 8 bis 12 Uhr. Mit behördlicher Genehmigung. Trauthal, St. Martinigasse.

Dieser Verkauf war nicht stark besucht. Trauthal gab sich alle erdenkliche Mühe, seine Waren den wenigen Interessenten anzuhängen. Einige Stücke fanden Liebhaber, andere mußten zurückgestellt werden. Es blieben noch einige Bilder und ein Stoß Bücher übrig. Trauthal wies auf die schönen Öldrucke hin. Er wurde ausgelacht. Dann las er, wahllos durcheinander, Buchtitel vor. Aus einer Ecke sagte eine Frau, die nach Art der Händlerinnen ein Kopftuch umgeschlagen hatte: »Fünf Mark für den ganzen Schwung.«

»Kann ich nicht«, beteuerte Trauthal. »Dabei komme ich nicht auf meine Kosten. Es sind tadellose Einbände dazwischen und auch wertvolle Bücher.«

»Na, dann sieben Mark.«

»Zu wenig. Hier sind Schiller und Goethe. Und Plu … Plutarch.« (Er betonte die erste Silbe.) »Und noch eine ganze Menge ausländischer Sachen. Hier Ariost.« (Er betonte wieder die erste Silbe.) »In ganz feinem Pergament. Wer bietet mehr?«

»Zehn Mark«, sagte ein anderer Händler. Trauthal bekam Mut. »Zehn Mark sind geboten. Wer bietet mehr?«

»Zwölf«, sagte die Frau. Der Händler überbot auf fünfzehn. Die Frau wurde energisch: »Zwanzig Mark, und dann Schluß!« Aber der Händler, der Buch für Buch dicht an die kurzsichtigen Augen führte, war nicht aus dem Felde zu schlagen. Er nahm eines der Bücher heraus, hielt es Trauthal hin und sagte: »Zwanzig für dieses allein.«

Trauthal beeilte sich: »Zwanzig zum ersten, zum zweiten, zum dr …!«

Die Frau unterbrach ihn: »Halt! Das ist nicht anständig. Sie müssen Gelegenheit zum Bieten geben. Sonst ist die Sache Schiebung.«

Trauthal war empört: »Bei mir ist alles reell! Ich brauche die Sachen überhaupt nicht zu verkaufen, wenn ich nicht will.«

»Richtig«, sagte der Händler. »Ziehen Sie das Buch einfach von der Versteigerung zurück. Dann gebe ich Ihnen zwanzig Mark in bar.«

Trauthal hielt das Buch hoch und verkündete: »Ich ziehe dieses Buch hier von der Versteigerung zurück! Aus! Darf ich bitten, mein Herr?«

Er gab dem Händler das Buch und empfing dafür seine zwanzig Mark. Mit einem geringschätzigen Blick auf seine Konkurrentin entfernte sich der neue Besitzer. Er war noch nicht hundert Meter gegangen, als er eine Stimme hinter sich hörte: »He, Sie! Warten Sie mal!«

Es war die Händlerin. Er wartete und fragte: »Was wollen Sie denn? Das Buch haben?«

»Ja. Ich muß es für einen Kunden besorgen. Ich gebe Ihnen zehn Mark Nutzen. Lassen Sie es mir.«

♠

Er schüttelte den Kopf: »Geht nicht. Ich muß es auch für einen Kunden haben. Sonst hätte ich für die Schwarte nicht zwanzig Mark geboten.«

»Sie auch für einen Kunden?« fragte die Frau. »Das ist ja merkwürdig. Vielleicht hat er den Auftrag zweimal vergeben? Wer ist denn Ihr Kunde?»

»Sie halten mich wohl für dumm, daß ich Ihnen meinen Kunden sage, was? Suchen Sie sich dümmere Leute aus.«

Sie ließ sich aber nicht abschütteln: »Lieber Mann, warum wollen wir uns eigentlich gegenseitig das Geschäft verderben? Es ist doch jeder mal auf den anderen angewiesen. Kommen Sie, wir wollen die Sache einmal in Ruhe besprechen. Das Restaurant hier an der Ecke sieht ganz nett aus. Da können wir in Ruhe eine Fleischbrühe trinken.«

»Na, meinetwegen. Aber ich verspreche nichts.«

Sie gingen in ein kleines Frühstückslokal und nahmen in der äußersten Ecke Platz, wo sich in einer Nische ein kleines Wachstuchsofa befand. Der Händler setzte sich vor den Tisch, während die Händlerin sich in das Dunkel der Nische drückte. »Sehen Sie mal …«, begann sie.

Aber er unterbrach sie: »Einen Augenblick, liebe Frau. Lassen Sie mich erstmal was sagen. Man muß wissen, mit wem man zu tun hat, nicht wahr? Ich hab' Sie noch nie auf einer Auktion gesehen. Wo ich doch immer da bin. Wer sind Sie denn überhaupt?«

»Ich bin Frau Kleinbauer aus der Klosterstraße.«

Der Händler dachte angestrengt nach: »Frau Kleinbauer? Kenn' ich nicht. Und dabei kenne ich doch sonst alle Kollegen. Sagen Sie mal, heißen Sie Olly mit Vornamen?«

»Nein. Katharine.«, sagte die Frau mit zusammengepreßten Lippen.

Der Händler machte eine abwehrende Geste: »Aber beste Olly, das ist ja nicht wahr!«

Die Frau stieß einen dumpfen Laut aus. Ihre erste Bewegung war, zu fliehen. Aber der Händler hatte den Tisch fest gegen das Sofa gedrückt: »So einfach geht das nicht, Olly. Sie haben mich hierher eingeladen, und nun dürfen Sie mir auch nicht davonlaufen.«

»Wer sind Sie?« fragte Olly. »Woher kennen Sie mich?«

♠

»Ich kenne Sie gar nicht. Ehrenwort. Ich sehe Sie heute zum ersten Male. Ich habe eine Menge Geld daranwenden müssen, um diese Bekanntschaft zustande zu bringen. Trauthal hat diesen ganzen Verkauf überhaupt nur in meinem Auftrag vorgenommen, weil ich hoffen durfte, daß der Name Miquel seine Wirkung auf Sie nicht verfehlen würde. Denn ich brauche Ihre Bekanntschaft dringend.«

Olly saß zurückgesunken da. Das einfarbige Kopftuch entglitt ihr. Darunter wurden rabenschwarzes Haar und eine helle, hohe Stirn sichtbar. Sie war nicht mehr eigentlich jung; aber niemand hätte ihr die Attribute der Schönheit absprechen können, besonders in diesem Augenblick, wo sie alle Sinne und Energien zusammenraffte, um der Situation nicht zu unterliegen.

»Sie sind Aren?« fragte sie leise.

»Ich versichere Sie, daß ich es nicht bin. Aber es hat wenig Zweck, daß Sie sich darum kümmern, wer ich bin. Ich werde es Ihnen doch nicht sagen. Ich bin ehrlich, nicht wahr?«

»Sie werden nicht ohne Grund ehrlich sein«, sagte sie erbittert.

»Ganz recht, gnädige Frau. Ich habe mein Ziel vollkommen erreicht, und das bestand darin, Sie einmal zu sehen. Weiter kann ich nichts tun und weiter werde ich nichts tun. Ich habe keine Machtmittel, mehr zu tun.«

Olly gewann ihre Selbstbeherrschung wieder. »Also kann ich gehen, mein Herr?«

»Gewiß, gnädige Frau. Ich halte Sie keinen Augenblick. Ich würde es vielleicht tun, wenn ich es könnte. Aber ich tue es nicht. Es hat nicht einmal Zweck, daß ich Sie der Polizei denunziere, denn Sie haben ja noch nichts getan. Sie wollen doch erst etwas tun.«

Olly hatte eine böse Falte auf der Stirn. Dann sagte sie tastend: »Sie scheinen recht gut unterrichtet zu sein. Versprechen Sie sich etwas von einer längeren Unterhaltung?«

»Nicht das mindeste. Das Buch hingegen will ich Ihnen gerne schenken. Es ist mir ein Vergnügen, Sie für den ausgestandenen Schrecken zu entschädigen. Leider dürfte der Inhalt des Buches Ihre Erwartungen arg enttäuschen, denn es sind tatsächlich nur die ›Satyren des Ariost‹ darin.«

Olly lächelte: »Ich nehme trotzdem das Angebot gerne an. Verbindlichen Dank. Für jeden Menschen kann ein Buch verschiedenen Wert haben. Jeder entnimmt daraus das, was er für wichtig hält.«

»Ganz recht. Der eine nimmt die Satiren heraus, der andere … sagen wir mal: die Satire der Sache an sich. Ja, es gibt sogar Leute, die mit dem Pappdeckel des Einbands zufrieden sind.«

Jetzt knirschte Olly vor Wut: »Ich will gehen.« Aber als sie sah, daß er willig den Tisch zur Seite rückte und sich erhob, winkte sie ab: »Bleiben Sie sitzen. Ich bin Ihnen noch eine Fleischbrühe schuldig … und die zwanzig Mark, die Sie für mich verauslagt haben. Also der Plan ist nicht mehr darin?«

»Nein. In diesem Buch ist er auch nie gewesen. Es ist ein Duplikat, daß ich irgendwo aufgetrieben habe. Das Buch, in dem der Plan war, ist in andere Hände übergegangen.«

»Und der Plan selbst?«

»Den hat der Detektiv Aren.«

»Wo ist Aren?« fragte sie.

»Auf Reisen. Erschrecken Sie nicht. Sie dürfen eben nicht vergessen, daß Sie um gut drei Wochen zu spät gekommen sind … Was haben Sie davon, daß Sie die ganze Zeit hindurch das Gelbe Haus bewacht haben?«

»Mann, Sie sind unheimlich! Was wissen Sie alles?«

»Dies wußte ich nicht. Ich habe es auf gut Glück gesagt. Ich konnte mir sonst nicht denken, warum Sie drüben so lange getrödelt haben, wo doch hier so vieles auf dem Spiele stand. Aber im übrigen kenne ich Ovel, Mingal, Bob, das Gelbe Haus in Colombo, den alten Bungalow und noch vieles andere. Auch den Adampik kenne ich …«

Sie legte ihm die Hand auf den Arm: »Genug. Lassen Sie mich einen Augenblick nachdenken.«

Er schwieg, während sie, im Dunkel der Nische verborgen, ihren Gedanken nachging. Endlich fragte sie leise: »Was bezwecken Sie eigentlich mit dieser ganzen Geschichte? Wollen Sie Geld von mir haben? Wollen Sie einen Anteil an der Beute haben, oder was?«

»Ich habe schon gesagt, was ich wollte: wissen, wie Sie aussehen. Das weiß ich jetzt … und das genügt mir. Schade, daß Sie so unvorteilhaft angezogen sind. Ich spotte nicht. Ich meine es ganz aufrichtig.«

♠

»Wollen Sie mir einige Fragen beantworten, mein Herr? Vorausgesetzt, daß Sie können und dürfen. Sind Ovel, Mingal und Bob hier?«

»Jawohl, aber an getrennten Orten. Ich war mit allen dreien zusammen. Mit zweien von ihnen werde ich mich heute abend wieder treffen. Ich werde Ihnen aber nicht verraten, wo. Um Sie zu beruhigen, füge ich hinzu: ich werde den beiden auch nicht verraten, daß ich Sie gesehen habe.«

»Sie treiben also ein Doppelspiel?« fragte sie hämisch.

»Jawohl. Es tut mir leid, daß ich Sie mit dieser Antwort enttäuschen muß. Ich bin bereit, auf diese Enttäuschung ein Pflaster zu legen und Ihnen zu raten: reisen Sie noch heute nacht ab in Richtung Colombo.«

»Würden Sie mir die Gründe für diesen guten Rat erklären?«

»Nein. Das ist unmöglich … das heißt,« verbesserte er sich, »unmöglich ist es nicht. Ich müßte, wenn ich es täte, einen Gegendienst verlagen.«

»Wieviel?« fragte sie.

»Dieses Wieviel ist eine verletzende Frage. Ich sagte Ihnen schon, daß ich kein Geld von Ihnen haben will. Als Entgelt möchte ich von Ihnen wissen, wer die wirklichen Erben des Herrn Miquel sind. Unter wirklichen Erben verstehe ich nicht diejenigen, die sich wirklich an seine Erbschaft heranmachen, sondern diejenigen, die nach dem Gesetz als Erben berufen sind.«

»Ich werde sie Ihnen nicht sagen«, antwortete Olly.

»Gut. Wie sie wollen. Ich dränge Sie nicht. Ich gebe nur eines zu überlegen: Sie verscherzen sich unter Umständen das Wohlwollen der Erben, die Ihnen sicher einen Finderlohn geben würden. Wenn die Erben nicht ermittelt werden, dann fällt alles, was da auf dem Adampik liegt, als herrenloses Gut dem Staate zu. Und eben dieses Finden werden weder Sie noch Ovel noch Mingal fertig bekommen. Sie können es nach Belieben glauben oder nicht. Jedenfalls sitzen Sie hier vergebens und werfen Ihr gutes Geld weg, ohne Vorteil davon zu haben. Vorteil können Sie nur haben, wenn Sie abreisen … oder wenn Sie mir die Namen der Erben angeben.«

Olly überlegte. Dann sagte sie lächelnd: »Ich schäme mich nicht, Ihren guten Rat anzunehmen. Dazu bin ich moralisch be-

♠

rechtigt. Ich muß einen Ausgleich für den Schrecken haben, den Sie mir eingejagt haben. Aber die Erben nenne ich Ihnen nicht. Sie können mich auch nicht dazu zwingen.«

»Das kann ich nicht. Aber es ist und bleibt ein Verlust für Sie.«

»Bedauerlich. Man muß sehen, wo die größere Chance liegt. Werden wir uns in Colombo treffen?«

»Leider nicht, soviel Freude ich auch an Ihrer Bekanntschaft habe. Aber nun habe ich Sie lange genug aufgehalten, gnädige Frau. Darf ich mich verabschieden?«

»Ich möchte, daß wir zusammen gehen. Ich liebe es nicht, verfolgt zu werden.«

»Wie Sie wünschen.« Sie gingen zusammen fort und die Straße entlang. Unterwegs fragte sie lächelnd: »Wenn ich nun nicht abreise?«

Er zuckte die Achseln: »Dann würde sich höchstens eines Tages die Fremdenpolizei um Sie kümmern, unter dem Gesichtspunkt: unerwünschte Ausländerin. Aber darüber kann ich keine Einzelheiten angeben.«

Sie reichte ihm die Hand: »Also ich fahre. Vielen Dank für das Buch und … als Beweis dafür, daß Sie mich nicht verfolgen, nehmen Sie hier ein Auto und fahren Sie in der Richtung zum Bahnhof die Straße hinunter, während ich mir ein anderes Auto nehme und in die entgegengesetzte Richtung fahre.«

»Gern. Sie sollen sich in mir nicht täuschen.« Er winkte einem Wagen und fuhr zum Bahnhof. Als Winkelmann dort ausstieg, lachte er vor sich hin und sagte: »Du dumme Gans! Glaubst du denn, daß ich allein hinter dir her war? In zehn Minuten weiß ich deine Wohnung.«

Er schlenderte etwas auf dem Bahnhofsplatz auf und ab, dann ging er an den Fernsprechautomaten und rief das Polizeipräsidium an. Seine Helfer waren schon zurück. Einer meldete: »Sie wohnt Pension Aurora, Sternstraße.«

Dann macht sich Winkelmann noch ein privates Vergnügen. Er rief bei der Pension Aurora an und verlangte Frau Olly zu sprechen. Die Besitzerin kannte unter ihren Pensionären einen solchen Namen nicht. »Tut nichts«, sagte Winkelmann. »Fragen Sie nur bei Ihren Gästen nach einer Frau Olly. Es wird sich schon eine Dame melden.«

In der Tat meldete sich nach einer halben Minute eine Frauenstimme: »Wer ist da?«

♠

»Ich bin's«, sagte Winkelmann freundlich. »Ich wollte nur Bescheid sagen, daß der bequemste Zug heute gegen Mitternacht fährt. Ich wünsche angenehme Reise.«

Von drüben hörte er undeutliche Laute des Erschreckens, sodann, fast kreischend: »Ich fahre nicht!«

Da sagte er betont und ernst: »Es ist besser, daß Sie reisen. Freiwillig ist es immer angenehmer als gezwungen. Also werden Sie reisen?«

»Ja …«

Dann hängte Winkelmann ab und war sehr zufrieden. – – –

Am gleichen Abend saß Mannik im Keller des Schlachthauses. Sein Anzug war etwas zerknüllt und unordentlich; seine Miene verdüstert und unzufrieden. Nach einer Weile erschienen seine beiden Auftraggeber. Mit sichtlicher Erregung kamen sie an seinen Tisch. »Na?« flüsterte Mingal. »Auftrag ausgeführt?«

»War nicht möglich«, antwortete er.

»Stümper!« schimpfte Mingal. »Die technischen Schwierigkeiten waren wohl zu groß?«

»Das nicht. Aber … Bob ist nicht mehr im Untersuchungsgefängnis. Er ist in das Krankenhaus geführt worden. Von dort ist er … entflohen!«

Ovel fluchte wild. »Wann war das?«

»Vor genau acht Tagen, soweit ich habe feststellen können.«

»Dann müssen wir ihn suchen; koste es, was es wolle. Haben Sie eine Ahnung, wie er es angestellt hat?«

»Jawohl! Er hatte einen Helfer.«

Die beiden wechselten einen Blick; und dieser Blick sagte: Olly ist uns zuvorgekommen!

»Und dieser Helfer ist ein anderer Untersuchungsgefangener namens Sommer. Wenigstens wird das vermutet, weil beide in derselben Zelle waren und Bob kurz nach der Trennung den Kranken spielte, um in das Krankenhaus zu kommen.«

»Er war also nicht wirklich krank?«

»Ist nicht anzunehmen. Ich habe mir sagen lassen, er hätte seinen Wärter, einen baumstarken Kerl, überwältigt.«

Betretenes Schweigen. Dann sagte Mingal: »Herr Mannik, würden Sie uns einen Augenblick allein lassen und draußen auf uns warten?

Wir sind in zehn Minuten bei Ihnen.«

Mannik ging, ohne sich zu sträuben. Mingal schlug mit der Hand auf den Tisch: »Wenn Bob seit acht Tagen frei ist und nicht mit uns zusammengetroffen ist, dann ist er nicht mehr hier!«

»Leider kaum zu bezweifeln. Leider ist sogar zu vermuten, daß er auf der Fahrt nach Colombo ist.«

»Die nächste Vermutung ist, daß er nicht zum Vergnügen und nicht mit leeren Taschen gefahren ist.«

»Selbstverständlich nicht. Er hat Geld, und das hat er nicht von uns. Und wenn er Geld hat ...«

»So hat er oder Sommer den Plan. Und wir sind verraten und verkauft!«

»Gar nicht zu bezweifeln. Also?«

»Er hat einen Vorsprung von acht Tagen. Bedenke das!«

»Acht Tage sind in Europa viel, aber nicht Ceylon. Wir müssen ihm umgehend folgen. Heute noch, in dieser Nacht.«

»Einverstanden. Unsere Sachen stehen ja fertig. Aber ich hätte Neigung, diesen Mannik mitzunehmen. Er scheint couragiert und durchtrieben zu sein.«

»Wir wollen es ihm vorschlagen. Komm!«

Aber sie hörten seine Stimme und sahen, daß er in einem offenen Auto saß. »Was ist denn das?« fragte Mingal. »Sind Sie ein reicher Mann geworden?«

»Nein, aber ich habe eine eilige Bestellung. Wir können uns ja morgen wieder treffen.«

Mingal lehnte sich gegen den Wagen und sagte eindringlich: »Das geht nicht. Wir reisen heute nacht ab. Wir wollten Ihnen den Vorschlag machen, mit uns zu kommen. Alle Spesen gehen natürlich zu unseren Lasten.«

»Mitkommen? Für längere Zeit?«

»Für mindestens vier Monate. Wir können Sie gebrauchen. Wenn Sie wünschen, geben wir Ihnen im voraus eine Summe Geldes.«

»Alles sehr schön und gut, meine Herrschaften; aber vier Monate lang kann ich nicht fortbleiben. So lange bekomme ich keinen Urlaub.«

»Was heißt das: Urlaub? Sie sind doch ein freier Mann.«

»Nicht ganz«, kam die lachende Antwort. »Ich bin Kriminalkommissar bei der Abteilung fünf.«

Der Wagen fuhr mit einem Ruck an und verschwand knatternd und fauchend in der Dunkelheit.

Eine Viertelstunde später fuhren Mingal und Ovel zum Flugplatz. – – –

Fünftes Kapitel

Passagier Nr. 3

Mingal und Ovel, in weite flauschige Reisemäntel gehüllt, gingen unruhig vor der Flughalle auf und ab. Sie verwünschten sich, daß sie so früh gekommen waren. Es wäre besser gewesen, noch eine halbe Stunde mit dem Auto durch die Stadt zu fahren. Nun standen sie nutzlos hier und wußten mit sich und der restlichen Zeit nichts zu beginnen. Ein straffer Wind kam von Nordosten, so daß sie sich die Mützen tiefer ins Gesicht drücken mußten.

Ein Monteur, der an ihnen vorüberging, sah, wie sie gegen den Wind ankämpften, und sagte freundlich: »Die Herren können doch solange in das Restaurant gehen. Es sind noch gut zwanzig Minuten bis zur Abfahrt.«

»Vielen Dank«, sagte Ovel verbindlich. »Wir müssen noch lange genug sitzen. Wir machen uns etwas Bewegung.«

Sie hatten nicht die geringste Neigung, sich in das hellerleuchtete Restaurant zu setzen. Sie zogen diese Dunkelheit bei weitem vor. Sie setzten ihren Rundgang fort, wechselten hier und da ein Wort und waren sehr zufrieden, als sie bemerkten, daß die große Reisemaschine aus der Halle geschoben wurde. Ihr Gepäck hatten sie auf die Rampe gestellt. Sie sahen, daß es in das Flugzeug gebracht wurde.

»Wollen wir einsteigen?«

»Warum so eilig? Es wird ja ein Glockensignal geben. Ich lege keinen Wert darauf, mich als Schauobjekt hineinzusetzen.«

»Also warten wir. Übrigens bist du es gewesen, der diese Eile an den Tag gelegt hat. Die Entschleierung des Herrn Mannik ist dir wohl etwas auf die Nerven gegangen.«

»Ich habe nichts davon gemerkt, daß du dich gegen die schleunige Abreise gesträubt hast. Du scheinst also dieselben Gründe zur Eile zu haben.«

Es erfolgte keine Antwort. In gereiztem Schweigen gingen sie weiter hin und her. Dabei vergingen die zwanzig Minuten. Scheinwerfer leuchteten auf und erhellten die Startfläche. Der Pilot machte einen letzten Rundgang um den Apparat und kroch dann in den Führersitz. Die Glocke unter dem Dach der Rampe begann laut und durchdringend zu tönen. Fast gleichzeitig wurde der Propeller angeworfen. Dröhnendes Trommeln klang über das Feld.

Die beiden Fahrgäste näherten sich mit schnellen Schritten. Der Fahrdienstleiter hatte schon nach ihnen Ausschau gehalten. »Bitte Platz eins und zwei!« rief er ihnen zu.

»Wir fahren nicht allein?«

»Nein. Platz drei ist besetzt. Schnell, meine Herren! Steigen Sie ein!«

Sie stiegen hastig ein, ohne daß Zeit zur Überlegung blieb. Die Tür wurde hinter ihnen zugeworfen. Der Führer schob die Glasscheibe zurück, die zwischen ihm und der Kabine war: »Falls Sie Licht wünschen, der Schalter ist links neben dem Sessel.«

Keiner der Fahrgäste wünschte Licht. Einstweilen drang auch genug von der Rampe her in die Kabine. Sie sahen flüchtig auf dem Sitz hinter ihnen eine Gestalt, die ebenso vermummt war wie sie selber. Dann drückten sie sich, die Kragen hochgeschlagen, die Mützen tief in die Stirn gezogen, in ihre Sessel und schlossen die Augen. Wie der Vogel Strauß glaubten sie sich mehr in Sicherheit, wenn sie selber nicht mehr sahen.

Ein leiser Ruck unter der Kabine; vorn im Führerstand Hebelgriffe; das Licht von der Rampe her entglitt. Sie fühlten ein Schaukeln, ein leises Auf und Nieder. Dann schwebten sie, ohne in der Dunkelheit das Gefühl dafür zu haben.

Der Monteur sah ihnen zufrieden nach und sagte: »Na, die hätten wir gut auf den Weg gebracht.«

Ovel und Mingal warfen verstohlene Blicke durch das Fenster in die Tiefe. Ein leichter Nebel aus Licht war da unten. Dann schwirrten sie durch das tiefe Dunkel der Nacht. Sie fühlten sich einstweilen geborgen.

♠

In dem Maße, wie sie zur Ruhe kamen, hätten sie gern dieses oder jenes miteinander besprochen. Aber sie wagten es nicht mit Rücksicht auf den dritten Passagier, den sie nicht kannten. Die Vorsicht gebot ihnen, zu schweigen. Sich flüsternd zu unterhalten war bei dem Lärm, der von der Maschine hereindrang, unmöglich. So schwiegen sie unruhig und gequält

Gegen Morgengrauen senkte sich der Apparat auf den Münchener Flugplatz. Hier mußten sie das Flugzeug wechseln, um nach Zürich zu gelangen. Sie verließen schnell ihre Sitze und baten einen Beamten, der draußen stand, ihr Gepäck zu besorgen. Dann gingen sie schnell in das Restaurant, das zu so früher Stunde noch leer war, und setzten sich in die äußerste Ecke an einen Tisch, mit dem Rücken gegen das Lokal. Sie ließen sich einen heißen Kaffee geben. Jeder stellte bei dem anderen fest, daß er einigermaßen bleich sei, und jeder schob es auf die Anstrengungen der nächtlichen Fahrt. Aber sie sahen doch zu oft nach der Uhr, um sich nicht voreinander zu verraten. Noch immer bestand die Möglichkeit, daß man sie in letzter Stunde aus irgendeinem Grunde festhielt. Seit sich Herr Mannik als der zu erkennen gegeben hatte, der er in Wirklichkeit war, wich die Angst und Unruhe nicht von ihnen. Zwar hatten sie – bis auf den kleinen nächtlichen Besuch Mingals bei Aren – sich in Deutschland nichts zuschulden kommen lassen; aber es regte sich in diesen Stunden hier und da ein Stück Erinnerung an Vorgänge, die sehr wohl geeignet waren, das Interesse der Behörden auf sie zu lenken. Es war erstaunlich, mit welcher Genauigkeit sie ihre Vergangenheit durchforschten. Da sie es aber auch mit aller Schnelligkeit taten, dauerte die Stunde bis zur Weiterfahrt beinahe eine Ewigkeit.

»Also was fangen wir an, Mingal?«

»Wir werden wie die wilden Stiere durchs Land rennen. Mehr können wir nicht tun. Wir müssen Bob finden. Wir müssen feststellen, in wessen Gold er jetzt steht. Wenn er sich nicht freiwillig entschließen kann, fürchte ich, werden wir ihn zwingen müssen.«

»Und Olly?«

»Olly wird auftauchen, wenn wir es am wenigsten vermuten.«

»Du hättest anders mit ihr umgehen sollen, lieber Mingal. Du weißt, sie ist keine gewöhnliche Frau. Sie kann sehr still und friedlich sein. Aber da du sie vor den völligen Ruin gestellt hast, wird sie uns die Quittung dafür präsentieren.«

»Alte Weisheiten. Wir werden auch mit ihr fertig werden.«

Ein Mann kam in das Restaurant und fragte: »Sind hier die Herren nach Zürich? Bitte einsteigen. Wir fahren sofort. Ihr Gepäck ist schon in der Kabine.«

Beide stießen einen Seufzer der Erleichterung aus und gingen in überhasteter Eile zum Flugzeug. Diesmal war es ihnen schon gleichgültiger, daß man sie auf die Plätze eins und zwei verwies und daß wieder der dritte Platz belegt war. Bald konnte man ihnen nichts mehr anhaben. Sie sehnten sich danach, die Grenze hinter sich zu wissen.

Auf dem dritten Platz saß eine dicht verschleierte Frau, ganz in Schwarz gekleidet. Offenbar hatte sie Trauer. Sie kümmerten sich nicht weiter um sie.

Der Morgen zog mit strahlender Sonne herauf. Das Land stieg unter ihnen an. Kleine Seen wurden sichtbar. Weit zu ihrer Linken die ersten Gebirge, und zwischen Wolken leuchtende Schneegipfel. Das Flugzeug ging höher. Als sie dann unter sich die Fläche des Bodensees gewahrten, lachten sie beide zu gleicher Zeit glücklich auf in dem Gefühl, diese lästige Grenze endlich überschritten zu haben. Als seien sie einer Todesgefahr entronnen, drückten sie sich gegenseitig die Hand. Sagen konnten sie nichts mit Rücksicht darauf, daß sie nicht allein waren.

»Ihr seid ja sehr vergnügt«, sagte plötzlich die Frau hinter ihnen. Sie fuhren mit einem Ruck herum und sahen in … Ollys Gesicht! Keiner brachte ein Wort über die Lippen. Das Entsetzen lähmte sie für eine Sekunde.

»Ihr müßt aber Angst gehabt haben!« spöttelte Olly. »Die ganze Nacht hindurch habt ihr euch in eure Mützen verkrochen wie ein Spatz vor dem Gewitter. Mutige Leute!«

Mingal faßte sich zuerst wieder: »Guten Tag, teure Olly. Du bist also schon auf der ersten Strecke Passagier Nummer drei gewesen?«

»Ganz recht. Ich dachte mir, daß es nicht gut sei, wenn der Mensch allein ist. Darum habe ich dieselbe Fahrt belegt wie ihr.«

Auch Ovel hatte sich wieder erholt: »Da wären wir ja endlich zusammen«, sagte er mit gequälter Heiterkeit.

♠

»Ja, endlich! Habt ihr eigentlich sehr lange nach mir gesucht?«

»Es geht«, grinste Mingal. »Wir haben uns genau soviel Mühe gegeben, wie du sie dir gegeben hast. Aber, wie das Volkslied sagt: sie konnten zusammen nicht kommen.«

»Schicksal«, lächelte Olly. »Übrigens könnt ihr mir glauben, daß ich nicht viel nach euch gesucht habe. Ich konnte von euch nicht viel Gutes erwarten. Apropos: wo habt ihr denn euren Bob gelassen?«

»Merkwürdige Frage, liebe Freundin. Ich wollte dich gerade fragen: wo hast du denn unseren Bob gelassen?«

»Im Handgepäck sicher nicht, lieber Mingal.«

»Weißt du denn, wo er ist?«

Sie hob leicht abwehrend die Hand: »Aber wo sind denn deine Diplomatenkünste geblieben? Seit wann fragt man so plump und deutlich? Und seit wann verrät Mingal, daß ihm sein bester Helfer abhanden gekommen ist? Er sitzt also nicht mehr im Untersuchungsgefängnis?«

»Sag' mal,« knurrte Ovel, »spielst du die Naive oder weißt du wirklich nichts?«

»Das ist schwer zu beantworten, Ovel. Du weißt, wir Frauen spielen gern. Und was eine Frau nicht weiß, das ahnt oder errät sie oft. Ihr müßt immer so schrecklich viel denken. Das ist ein großer Nachteil für euch, denn dadurch werdet ihr am Handeln verhindert. Ich wußte übrigens nicht, daß versichere ich euch, daß ihr gestern abend abfahren würdet. Aber ich hatte meine guten Gründe zur Abreise ... und meine guten Ahnungen.«

»Wurde dir der Boden zu heiß?« fragte Mingal.

»Im Gegenteil: zu kalt. Das will sagen: es war da nichts mehr zu holen. Ausgebrannt und leer die Stätte. Es wurde Zeit, die Tätigkeit am richtigen Orte auszuüben.«

»Auf die Gefahr hin, daß du mir wieder Mangel an Diplomatie vorwirfst, liebe Olly, möchte ich eine ganz naive Frage an dich richten: Wo ist der Plan?«

Sie lachte laut auf und sagte mit rücksichtsloser Offenheit: »Na, in eurem Gepäck ist er bestimmt nicht. Das habe ich untersucht, während ihr in München Kaffee getrunken habt.«

Mingal schoß in die Höhe, aber er stieß dabei so heftig gegen das Dach der Kabine, daß er sofort auf seinen Sessel zurückfiel. Der

Kopf dröhnte ihm. Aber er wäre auch ohne dieses Ungeschick wieder auf seinen Platz gegangen, denn er sah, daß Olly eine Pistole in der Hand hatte, die bisher unter ihrem Schleier verborgen lag.

»Das hätte ein ganz modernes Drama gegeben«, sagte sie kühl. »Kampf zwischen zwei Flugzeugpassagieren hoch oben in der Luft. Die Sache ist völlig reif für das Kino. Wenn du nicht endlich deine aufbrausende Art ablegst, dann werden wir nicht weiter miteinander verhandeln können.«

»Was verstehst du unter verhandeln? Bis jetzt kann ich nur feststellen, daß hier mit allen Listen und Tücken Katze und Maus gespielt wird.«

»Du hast recht. Aber das macht für eine Frau die Sache erst reizvoll. Ihr wißt, ich habe immer gern gespielt. Aber ich weiß auch, daß ihr immer eurem Jähzorn gern freien Lauf gelassen habt. Darum die kleine Waffe. Ich will mich eurer Brutalität nicht unbewaffnet aussetzen. Ich sage euch ganz ernsthaft: ich habe genug davon! Und wenn nicht diese unklare Situation vor uns gewesen wäre, Mingal, wer weiß, ob du dich wieder ruhig hättest in deinen Sessel setzen können. Wenn ich es mir richtig überlege, scheint mir, ich habe einen Fehler gemacht, daß ich dich nicht über den Haufen geschossen habe.«

Mingal schwieg betreten und erschreckt zugleich. Er konnte nicht viel von dem bestreiten, was Olly da andeutete. Sie hatte manches Mal seine harte Hand spüren müssen. Und er war sich nicht im unklaren darüber, welche Summe von Haß in ihr aufgespeichert sein mußte. Aber alles das trübte seinen klaren Verstand nicht so weit, daß er ihr Vorteile einräumte, die sie nicht besaß. Darum sagte er: »Wir können unsere persönlichen Differenzen für später lassen. Vorläufig handelt es sich darum, daß wir beide, das heißt Ovel und ich auf der einen und du auf der anderen Seite, drüben zu einem Ergebnis kommen wollen. Und wenn du vorhin von Verhandeln gesprochen hast, dann muß ich dir die Frage entgegenhalten: Was hast du denn für die Verhandlungen zu bieten?«

Sie blieb unerschütterlich: »Zunächst einmal meine Person selbst; und das ist nicht wenig. Aber dann muß ich die Frage umkehren: Was habt ihr zu bieten? Nichts. Gar nichts. Ihr habt den Plan nicht und Bob nicht. Ihr wißt nicht einmal, wo er sich befindet. Ihr

♠

fahrt auf gut Glück nach drüben. Ihr habt die Hin- und Rückreise bezahlt und sonst noch allerei Spesen gehabt. Damit sind eure Mittel stark angegriffen. Wenn ihr nach Ceylon kommt, könnt ihr euch vielleicht noch einen Monat halten. Viel mehr rechne ich nicht.«

»Das ist soweit alles richtig. Aber ich kann dir die Versicherung geben: in einem Monat haben wir nicht nur Bob, sondern auch den Plan, und darüber hinaus alles, was auf dem Pik Adam liegt. Wir sind ja nicht ganz unbekannt drüben. Zwar werden wir es nicht so bequem haben, als wenn wir im Besitz des Planes wären; im Gegenteil, viel schwerer. Aber du lieber Gott, jeder muß mal Anstrengungen in Kauf nehmen. Wir können mit einiger Ehrlichkeit zugeben, daß wir bisher unser Geld immer sehr leicht verdient haben. Und du hast nicht einmal den Schaden davon gehabt. Nun werden wir es eben mit einiger Mühe verdienen. Das ist der ganze Unterschied.«

»Nur dann, du kluger Mingal, wenn ihr es überhaupt verdient.«

»Was willst du damit sagen?«

»Damit will ich die Möglichkeit andeuten, daß euch jemand das ganze Geschäft verdirbt.«

»Wer könnte das zum Beispiel sein?«

Sie hob nachlässig die Hand: »Zum Beispiel jemand, der die Erben kennt und sie benachrichtigt.«

Es wurde still in der Flugzeugkabine. Laut und gleichmäßig dröhnte das Geräusch des Motors herein. Die Gedanken der drei Passagiere arbeiteten so ruhelos wie draußen der Propeller. Endlich sagte Ovel langsam: »Miquel hat seinen Namen gewechselt. Außer uns weiß das eigentlich kein Mensch. Und keiner seiner Erben wird wissen, daß Miquel ihr Erblasser ist ... wenn nicht jemand seine Aufzeichnungen findet.«

»Ja, findet«, sagte Olly. »Oder gefunden hat ... oder kennt ... oder sogar aus seinen mündlichen Berichten weiß, wie die Erben heißen und wo sie wohnen.«

Wieder das gleiche, feindselige Schweigen. Es war ganz klar, daß Olly zum mindesten mit Kenntnissen spielte. Augenfällig blieb immerhin die versteckte Drohung. Aber gerade da mußte Mingal unter allen Umständen zu einer Klarheit kommen.

»Wir haben zwar noch eine lange Reise vor uns, aber wir haben

♠

nicht viel Zeit, theoretische Überlegungen anzustellen. Weißt du die Erben oder weißt du sie nicht?«

»Ich weiß sie«, sagte sie fest. »Ich habe sie von Miquel selbst gehört.«

»Gut. Das ändert die Situation. Dann sag' uns klar heraus, was du willst.«

»Was ist da viel zu sagen?« lachte sie. »Stellt euch nicht dümmer als ihr seid. Ich will mit euch teilen. Das ist alles.«

»Und auf Grund welcher Tatsache?« fragte Ovel verbissen.

»Die Frage ist schief, lieber Ovel. So meinst du sie auch nicht. Du willst fragen: Welchen Trumpf hat Olly in der Hand? Das will ich euch beantworten. Es ist zunächst ein negativer Trumpf, aber es ist einer. Wenn ihr nicht mit mir teilen wollt, dann melde ich Aren die Verwandten Miquels. Dann könnt ihr euch nicht mehr als Schatzfinder aufspielen. Dann werdet ihr auch in den Augen der Polizei reguläre Diebe …«

»Und du wirst eine reguläre Erpresserin!« erboste sich Mingal.

»Er regt sich schon wieder auf«, sagte sie mit bedauernder Geste. »Unter uns brauchen wir doch nicht die Unschuldslämmer zu spielen. Das schöne Dasein hat uns nun einmal ein wenig durcheinandergeschüttelt. Also nehmen wir es in Gottes Namen so hin, wie es ist. Es bleibt doch Tatsache, daß ich euch das ganze Geschäft verderben kann, wenn ihr nicht mit mir teilen wollt.«

»Was hast du denn davon?« fragte Ovel eindringlich. »Du selbst wirst dann ja auch nichts haben. Du schädigst dich selber.«

»Das ist nicht richtig, Freund Ovel. Ich habe eine kleine Rückversicherung vorgenommen. Wenn ich die Erben bezeichne, dann bekomme ich … Finderlohn.«

»Von wem?« riefen beide wie aus einem Munde.

»Natürlich von den Erben.«

»Hast du mit ihnen gesprochen?«

»Aber ich bin doch nicht töricht. Ich habe es mit einem Dritten besprochen, die die Interessen der Erben vertritt und sehr zuverlässig zu sein scheint.«

Mingal erregte sich wieder: »Du erzählst ja Märchen! Wenn der Dritte die Interessen der Erben vertritt, dann kennt er sie doch selbst, und dann hast du seine Kenntnisse zu verkaufen.«

»Er kennt sie nicht. Er vertritt die Interessen … generell. Ich möchte sagen: als Beamter gleichsam.«

Ovel schüttelte ungläubig den Kopf: »Du hast mit einem Beamten verhandelt, und er hat dich nicht festgenommen?«

»Warum sollte er das? Ich habe ja ein reines Gewissen und habe noch nichts getan … genauso wie ihr.«

Die beiden Männer sahen sich mit einem bedeutungsvollen Blick an. Sollte Olly auch von ihrer Episode mit Mannik wissen?

Olly sah auf ihre Armbanduhr: »Die Sache dauert mir schon viel zu lange. Wir haben nicht mehr lange bis Zürich. Dort möchte ich wissen, ob ich weiterfahre oder nicht. Wenn ihr mit mir teilen wollt, dann fahre ich mit und sage euch einige Kleinigkeiten. Wenn ihr nicht wollt, dann bleibe ich in Zürich und gebe ein Telegramm auf. Und dann ist euer Geschäft erledigt. Also überlegt euch die Sache schnell.«

Das alles war so entschieden und klar gesagt, daß sie an jeder Änderung ihres Vorsatzes zweifelten. Nur einen letzten Trick wollte Ovel noch versuchen. »Schön«, sagte er, »dann muß eben geteilt werden.«

Mingal nickte dazu. Er machte sich darüber keinen eigenen Gedanken.

Aber Olly waren solche Gedanken nicht fremd. »Unter Teilung verstehe ich Halbierung, meine Herren. Ihr mitsamt euren Freunden und Genossen die Hälfte und ich die andere Hälfte.«

»Das ist zuviel«, entfuhr es Mingal. »Darauf können wir nicht eingehen. Nimm doch Vernunft an, Olly.«

Sie stritten sich weiter. Aber endlich mußten sie nachgeben: »Also die Hälfte. Bist du jetzt zufrieden?«

»Nein. Noch nicht. Ihr verteilt das Fell des Bären, ehe ihr ihn geschossen habt. Das verstehe ich, denn ihr müßt die Sachen erst holen. Aber ich weiß auch, daß ihr mir beide, vor allem Mingal, diese Niederlage nicht verzeihen werdet. Bei erster bester Gelegenheit werde ich eure Wut und Enttäuschung zu spüren bekommen. Und die wird vermutlich darin bestehen, daß ihr mir doch nichts gebt. Und dagegen will ich geschützt sein.«

»Deine Vermutung ist richtig«, sagte Mingal mit zynischer Offenheit. »Aber wie denkst du dir den Schutz?«

»Wir gehen, sobald wir in Colombo sind, gemeinsam zu einem Notar und geben da zu Protokoll, daß wir drei aus einem gemeinsamen Ankauf Eigentümer dieser und jener Gegenstände sind, die

♠

sich da und da befinden, und daß sie bei dem Notar zwecks Teilung abgeliefert werden müssen. Wenn ich dieses Protokoll habe, dann kann ich jederzeit verhindern, daß ihr euch mit der Beute außer Landes begebt.«

»Das ist richtig«, sagte Mingal trocken, obgleich er sich sofort darüber klar war, daß dieses Protokoll nichts bedeute. »Du könntest uns jederzeit arretieren lassen. Also willigen wir ein. Jetzt zufrieden?«

»Bitte, werdet nicht wieder wütend. Ich bin noch nicht zufrieden. Deine so eilige Bereitwilligkeit macht mich mißtrauisch. Ich habe auch keine Lust, mit euch auf die Wanderschaft zu gehen und die Beute zu holen. Zwei Männer gegen eine schwache Frau … das ist mir zu bedenklich. Wie leicht könnte einem da ein Unglück zustoßen.«

»Bitte, dann bleib' in Colombo«, sagte Ovel trocken. »Wir muten einer so schwachen Frau keine Strapazen zu.«

»Aber ich mute euch, wie gesagt, alle Schlechtigkeiten zu. Ich verlange, daß einer von euch bei mir in Colombo bleibt, während der andere sich auf die Suche macht.«

»Also gewissermaßen als Geisel?«

»Ja«, sagte sie kaltblütig. »Ich will ganz sicher gehen. Mingal, bleib' sitzen. Hast du an deinem Beinschuß noch nicht genug? Ich finde es übrigens fabelhaft klug und anständig von dem Aren, daß er den Schuß so vorsichtig angelegt hat.«

»Schweig! Das gehört nicht hierher. Dein Vorschlag ist unmöglich. Er wird abgelehnt. Er ist entwürdigend.«

Sie stieß ein helles Gelächter aus: »Entwürdigend? Es ist etwas ganz anderes. Nämlich, ihr traut euch gegenseitig auch nicht. Ihr wollt euch gegenseitig unter Kontrolle behalten. Also es geht nicht? Schön. Dann sind unsere Verhandlungen beendet.«

Sie schwiegen für den Rest der Fahrt. Es war ein eigenartiges Bild: vorne die beiden Männer, finster verbissen, durch die Worte der Frau in ihrem gegenseitigem Mißtrauen blitzartig bestätigt. Hinter ihnen Olly, kalt, unbeteiligt, die Pistole nachlässig in der Hand. Alle Vorteile waren offenbar auf ihrer Seite. Sie konnte ihnen in jedem Augenblick das ganze Unternehmen verderben. Sie hatte nichts zu riskieren. Darum riskierte sie alles. Wo die Wahrheit ihr nicht helfen konnte, da log sie eben. Sie hatte die unsichere

♠

Position der beiden Männer klar erkannt und nützte diese Unsicherheit aus. Für sie blieb im schlimmsten Falle immer noch ein »Finderlohn« übrig. Damit würde sie versuchen, sich eine neue Existenz aufzubauen. Dieser Gedanke machte sie hart und unnachgiebig.

Aus der Ferne glänzte die farbige Fläche des Züricher Sees. Er kam sehr schnell näher. Olly sah auf die Uhr und sagte: »In zehn Minuten sind wir da.« Sie bekam keine Antwort. Nach einer Weile sagte sie: »In fünf Minuten sind wir da.« Wieder Schweigen. Dann senkte sich das Flugzeug, beschrieb einen weiten Kreis, schwebte abwärts und landete mit leichten, federnden Stößen.

Die Kabinentür wurde geöffnet, und ein Beamter, ein Formular in der Hand, fragte: »Die Herrschaften fahren alle sofort nach Mailand weiter?«

»Ja«, sagte Olly laut und für alle drei. Sie hörte keinen Widerspruch. »Haben wir keinen Anschluß?«

»Doch, gnädige Frau. Ich komme gerade, um Ihnen zu sagen, daß binnen fünf Minuten abgefahren wird. Darf ich um Ihr Gepäck bitten?«

Während sie vor dem Flugzeug standen und sich etwas Bewegung machten, kam der Beamte noch einmal zurück. »Gnädige Frau, dieses Telegramm scheint für Sie zu sein Frau Olly … der Zuname ist leider verstümmelt. Aber es kann sich nur um einen Passagier aus diesem Flugzeug handeln. Würden Sie sich überzeugen, ob der Inhalt für Sie bestimmt ist?«

Olly war sehr blaß geworden. Sie öffnete den Umschlag. Dann lächelte sie und sagte: »Danke, ja. Es ist für mich.«

Ovel und Mingal waren im Begriff gewesen, beiseite zu gehen, um sich noch einmal zu besprechen. Aber als sie sahen, daß Olly das Telegramm überreicht wurde, blieben sie hartnäckig in ihrer Nähe. Mingal fragte: »Du fährst also weiter mit uns?«

»Mit euch? Das hat einen doppelten Sinn. Ich fahre jedenfalls bis auf weiteres die gleiche Richtung. Ich habe die Hoffnung noch nicht aufgegeben, daß ihr endlich vernünftig werdet. Schließlich kann ich auch von Mailand aus meine Dispositionen treffen.«

»Werden deine Dispositionen durch das Telegramm bestimmt?«

»Dumme Frage«, sagte sie schroff und stieg ein. Wieder hatte

♠

sie den Platz Nummer drei, und wieder mußten Ovel und Mingal vor ihr Platz nehmen. Ehe sie einstiegen, raunten sie sich einige Worte zu, deren düsterer Sinn sich in ihren Mienen nur allzu deutlich widerspiegelte.

Sobald sie in Fahrt waren, sagte Mingal energisch: »Also wollen wir jetzt ein Ende machen mit diesem Geplänkel. Ich mache dir einen letzten Vorschlag, Olly: zwei Drittel für uns beide, ein Drittel für dich. Im übrigen mit dem vorgeschlagenen notariellen Protokoll.«

»Gut. Ich will mit einem Drittel zufrieden sein. Aber wie wird es mit der Expedition selbst?«

»Auch da will ich dir entgegenkommen. Wir gehen alle drei auf die Suche. Dabei will ich dir die größte Sicherheit geben, die man dir überhaupt bieten kann. Du bekommst das gesamte Bargeld ausgehändigt, das wir überhaupt besitzen. Die Trägerkolonne wird in deinem Auftrag zusammengestellt und von dir aus mit unserem Gelde bezahlt. Du weißt, wie diese Leute sind. Sie gehorchen nur dem, der sie angeworben hat. Du wirst also an ihnen einen starken Schutz haben und brauchst uns nicht zu fürchten.«

»Darauf gehe ich ein«, sagte Olly. »Diese ›Wilden‹ sind tatsächlich ehrlich und treu. Was man von uns nicht sagen kann.«

»Gute Erkenntnis. Das Kriegsbeil ist also begraben. Wir hoffen, Olly, daß du deine Klugheit von jetzt an in den Dienst unserer guten Sache stellst. Würdest du uns das Telegramm zeigen, das du bekommen hast?«

»Aber gerne. Meinen Freunden darf ich es nicht vorenthalten.«

Sie nahmen das Formular und lasen: Angaben über Erben werden entgegengenommen Schließfach 17. Gruß an D. und M. – Mannik.

Mingal wandte sich drohend um: »Sag’ mal, hast du uns den Mannik auf den Hals gehetzt?«

»Nein. Das kann ich ehrlich versichern. Ich kenne diesen Mann nicht einmal. Ich vermute nur, daß er identisch ist mit dem Herrn, mit dem ich verhandelt habe. Aber ihr seht, daß die Sache mit den Erben schon ihre Richtigkeit hat.«

Nun tauschten sie mit allem Eifer ihre gegenseitigen Erfahrungen aus. Peinlich war zunächst die Entdeckung, daß Olly mit der Krankenschwester Henriette nicht identisch war. »Aber Aren kann es auch nicht gewesen sein!« rief Ovel ratlos aus.

»Dann war es eben eine seiner Kreaturen«, sagte Olly. »Das bringt uns auch nicht weiter. Entscheidender ist, daß dem Mannik folgende Dinge bekannt sind, die er mir selber aufgezählt hat: Bob, Colombo, das Gelbe Haus, der alte Bungalow, die Aufzeichnungen, der Pik Adam und die Sachen, die dort lagern. Damit befindet sich der größte Teil unserer Geheimnisse in fremden Händen. Das macht die Sache schwierig.«

»Mir kommt der Gedanke,« sagte Mingal finster, »daß Aren nach Colombo abgereist ist.«

»Das ist er nicht«, sagte Ovel bestimmt. »Noch am Vormittag vor unserer Abreise habe ich ihn aus der Staatsbibliothek kommen sehen. Seine verhängten Fenster sind ein Bluff. Er sitzt noch und studiert Bücher über Ceylon.«

»Na, ich will wünschen, daß du richtig beobachtet hast.« – – –

In Mailand wechselten sie das Flugzeug und erreichten am späten Nachmittag Genua. Abends waren sie bereits auf dem Dampfer, der sie nach Colombo bringen sollte.

– – – – – – – – –

Aren saß vor seinem Rasierspiegel und handhabte mit liebevoller Sorgfalt den Gilletteapparat. Er stellte fest daß er, abgesehen vom Rasierschaum, ausgezeichnet aussah. Die Abwesenheit von der Stadt bekam ihm sehr gut. Seine Gesichtszüge waren straffer geworden; die Haut begann sich zu bräunen und auf der Oberlippe wuchs ihm, peinlich gepflegt, ein gestutzter, dunkler Schnurrbart.

Es wurde gegen die Tür geklopft. »Hm?« sagte er mit geschlossenem Munde. Ein Telegramm wurde auf den Tisch gelegt. Er riß es sofort auf und las die lakonischen Worte: Omo auf Schwalbe via Auneg Tesaurus Pik Punkt Winkel.

Unter diesem Text, auf dem unteren Rande des Telegramms, befanden sich dieselben Worte noch einmal. Offenbar hatte der Telegraphist an einen Fehler in der Übermittlung geglaubt und sich aus diesem Grunde den Text noch einmal durchgeben lassen. Aber er verstand beim zweiten Male dasselbe wie zuerst. Da klebte er, seufzend über die Geistesverfassung des Absenders, energisch beide Streifen auf das Formular.

Dieser Text löste in Aren eine überschäumende Woge von Heiterkeit aus. Für ihn hatte die Entzifferung keinerlei Schwierigkeit, denn er hatte vor seiner Abreise mit Winkelmann einen genauen Code ausgearbeitet, der alle Möglichkeiten dieses verwickelten Falles umfaßte. Beide hatten ihn auswendig gelernt, um gegen jede Gefahr, daß der Code entdeckt werden könnte, geschützt zu sein.

»Omo« war nichts anderes als die drei Anfangsbuchstaben der Namen Ovel, Mingal und Olly. Das Wort »auf« bezeichnete die Tatsache, daß alle drei auf Reisen gegangen waren. Die Art der Beförderung, die sie gewählt hatten, wurde durch das Wort »Schwalbe« klargestellt, das heißt: sie waren alle drei mittels Flugzeuges abgereist. Via Auneg bedeutete nichts anderes, als daß sie den Weg über Genua nahmen. Das ließ sich aus der Umkehrung des Wortes auch ohne weiteres erkennen. Tesaurus war einfach das lateinische Wort für Schatz. Es hieß hier, daß es sich wirklich um einen solchen handelte. Das Wort »Punkt« war der einzige »dunkle Punkt« in dem Telegramm, denn er besagte, daß es nicht gelungen sei, die Erben des Herrn Miquel zu erfahren. Das letzte Wort »Winkel« stellte nicht nur die Unterschrift des Absenders Winkelmann dar, sondern besagte durch die Art der Abkürzung zugleich: es ist alles glatt und gut verlaufen.

Die fehlenden Erben störten Aren im Augenblick gar nicht. Er hatte im übrigen erreicht, was er erreichen wollte. Bislang handelte es sich für seine Auffassung immer noch um die Schachpartie vom Anfang her. Er hatte dem Gegner einen Bauern geschlagen. Das war alles. Der Gegner war nicht zu bewegen, sich von der Stelle zu rühren. Jetzt endlich rührte er sich. Durch eine Reihe von Kreuz- und Querzügen, die ihm unverständlich bleiben mußten, hatte er sich beunruhigt gefühlt und sich daher in Bewegung gesetzt. Wenn er aber einmal in Bewegung war, dann war es nicht schwer zu erkennen, wohin er mit seinem Plan wollte. Er mußte sich mit aller Notwendigkeit verraten und sich selber ausliefern.

Darum war Aren so erfreut. Er war wie ein gutes Rassepferd, das die Glocke zum Start läuten hört. Vergnügt summte er vor sich hin:

»Alle meine Enten schwimmen auf dem See …«

Zufrieden setzte er die Tätigkeit des Rasierens fort.

♠

- - - - - - - - -

Das Schiff, das die drei Komplicen nach dem Orte ihrer Tätigkeit bringen sollte, hatte seinen Aufenthalt in Port Said. Ovel und Mingal kümmerten sich offiziell nicht um Olly. Für alle Fälle war es gut, daß man eine gegenseitige Bekanntschaft ableugnete. Nur in Port Said, als die Passagiere zur Besichtigung der Stadt und für diesen oder jenen Ankauf an Land gingen, trafen die drei sich gegen Abend vor einem der kleinen arabischen Cafés. »Wir haben noch etwas miteinander zu besprechen«, sagte Mingal. »Das können wir hier schlecht erledigen. Ich möchte auch nicht, daß uns zufällig einer der Passagiere hier beisammen sieht.«

»Ja«, sagte Olly. »Wohin wollen wir denn gehen?«

»Gehen wir zum Hafen«, schlug Ovel vor. »Wir können uns dort ein Ruderboot mieten und ein Stück den Kanal hineinfahren. Das ist zugleich ganz interessant.«

Olly war einverstanden. Die beiden sahen nicht, wie sie heimlich vor sich hin lächelte. Am Hafen ließen sie sich ein Boot geben und fuhren am Gouvernementsgebäude vorbei in die Kanaleinfahrt. Es herrschte tiefe Dunkelheit, die von den Lichtern der Schiffe auf der Reede und an den Kaimauern nur wie mit winzigen Lichtpunkten bestreut war. Leicht und einförmig glitten die Ruder durch das Wasser. Die geraden, endlos gleichmäßig ausgerichteten Ufer des Kanals nahmen sie auf.

»Es ist eine ganz romantische Sache«, sagte Olly mit ihrem ewigen Hang zum Spötteln. »Man könnte wieder eine Szene für das Kino daraus machen.«

»Laß doch diese ewigen Narrheiten«, ärgerte sich Mingal. »Es handelt sich jetzt um viel ernstere Dinge.«

»Das weiß ich«, sagte sie leichthin. »Ihr habt Gesichter wie die Spiegel. Man braucht nur hineinzusehen, um zu wissen, was los ist. Und da ich weiß, was ihr wollt, ist kein Grund für mich einzusehen, daß ich mich aufrege.«

»Was wollen wir denn?« fragte Ovel, und seine Stimme zitterte vor verhaltener Erregung.

Olly lachte ihn aus: »Du scheinst aufgeregter zu sein als ich, lieber Ovel. Also ich will euch sagen, was ihr wollt. Ihr wollt mir hier in dieser dunklen Umgebung klarmachen, daß ihr den eingegange-

♠

nen Vertrag nicht halten könnt. Ihr wollt mir weiter vorschlagen, mich mit einem Bruchteil zufrieden zu geben. Wenn ich darauf nicht eingehe, dann werdet ihr auch nichts daran ändern können, aber es wird sich dann leicht ein kleiner Unglücksfall ereignen. Es ist, wie gesagt, so schön dunkel hier. Kein Mensch kennt euch oder mich. Auf dem Schiffe weiß niemand, daß wir zusammengehören, da man uns nie zusammen gesehen hat. Man wird mich vielleicht nach einiger Zeit vermissen und unter Umständen gelegentlich finden. Das ist dann auch alles. Ist es so, meine Lieben?«

Sie bekam keine Antwort. Ovel und Mingal saßen schweigsam und mit bösen Gesichtern da. Wieder bewunderten sie insgeheim die klare Geistesschärfe dieser Frau. Mingal sagte bedauernd: »Es ist schade, daß dir keine Gelegenheit gegeben ist, deine Geistesgabe praktisch auf irgendeinem nützlichen Gebiete zu betätigen. Wirklich schade.«

»Nun«, lachte Olly. »Damit hat es noch Zeit. Es ist ja noch nicht aller Tage Abend. Wenn ich aus Ceylon zurückkomme, dann werde ich mich nach einer nützlichen Beschäftigung umsehen.«

»Wenn du aus Ceylon zurückkommst«, sagte Mingal bedeutsam und drohend.

»Ich werde zurückkommen, lieber Freund. Das garantiere ich dir. Was ihr hier versucht – versucht, sage ich –, das sind ja Kinderreien. Ihr glaubt wohl immer noch, daß ich viel Vertrauen zu euch habe, was? Ich traue euch nicht von einem Bootsrand bis zum anderen. Ich weiß, mit wem ich es zu tun habe.«

»Aller Glauben und alles Vertrauen wird dir hier nichts nützen. Also laß die Reden. Diesmal machst du uns nicht wieder betrunken damit. Du hast ganz richtig kalkuliert. Wir sind übereingekommen, daß wir dir keinen Anteil an der Beute geben können. Wir haben uns aber weiter überlegt, daß deine Kenntnis von den Erben geeignet ist, uns zu bedrohen und uns in unserer freien Entschließung zu behindern. Darum kann es uns nicht einmal genügen, daß du hier feierlich und in aller Form auf deinen Anteil verzichtest. Wir könnten dich nicht zwingen, die Absendung des verräterischen Telegramms zu unterlassen. Und du mußt verstehen, daß wir dagegen geschützt sein müssen. Wir haben schon zuviel Geld in das Unternehmen hineingesteckt.«

Olly unterbrach ihn: »Ich weiß ja alles, was du sagen willst. Gib

♠

dir nicht soviel Mühe. Ich möchte euch nur vorher noch eine Kleinigkeit zu überlegen geben. Ich habe ganz in eurer Nähe in einer sehr netten Pension gewohnt und habe mich da mit der Wirtin gut angefreundet. Ich habe ihr, ehe ich fortging, einen geschlossenen Brief übergeben, der folgende Adresse trägt: An das Polizeipräsidium. Abteilung V. Hier. In dem Brief steht alles, was ich über euch und die Sache und die Erben weiß. Die Sache ist nun so vereinbart: Binnen vierzehn Tagen muß bei meiner Wirtin ein Telegramm mit einem bestimmten Stichwort ankommen. Wenn es nicht ankommt, dann geht der Brief automatisch ab. Wenn es kommt, dann bleibt der Brief liegen, aber nur für die Dauer von weiteren vierzehn Tagen. Alsdann muß ein neues Telegramm mit einem anderen Stichwort ankommen. Das haben wir so für die Dauer von drei Monaten vereinbart. Für die letzten zwei Monate muß das neue Stichwort sogar alle acht Tage ankommen. So, nun wißt ihr Bescheid.«

Mingal lachte laut auf: »Das sind ja Märchen. Damit kannst du uns nicht bange machen.«

»Wenn dir daran liegt, mein Freund, dann will ich dir die Empfangsbescheinigung der Wirtin gerne zeigen. Zu aller Vorsicht haben wir die Unterschrift sogar beglaubigen lassen. Ich kann euch die Bestätigung deswegen ruhig zeigen, weil ihr ja doch das Stichwort nicht kennt.«

Sie holte aus ihrer kleinen Handtasche einen zusammengefalteten Bogen und gab ihn den beiden herüber. Im Licht eines Streichholzes studierten sie den Text und die Unterschrift. Es handelte sich um die Pension Aurora in der Sternstraße. Es war im übrigen alles so, wie Olly ihnen gesagt hatte. Wieder wurden sie sich ihrer Hilflosigkeit bewußt.

Olly sagte ruhig: »Es wird mir hier zu kühl. Ich fürchte, ich werde mich erkälten. Wir wollen lieber umkehren.«

Gehorsam wendeten sie das Boot und fuhren zum Eingang des Kanals zurück. Auf getrennten Wegen gingen sie an Bord. Zum Abendessen erschien Olly in großer Toilette und setzte sich ohne weitere Förmlichkeiten zu ihnen an den Tisch. »Es ist besser,« sagte sie, »daß man gelegentlich ein Wort zusammen spricht. Das Alleinsein bringt euch nur auf dumme Gedanken. Es ist für mich auch besser, daß man uns zusammen sieht. Also ergebt euch in euer Schicksal. Ihr könnt gegen mich nichts machen.« – – – – –

Sechstes Kapitel

Insekten

Kurz vor der Landung in Colombo rief Sommer seinen Freund Bob zu sich in die Kabine. »Hier, mein Sohn, hast du deinen Paß. Sieh ihn dir genau an, damit du jederzeit Bescheid geben kannst, wie du heißt.«

Bob blätterte darin. »Bob Kummer heiße ich? Das ist aber ein trauriger Name. Im übrigen stimmt das Signalement recht gut. Mit der Photographie hingegen bin ich nicht zufrieden. Sie könnte auch einen anderen vorstellen.«

»Na«, tröstete Sommer. »Eine gewisse Ähnlichkeit ist vorhanden; und die Hauptsache ist, daß sich ein amtlicher Stempel darauf befindet. Nun setze dich doch etwas hin und übe deine Unterschrift; möglichst so, wie sie unter dem Bilde steht. Es macht keinen guten Eindruck, wenn sie mal bei der Kontrolle anders ausfallen sollte.«

»Kann ich deinen Paß sehen?« fragte Bob.

»Aber gern«, lachte Sommer. »Du scheinst mir immer noch nicht zu trauen.«

»Ganz noch nicht.« Er besah sich den Paß: »Du, das Bild stimmt aber genau. Und alles andere auch. Also du bist wirklich Sommer?«

»Wie kommst du nur auf die Idee? Ich habe dir doch schon gesagt, daß ich nicht Sommer heiße. Das hat doch mit meinem Paß nichts zu tun. Mein Paß ist nur in der Photographie etwas besser ausgefallen als deiner. Im übrigen ist er genauso falsch.«

»Daraus werde ich nicht klug«, stöhnte Bob.

»Das ist auch ganz unnötig. Wissen beschwert das Gehirn. Also du weißt jetzt, wer und was du bist. Ich bin, merk' dir das, Geologe. Das sind die Leute, die mit dem Daumennagel auf einem zwei-

♠

tausend Meter hohen Berge herumkratzen und dann glauben, sie könnten der Erde bis in die Eingeweide sehen. Und du bist bei dieser Tätigkeit mein Sekretär. Hier hast du ein kleines Buch, aus dem du einige Vokabeln auswendig lernen kannst. Es macht sich ganz gut, wenn du hin und wieder mit einigen Brocken herumwerfen kannst, so zum Beispiel: Diluvium, Pliozän, Oligozän, Tertiär, Neolitikum und solche Scherze. Ich habe mir darüber aus dem kleinen Buche während der Fahrt einige Kenntnisse erworben. Viel weiß ich natürlich auch nicht.«

Bob ärgerte sich: »Du betreibst die Sache immer noch so verspielt. Das will mir nicht gefallen.«

»Lieber Herr Kummer,« sagte Sommer ernst, »es wird schon noch heiße Tage geben, an denen wir beide nichts zu tun haben. Vorläufig hat meine Spielerei noch Hand und Fuß. Das wirst du wohl inzwischen eingesehen haben. Wir säßen nicht hier an Bord, wenn ich nur gespielt hätte.«

»Du hast recht«, gab sich Bob zufrieden. »Hast du dir schon überlegt, wo wir in Colombo wohnen werden?«

»Ich habe mir sagen lassen, das Gloria-Hotel wäre nicht zu feudal und nicht zu ärmlich. In meiner Eigenschaft als Geologe kann ich unmöglich großen Luxus treiben. Das fiele sonst auf. Wir werden noch früh genug auffallen, denn es kann unmöglich verborgen bleiben, daß wir mit einer ganzen Trägerkolonne in die Berge gehen.«

»Müssen wir denn unbedingt eine Kolonne haben? Geht es nicht, wenn wir beide allein gehen und uns vielleicht zwei oder drei Diener nehmen, die nachher als Träger dienen können?«

»Das geht nicht. Das würde noch auffälliger sein. Das wirst du im Augenblick nicht einsehen. Aber später wirst du es verstehen. Es muß dabei bleiben, daß wir eine ganze Kolonne zusammenstellen. Offiziell hat sie die Aufgabe, das von uns gesammelte Steinmaterial zu transportieren. Nur so können wir genügend Spaten, Hacken, Kisten und ähnliches Material mitnehmen.«

»Du rechnest also mit einem sehr großen Fund?«

»Darüber läßt sich heute noch nichts sagen. Wir wollen uns nur auf jede Möglichkeit vorbereiten.« –

Sie landeten in Colombo. Die Formalitäten am Zoll und bei der Paßkontrolle wurden ziemlich mühelos überwunden. Noch

♠

im Hafen selbst nahmen sie einen Wagen und ließen sich zum Gloria-Hotel fahren. Sommer wünschte zwei Zimmer nach der Straßenseite und möglichst nicht höher als im ersten Stock. Er bekam sie ohne Schwierigkeiten.

Sobald sie sich ein wenig eingerichtet hatten, machte sich Sommer bereit, auszugehen. »Kann ich mitgehen?« fragte Bob.

»Leider nicht. Aber ich bin in einer halben Stunde wieder hier.«

Er hielt Wort und erklärte bei seiner Rückkehr: »Ich habe nur einige Waffen eingekauft. Später bekommst du eine davon.«

»Du bist auch nicht frei von Mißtrauen«, sagte Bob gekränkt.

»Wie sollte ich das auch? Solange du deine geheimen Vorbehalte hast, solange muß ich sie auch haben. Hier habe ich noch ein kleines Paket, das du bitte mit ganz besonderer Liebe und Sorgfalt behandeln willst. Es sind nämlich Sprengkapseln darin. Man kann sie unter Umständen nicht nur dazu gebrauchen, Steine zu sprengen, etwa dann, wenn sie eine Höhlung bedecken; sondern man kann auch schmale Wege damit für etwaige Verfolger ungangbar machen.«

»Aha«, sagte Bob. »Du rechnest also damit, daß man versuchen wird, auf unseren Spuren zu wandeln?«

»Damit rechne ich unter allen Umständen. Wenn mich nicht alle meine Berechnungen täuschen, dann wird eine solche Begegnung schon in etwa acht Tagen zustande kommen.«

Bob reckte sich. »Auf dieses Zusammentreffen bin ich gespannt. Glaubst du, daß es friedlich verlaufen wird?«

»Nein«, sagte Sommer ernst. »Es wird nicht friedlich verlaufen. Auf keinen Fall. Entweder wir haben das Lager dann schon gefunden und gehoben, und dann haben wir einen Besitz zu verteidigen. Oder wir haben es noch nicht gefunden, dann wird man versuchen, uns den Weg abzuschneiden.«

»Ich sehe das nicht ein, Freund Sommer. In acht Tagen können wir, wenn die Wege nicht allzu schwierig sind, hin und zurück sein und Ceylon schon wieder verlassen haben.«

»Das ist richtig, aber es läßt sich nicht durchführen. Wir können nicht sofort aufbrechen. Ich hab erst noch ein anderes Geschäft hier zu erledigen und weiß noch nicht, wie lange es mich in Anspruch nimmt. Einstweilen muß ich dich wieder allein lassen; vermutlich

♠

bis gegen Abend. Sei so gut und bleib bis dahin hier im Hotel. Bestell' dir zu essen und zu trinken was du willst. Pfleg' dich gut. Auf Wiedersehen.«

Sommer ging in die Hotelhalle hinunter und verlangte den Manager zu sprechen.

Der Manager war ein ältlicher, geschmeidiger Herr, mit grauen Schläfenhaaren und eindringlichen, hellblauen Augen. »Sie wünschen, mein Herr?« fragte er verbindlich.

»Ich nehme an,« sagte Sommer, »daß Sie sich hier im Orte genau auskennen.«

»Das versteht sich. Ich bin seit dreißig Jahren hier und kenne ganz Colombo wie meine Westentasche.«

»Gerade das, woran mir liegt. Ich suche nämlich hier in der Stadt ein bestimmtes Haus, das ich nur dem Namen nach kenne und über das ich sonst nichts weiß.«

»Wie heißt es?«

»Das Gelbe Haus.«

Der Manager Parker schüttelte den Kopf. »Diesen Namen habe ich noch nie gehört. Wenn es irgendetwas mit Europäern zu tun hätte, müßte ich es unter allen Umständen kennen. Es kann sich also nur um ein altes Haus handeln, oder um ein solches, in welchem nur Eingeborene verkehren.«

»Hätten Sie eine Möglichkeit, das zu ermitteln? Ich würde bereit sein, Ihnen Ihre Gefälligkeit ausgiebig zu belohnen, weil für mich sehr viel davon abhängt.«

Parker hob abwehrend die Hand: »Wir tun im Interesse unserer Gäste alles, was wir können. Ich will nur einmal den alten Gärtner Yannah kommen lassen. Er ist ein Singalese, der hier geboren ist. Diese Leute wissen alles.«

Yannah wurde gerufen. Er kam auf lautlosen Sohlen angeschlichen und sah mit unruhigen Augen auf den Manager und seinen Besucher. Parker sagte etwas zu ihm in seinem Dialekt. Yannah neigte den Kopf seitwärts, dachte nach und machte dann eine verneinende Bewegung. Sommer glaubte aber, in den Augen des alten Gärtners etwas erspäht zu haben, was ihn darauf schließen ließ, daß der Alte wider besseres Wissen verneinte. Er zog ein Geldstück aus der Tasche und legte es auf den Tisch. Parker verstand sofort. Er

♠

nahm die Münze in die Hand und hielt sie Yannah vor die Augen. Dann ließ er sie klingend auf den Tisch fallen.

Yannah zuckte mit den Augenlidern, verharrte aber bei seiner Verneinung.

»Ich vermute,« sagte Sommer leise zu Parker, »daß er einfach Angst hat, etwas zu verraten. Das kann mit meinen Vermutungen über den Charakter des Hauses sehr wohl übereinstimmen. Sagen Sie ihm bitte, daß ich nie sagen würde, daß er mir das Gelbe Haus gezeigt hat.«

Parker redete wieder auf Yannah ein. Auch diesmal schwieg Yannah, ohne aber zu verneinen. Sommer machte einen weiteren Versuch: »Vielleicht sagen Sie ihm noch, daß ich nur ein einziges Mal dieses Haus besuchen und im übrigen nach acht bis zehn Tagen Colombo wieder verlassen würde, um niemals wiederzukommen.«

Zu allem Überfluß legte er eine zweite Münze auf den Tisch. Da konnte Yannah nicht widerstehen. Er beugte sich zu Parker und flüsterte ihm etwas ins Ohr, immer mit der gleichen furchtsamen Miene, zugleich auch mit dem Ausdruck des Zweifels im Gesicht, ob er das Geld wirklich bekommen würde.

»Weiß er's jetzt?« frage Sommer gespannt.

»Ja. Aber er will das Geld nicht von Ihnen nehmen, damit man ihm nicht nachsagen kann, er hätte das Haus an einen Fremden verraten. Ich werde es ihm also aus meiner Tasche geben. Es ist am besten, Sie gehen, damit er auch das Gefühl verliert, in Gegenwart eines Unbekannten etwas gesagt zu haben.«

Sommer zuckte die Achseln, als sehe er die Vergeblichkeit seiner Bemühungen ein, steckte das Geld wieder in die Tasche und ging in die Hotelhalle hinaus. Nach einer Minute sah er Yannah an sich vorüberhuschen und durch den Hof verschwinden.

Bald danach kam Parker mit sorgenvollem Gesicht und setzte sich zu ihm. »Ich weiß jetzt, wo und was das Gelbe Haus ist. Ich kannte es, aber unter einem anderen Namen. Ich möchte Ihnen von vornherein abraten, dahin zu gehen.«

»Warum denn, bester Herr Parker? Ist es so gefährlich?«

»Ja, mein Herr. Die Polizei nennt es nicht das Gelbe Haus, sondern das ›Beinhaus‹. Bein ist in diesem Falle dasselbe wie Gebeine oder Knochen. Sie werden leicht erraten können, daß damit die Gebeine von Menschen zu verstehen sind, die freiwillig oder unfrei-

♠

willig einmal hineingegangen sind und von denen man nie wieder etwas gehört hat. Das Haus liegt im Viertel der Malaien. Es ist eine Verbrecherspelunke der allergefährlichsten Art. Als Europäer allein hineinzugehen, bedeutet einfach Selbstmord. Also geben Sie den Plan auf.«

»Ich kann den Plan nicht aufgeben, Herr Parker. Es ist unmöglich. Der Besuch dieses Hauses ist ein Teil des Zwecks, zu dem ich diese lange Reise von Europa hierher gemacht habe. Es wäre sinnlos, darauf zu verzichten. Es wird doch möglich sein, einen Menschen zu finden, der mich dorthin begleitet.«

Parker dachte nach: »Wenn es schon sein muß, dann wollen wir wenigstens einen Weg finden, der das geringste Risiko in sich trägt. Wollen Sie das Lokal nur ansehen oder … verbinden Sie sonstige Zwecke mit dem Besuch?«

»Offen gesagt: ja. Ich muß eine Auskunft haben, die ich nur dort bekommen kann. Und von dieser Auskunft hängt so viel ab, daß ich sie haben muß, was es auch kostet. Ich bin nicht furchtsam und kann mit einer Waffe gut umgehen.«

Parker lächelte: »Eine Waffe würde Ihnen da nicht viel nützen. In diesen engen Räumen hätte man Ihnen bald so viele Dolchstiche versetzt, daß Ihnen die Lust zum Waffengebrauch schnell vergangen wäre.«

»Könnte man nicht einen Polizisten zur Begleitung bekommen?«

»Man könnte schon. Aber die Polizei wird keinen Anlaß haben, zu solchen privaten Zwecken einen Beamten zu bestellen.«

»Das lassen Sie meine Sorge sein«, sagte Sommer erfreut. »Ich bekomme einen Polizisten.«

»Wenn das der Fall ist,« sagte Parker eifrig, »dann gehe ich mit. Ich kenne alle Dialekte und kann Ihnen da sehr nützen. Außerdem bin ich selber sehr neugierig darauf, mir dieses Haus einmal von innen anzusehen. Wann wollen Sie Ihre Absicht ausführen?«

»Sofort. Ich habe keine Zeit zu verlieren. Es wäre mir ein Vergnügen, wenn Sie sich jetzt schon freimachen könnten.«

»Gewiß. Wir gehen also erst zum Gouvernement. Die Beschaffung eines Polizisten ist, wie gesagt, Ihre Aufgabe.«

Sie machten sich sofort auf Weg. Sommer ließ sich, unter Vorzeigung seines Passes, bei dem Polizeichef melden. Er wurde vorgelassen und hatte mit ihm eine Unterredung, die kaum zehn Minuten dauerte. Dann wurde auch Parker gebeten, mit in das Zimmer zu kommen.

»Herr Parker,« sagte der Polizeichef, »Sie werden Herrn Sommer begleiten, nicht wahr? Das scheint mir auch zweckdienlich, da Sie doch hier am Orte bekannt sind und man mit Ihnen als britischem Staatsbürger vorsichtig umgehen wird. Um Sie nun an Ort und Stelle unter Schutz zu haben, werde ich veranlassen, daß sich ein Beamter in Zivil dort aufhält, und zwar ein Eingeborener. Er soll vor Ihnen da sein, weil es zu auffällig sein würde, wenn Sie zu dritt erscheinen. Wenn Sie wünschen, lasse ich den Beamten gleich kommen, damit Sie ihm nötigenfalls vorher Instruktionen erteilen können.«

»Ich bitte sehr darum«, sagte Sommer. »Ich möchte ihm noch einige Hinweise geben.«

Es erschien ein schmaler, aber sehnig und kräftig gebauter Mann, mit klugen, durchdringenden und furchtlosen Augen. »Er versteht Englisch«, sagte der Chef. »Sie können sich mit ihm unterhalten.«

Sommer nahm den Beamten in eine Ecke und sprach leise und betont mit ihm. Der Mann hörte aufmerksam zu, indem er die halb geschlossenen Augen auf den Boden gesenkt hielt. Als ihm alles erklärt worden war, dachte er nach und fragte dann: »Können Sie wütend werden?«

Sommer mußte lachen: »Wirklich wütend oder auf Kommando?«

Der Beamte verzog keine Miene. »Zur rechten Zeit«, sagte er still. »Es könnte sein, daß wir uns dort schnell zurückziehen müssen. Wer dann wie ein Amokläufer toben kann, hat am meisten Chancen, heil davonzukommen.«

»Also kommt es auf etwas Sachbeschädigung nicht an?«

Der Beamte lächelte: »Nein. Das ist man dort gewöhnt. Es ist auch nicht viel zu beschädigen. Ich bezeichne Ihnen da den Mann, der etwas wissen kann. Wenn er nicht freiwillig mitkommen will, schleifen Sie ihn mit. Selbst wenn Sie etwas hart anpacken müssen.«

Der Beamte ging. Parker und Sommer verabschiedeten sich von dem Polizeichef. »Seien Sie unbesorgt«, sagte er. »Omar ist zuverlässig.«

♠

Als sie draußen waren, kraulte Sommer sich den Kopf. »Na, so ganz friedlich wird die Sache da anscheinend nicht verlaufen. Ich will Sie nicht in Versuchung bringen, Herr Parker; und noch viel weniger in Gefahr.«

Parker unterbrach ihn: »Ich gehe auf jeden Fall mit. Mich hat die Sache schon zu sehr interessiert, als daß ich jetzt noch zurücktreten würde. Gehen wir also.«

Sie verließen die breiten, europäisch gebauten Straßen und wandten sich dem nördlichen Teil der Stadt zu. Die Gassen wurden enger und schmutziger. Man sah die verschiedensten Rassen sich durcheinander bewegen. Ein großer Teil des Lebens spielte sich auf der Straße ab. Lärm, Geruch, Farbe und Bewegung liefen wirr durcheinander. Bettler kamen ihnen nach. Parker verscheuchte sie mit einem Fluch, der aus dem Wortschatz der Eingeborenen stammte und daher seinen Eindruck nicht verfehlte.

In der schnell einbrechenden Dämmerung sahen sie hier und dort ein Licht auftauchen. Zwischen halb versunkenen Häusern reckten sich kleine Tempel auf. Daneben die offene Auslage eines überdeckten Basars. Kahle Mauern, die irgendwelche verborgenen Höfe umschlossen. Kleine Cafés, vor denen Eingeborene kauerten. In dem Maße, wie die Dunkelheit fiel, wurde es stiller, verschwiegener, lautloser und unheimlicher in diesem Gewirr der Gassen. Sommer gab sich die erdenklichste Mühe, diesen und jenen Richtungspunkt im Gedächtnis zu behalten, weil ihm Omars Warnung noch in den Ohren lag.

Neben einem kleinen Gewölbe, das einem unkenntlichen Zwecke diente, war ein schmaler, offener Eingang. Parker sicherte noch einmal nach allen Seiten; dann ging er hindurch. Sommer folgte ihm. Sie kamen in einen Hof, der eine Reihe von niedrigen Häusern umschloß. Der Boden war mit Grün überwuchert. Einige verkümmerte Palmen standen in der Mitte und vertieften den Eindruck der unheimlichen, feuchten, drückenden Dunkelheit. Im Hintergrunde befand sich ein etwas größeres Haus, dessen Pfosten einen grellgelben Anstrich zeigten. Rechts und links davon war je ein kleines, vergittertes Fenster angebracht. Sonst war, wie es in der Dunkelheit schien, nur eine einzige kahle, nackte Fläche aus Stein vorhanden. Offenbar dienten die beiden vergitterten Fenster den notwendigen

Beobachtungen. Die gelben, leuchtenden Pfosten gaben dem Hause seinen Namen.

Vor dem Eingang hing ein langes Tuch von unbestimmter Farbe. Parker hob es zur Seite und trat ein. Aber wie aus dem Boden gewachsen, stand ein brauner, sehniger Bursche vor ihm. Er rührte den Besucher nicht an, aber er stand, die Beine gespreizt, unbeweglich mitten in dem schmalen Durchgang und versperrte ihn. Der Manager machte eine ungeduldige, befehlende Handbewegung und sagte schroff: »Geh weg!«

Als der Bursche sich nicht rührte, schob Parker ihn mit einer kräftigen Handbewegung nach links an die Wand. Der Durchgang war frei. »Je selbstverständlicher man hier auftritt, desto einfacher hat man es«, sagte Parker. »Jetzt seien Sie beim Gehen etwas vorsichtig. Es gibt hier leicht Hindernisse.«

Sie tasteten sich weiter den dunklen Gang entlang. Dann stand wieder im ungewissen Licht eine Gestalt vor ihnen, dieses Mal aber nicht stumm und drohend, sondern mit freundlichen, einladenden Bewegungen. In gebrochenem Englisch wurden sie aufgefordert, diesen Raum hier zu betreten. Parker sah hinein und Sommer reckte sich über seine Schultern hinweg. Er gewahrte ein kleines, armseliges, nach europäischem Muster mühsam hergerichtetes Zimmer, das nach der Anordnung der Tische und Stühle und dem kleinen Schenktisch so etwas wie eine Bar vorstellen sollte. Ganz in der äußersten Ecke saß ein Mann in zerschlissenem, europäischem Anzug. Hinter dem Schenktisch kauerte ein Wesen unbestimmter Herkunft. Die Luft schlug ihnen feucht und modrig entgegen.

Parker wandte sich von diesem Bilde ab und gab dem Besitzer in seinem heimatlichen Dialekt zu verstehen, daß er nicht gesonnen sei, sich in diesen modrigen Keller zu setzen. »Wenn ich jemand eine Bar zeigen will, dann brauch' ich nicht bis zu dir zu laufen. Dies hier ist ein berühmter Gelehrter aus dem Auslande. Er will alle Sehenswürdigkeiten der Stadt sehen, also auch deine Räume.«

»Herr,« verteidigte sich der Besitzer, »es ist nicht viel daran zu sehen. Es verkehren hier nur arme Leute, die ihren bescheidenen Reisschnaps trinken und dann weiter gehen. Es ist nicht der Mühe wert, sich die Räume anzusehen.«

»Das weiß ich besser,« sagte Parker, »denn ich bin schon mehr als einmal hier gewesen. Du kannst Yannah, meinen Gärtner, fragen. Weißt du jetzt, wer ich bin?«

Der Besitzer verneigte sich: »Ihr seid der Herr vom Gloria. Natürlich stehen für Euch alle meine Räume offen. Ihr müßt verstehen, Herr, daß ich etwas vorsichtig bin. Es gibt so viele schlechte Menschen, die neidlich auf meinen kleinen Erwerb sind und immer Anzeigen gegen mich beim Gouvernement erheben. Aber man hat mir nie etwas nachweisen können.«

»Das glaube ich«, lachte Parker spöttisch.

Sommer dauerten diese Vorbereitungen schon viel zu lange. Er verstand zwar nicht, was hier gesprochen wurde, aber die überaus demütige Tonart, mit welcher der Besitzer seine Erklärungen abgab, ließen in ihm den Wunsch aufkommen, sich dieses Gesicht etwas näher zu betrachten. Er zog kurzerhand seine Taschenlampe und leuchtete dem Mann ins Gesicht. Der prallte zurück. Er hatte mandelförmige, etwas verschleierte und von Bosheit und Hinterlist funkelnde Augen. Das Gesicht wies verschiedene Narben auf. Es war bartlos und ließ alle Züge klar hervortreten.

Als dieses Licht so unvermutet auf ihn einprallte, machte er eine unwillkürliche Bewegung zum Gürtel. Sommer blendete sofort seine Laterne ab und faßte die Hand des Mannes mit einem eisernen Griff. Dabei sagte er in schlichtem Englisch: »Ich bin erstaunt, so männliche und energische und kluge Züge in Eurem Gesicht gesehen zu haben.«

Der Besitzer wußte nicht, was er mit diesem Vorfall anfangen sollte. Er schwankte zwischen Vorsicht und Mißtrauen und geschmeichelter Eitelkeit. Aber er hatte auch diesen eisernen Druck der Hand nicht vergessen. Zögernd wandte er sich an Parker: »Ist Euer Freund ein sehr aufgeregter Mann?«

»Er kann sehr aufgeregt werden,« antwortete der Manager, »besonders, wenn man ihn zu lange warten läßt. Ich sagte dir schon, daß er in seiner Heimat sehr berühmt ist. Er könnte dir böse sein, wenn du die Gesetze der Höflichkeit verletzen würdest. Dann kann er wütend werden wie ein Amokläufer.«

Dieser Hinweis tat seine Wirkung. Der Besitzer nahm aus einem unsichtbaren Verschlage eine kleine Laterne und ging voran, indem er eine einladende Bewegung machte.

♠

Sie kamen in einen zweiten, inneren Hof, dessen eine Seite scharf im Licht des Mondes lag. Verschiedene Türen waren zu sehen, alle verschlossen. Von keiner war zu ahnen, welchem Zwecke sie diente und was sie hinter sich verbarg. »Angenehme Situation«, sagte Sommer leise zu Parker. »Wer hier nicht das Haus kennt, der hat es nicht leicht, wieder herauszukommen.«

»Das dürfte auch wohl der Zweck der Übung sein. Aber ich hoffe, daß Omar schon da ist.«

Der Besitzer löschte seine Laterne und ging auf eine der Türen zu. Aber ehe er sie öffnete, zog Sommer ihn an seinem langen Mantel zurück. Ohne auf die erstaunten Blicke des Mannes zu achten, ging er mit ihm bis in eine vom Mond hell beschienene Ecke und sagte dort leise zu ihm: »Hast du Nachrichten von Mingal?«

»Ich verstehe nicht, Herr«, sagte der Besitzer verlegen.

Sommer griff tiefer in seinen Mantel hinein: »Warum nicht? Du siehst so klug aus und hast doch ein so schlechtes Gedächtnis? Warte, ich werde dir Bob herschicken. Der kann sich weiter mit dir darüber unterhalten.«

Er wandte sich zum Gehen, aber der Braune eilte ihm nach und hielt ihn fest. »Ich habe nichts von Mingal gehört.«

Sommer gab sich zufrieden. Er raunte ihm zu: »Er kommt, sobald es Vollmond ist.«

Dann wandten sie sich wieder zur Tür, vor der Parker, erstaunt und kopfschüttelnd, wartete. »Es stimmt alles ausgezeichnet«, sagte Sommer auf französisch. »Ich glaube, wir können bald wieder weggehen.«

Der Besitzer riegelte eine Tür auf und ließ sie eintreten. Sie kamen in einen Raum, der auf den ersten Blick klein erschien, der sich aber, wenn man ihn genauer betrachtete, mit Winkeln und Nischen und Ecken und Gängen beträchtlich ausdehnte. Der Fußboden war aus Lehm und hatte hier und da große Löcher. An den Seiten standen Tische europäischer Herkunft, dazwischen waren niedere Hocker oder auch einfache Polster, die auf der flachen Erde lagen. Ganz im Hintergrunde war ein Gestell mit Krügen und seltsam geformten Flaschen. In einer Nische saßen einige Musikanten auf der Erde und entlockten Zupfinstrumenten grelle, schwirrende Töne, die wie mit Nadeln gegen das Trommelfell stachen. Alles das war

♠

in Halbdunkel getaucht. Hier und da hingen kleine bunte Laternen. Ihr Licht reichte gerade aus, um nicht über die am Boden Hockenden zu fallen.

Aber Sommer fügte sich in diese Situation mit einer Geschicklichkeit ein, die Parkers Bewunderung erregte. Er strebte einem freien Tische zu, den er links an der hinteren Wand erblickt hatte. Dabei trat er, ohne sich auch nur mit einer Kopfbewegung zu rühren, in die Trinkgefäße hinein, die die Zecher auf den Matten und Hockern vor sich stehen hatten. Auch als ihn ein bedrohliches Knurren und Murren verfolgte, kümmerte er sich nicht darum. Er setzte sich an den Tisch, den er sich als Ziel genommen hatte, warf alle Stühle bis auf zwei beiseite und winkte Parker, Platz zu nehmen.

»Was machen Sie denn für Geschichten?« frage Parker. »Es sieht ja so aus, als wären Sie hier zu Hause.«

»Ich bin nie hier gewesen. Es ist einfach ein Ausgleich für die Unsicherheit, die mich beim Anblick dieses Raumes und dieser Gesellen befallen hat. Ich fühle rein instinktiv, daß man hier nicht höflich und zurückhaltend sein darf, besonders nicht als Europäer. Man muß hier die an sich so unsympathische Rolle des Herrn spielen. Darüber hinaus will ich aber auch die Rolle des wilden Mannes spielen. Omar hat mich mit seiner Andeutung auf diese Idee gebracht. Wenn ich erst wieder heil draußen sein werde, bin ich wieder ganz vernünftig. Was trinkt man hier?«

Parker winkte dem Manne, der neben dem Gestell mit den Krügen stand, und sagte etwas im Dialekt zu ihm. Der Mann stellte zwei braune Tonschalen mit einem hellen, durchsichtigen Getränk auf den Tisch. Sommer kostete davon. Es schmeckte ihm ausgezeichnet, aber er zog es vor, die Schale mit einer ärgerlichen Handbewegung auf den Boden zu schleudern und durch viele Zeichen des Unwillens zu erkennen zu geben, daß ihm das Getränk nicht schmecke.

Einige der Gäste lachten, aber einer stand drohend auf und zeigte seinen Mantel, auf den die Flüssigkeit große Flecke gespritzt hatte. Sommer sah sich die Flecke sachverständig an, gab dem Manne eine Pfundnote und riß ihm dafür den Mantel von der Schulter. Alles lachte, nur der Mann tobte.

♠

»Sagen Sie ihm,« bat Sommer seinen Begleiter, »daß der Mantel im ganzen nicht mehr wert ist als ein Pfund, und wenn ich ihm ein Pfund gebe, dann kann ich den Mantel verlangen.«

Parker verkündete diesen Entschluß mit erhobener Stimme. Der Erfolg war stärker, als Sommer ihn vermutet hatte, denn mit einem Male lachte alles und spottete über den Zanksüchtigen, der wegen eines Tropfen Reisschnapses sich streiten wollte und der nun – welche Schande! – ohne Mantel nach Hause gehen mußte. Der Geprellte verlegte sich dann auch auf das Bitten, damit er seinen Mantel wieder bekam. Aber dafür verlangte Sommer die Pfundnote zurück. Er bekam sie. Zum Troste spendete er für die ganze Runde einen Krug mit Reisschnaps.

»Ich bewundere Sie«, sagte Parker. »Mit einem Male ist alles ruhig und friedlich. Es scheint mir, daß Sie derartige schwierige Situationen schon häufiger mitgemacht haben.«

»Nun«, sagte Sommer, »wenn man als Geologe auf Reisen geht, dann muß man auch gelegentlich mit unzivilisierten Gegenden vorliebnehmen. Das verschafft einem dann einen gewissen Grad von Erfahrung und Geistesgegenwart.«

Sie versuchten, ohne sich zu auffällig zu benehmen, Omar unter den Gästen zu erkennen. Es wollte ihnen nicht gelingen. Sie hatten aber keinen Zweifel daran, daß er sich im Raume aufhielt. Sommer erkannte ihn endlich an der Stimme. Wenige Schritte von ihnen entfernt saß eine Gruppe auf dem Boden und spielte mit kleinen Elfenbeinwürfeln. Es ging anscheinend alles sehr friedlich dabei zu, aber doch waren alle erregter, als sie zu erkennen geben wollten. Besonders ein alter Singalese mit furchigem Gesicht schien Omars Unzufriedenheit immer wieder zu erregen. Wiederholt riß er ihm den Holzbecher aus der Hand oder zählte ihm die Augen der Würfel nach oder hatte sonst etwas an seinem Spiel auszusetzen. Offenbar bezichtigte Omar ihn irgendwelcher unsauberen Manipulationen. Endlich weigerte er sich, weiterzuspielen.

Parker erklärte die Ursache dieses Streites: »Omar wirft dem Singalesen vor, daß er die Unebenheit des Lehmbodens dazu benutzt, die Würfel in letzter Sekunde noch anzustoßen oder sie weiterrollen zu lassen. Er verlangt, daß er mit ihm auf einer glatten Tischfläche weiterspielt.«

♠

»Ein vorzüglicher Gedanke«, sagte Sommer. »Der Omar gefällt mir. Aber ich vermute, der Singalese wird nicht freiwillig an unseren Tisch kommen.«

»Nein. Und Omar kann ihm auch nicht anbieten, an unserem Tische weiterzuspielen. Das wäre eine Unhöflichkeit gegen uns. Die Leute sind zwar imstande, einen Menschen abzuwürgen, aber sie würden darum doch nie unhöflich werden. Ich muß den Leuten schon selbst das Angebot machen.«

Er wandte sich zu der Gruppe der Spieler und machte klar, daß man dem ganzen Streit entgehen könne, wenn auf einer Holzplatte weitergespielt würde. Er lud sie ein, an den Tisch zu kommen.

Nach einigem Sträuben nahmen sie das Angebot an. Um allen Regeln der Höflichkeit Genüge zu tun, bot Omar den Holzbecher Parker zum ersten Wurf an. Aber auch Parker blieb in der Rolle und ehrte in Sommer den berühmten Gast. Darum gab er den Becher an ihn weiter. Sommer hatte keine Vorstellung von dem Sinn des Spieles, aber er ließ die Würfel ausrollen. Zugleich entgalt er diese Ehre, indem er einen neuen Krug Reisbranntwein bestellte. Dabei sah er deutlich, wie Omar ihm den Singalesen mit einem Blick bezeichnete.

Nun kam es auf die letzte und entscheidende Verständigung an. Während sie im Laufe des Spieles einmal die Zahl der Augen feststellten, beugte sich Sommer zu dem alten Singalesen hin und fragte: »Wo liegt der alte Bungalow?« Er bekam keine Antwort, kaum einen Blick. Gerade das bestärkte ihn in der Vermutung, daß der Alte nicht hören wollte. Wenn er nicht verstanden hätte, würde er schon aus Höflichkeit gegen den Gastgeber irgendeine Äußerung getan haben.

Nach einer Weile fragte Sommer wieder: »Wo ist der alte Bungalow von Miquel?«

Diesmal traf ihn ein kurzer, abwägender Blick. Aber er bekam darum doch keine Antwort. Zum dritten Male redete er ihn an: »Mingal sagt, du solltest mir den alten Bungalow zeigen. Er selber kommt, wenn es Vollmond ist. Antworte!«

Jetzt wurde der alte Singalese unruhig. Er zupfte an seinem Gürtel und stieß Laute aus, die Sommer nicht verstand. Von Omar kam ein bedeutsamer Blick der Warnung und eine vorsichtige Handbewegung: zahlen! Auch Sommer hatte im gleichen Augenblick daran gedacht, damit man ihn nicht als Zechpreller behandeln und daraus einen Grund ableiten könnte, ihn hier festzuhalten. Er war sich aber auch im klaren darüber, daß er damit seine Absicht entschleiern würde, den Raum zu verlassen, und daß nun alles darauf ankommen würde, einen Rückzug anzutreten.

Offenbar hatten die Laute, die der Singalese ausstieß, einen Teil der Gäste in Bewegung gebracht. Verschiedene näherten sich dem Tisch, als wollten sie dem Würfelspiel zusehen. Sie waren in einer Minute förmlich von einem Menschenwall umgeben und so zwischen Tisch und Wand festgehalten. Vielleicht aus Absicht, vielleicht aus Unachtsamkeit, legte einer der Gäste Sommer leicht seine Hand auf die Schulter. Es konnte auch eine stumme Anfrage an den alten Singalesen sein: ist es dieser? Es war keine Zeit mehr, viele Erwägungen anzustellen. Omar deutete mit dem Zeigefinger vorsichtig auf den Krug. Sommer nahm ihn ohne Bedenken und goß ihn nach rückwärts dem Manne, der seine Schulter berührt hatte, ins Gesicht. Die scharfe Flüssigkeit geriet ihm in die Augen, daß er förmlich schreiend zurückwich.

Der Ring der Menschen lockerte sich etwas. Noch war nicht zu erkennen, ob es hier um einen ernsthaften Streit ging oder nicht. Es konnte auch sein, daß sich der Europäer nur gegen die unhöfliche Berührung des Mannes hatte wehren wollen. Diese Sekunde des Nachdenkens gab Sommer einen Vorsprung, den er rücksichtslos ausnutzte. Er packte den leichten Tisch an, hob ihn hoch und schlug ihn mitten in die Leute hinein. Fünf, sechs von ihnen taumelten entsetzt zurück. Damit war nicht nur eine Bresche in den Menschenwall geschlagen, sondern auch das Hindernis beseitigt, das Sommer von dem alten Singalesen trennte. Er war mit einem Schritt bei ihm, riß ihm die Ärmel zusammen, so daß er von seinen Händen keinen Gebrauch mehr machen konnte, und hob ihn auf seine Schultern.

Parker hatte im gleichen Augenblick die Situation erkannt und ihren weiteren Verlauf gedeutet. Er nahm seinen Stuhl, schlug wild um sich und bahnte sich einen Weg zur Tür. Sie war verschlossen. Ohne Besinnen trat er sie ein. Dann zog er, zwischen den Pfosten stehend, seinen Browning und feuerte gegen die Decke. Ein unbeschreiblicher Tumult entstand. Sommer

♠

ging gebückt unter der Last des Alten, der sich aus Leibeskräften wehrte. Aber gerade diese Last machte Sommer unverletzlich, denn niemand wagte eine Waffe gegen ihn zu richten, aus Furcht, den Singalesen zu treffen.

Die entscheidende Sicherung des Rückzuges gab Omar. Er riß sein Kopftuch ab und stülpte seine Uniformmütze auf. Zugleich rief er ein Wort, das seinen Freunden unverständlich blieb, das aber auf die Gäste eine lähmende Wirkung ausübte. Sie stutzten. Einige erkannten ihn auch. Die Pause in der Bewegung, die dadurch entstand, genügte den drei Beteiligten vollkommen, in den inneren Hof zu gelangen.

Nun lag noch ein Teil des Weges vor ihnen, den sie nur mit größtem Widerstreben beschritten. Sommer bat Omar: »Sagen Sie ihm, bitte, daß er nichts zu fürchten habe, wenn er mir den alten Bungalow zeigt. Im anderen Falle müßte er sich darauf gefaßt machen, daß ich ihn bei der Polizei abliefere, weil ich sehr viel von ihm weiß, und zwar durch Mingal.«

Omar übersetzte. Der Singalese nickte düster vor sich hin. Er ließ erklären, er wolle den Weg beschreiben.

Aber damit gab sich Sommer nicht zufrieden. »Er soll mir den Weg nicht nur beschreiben, sondern mich selbst hinführen, und zwar heute nacht noch. Wenn es zum Gehen zu weit ist, dann nehme ich ein Auto. Aber er kommt nicht eher frei. Wenn er einwilligt, bekommt er ein Geschenk von drei Pfund.«

Der Alte hatte Bedenken und flüsterte erregt.

»Er verlangt,« berichtete Omar, »daß Sie beschwören, daß Sie Mingal kennen.«

»Sagen Sie ihm, daß ich nicht nur Mingal, sondern auch Ovel und Bob kenne.«

Es bedurfte dieser Übermittlung erst gar nicht. Kaum hatte der alte Singalese diese ihm vertrauten Namen gehört, als er mit einem Male ganz erhebliche Kenntnisse der englischen Sprache an den Tag legte. »Wenn die drei Pfund bei meinem Freunde und Bruder Omar in Verwahrung gegeben werden, dann gehe ich mit.«

»Einverstanden«, sagte Sommer. »Aber Omar wird sie dir erst geben, wenn ich wieder zurückgekommen bin, und zwar heil und unverletzt.«

♠

»Ich heiße Taukwi«, sagte der Singalese, »und halte mein Wort.«
Er führte sie durch den ersten Gang in den vorderen Hof hinaus.
Kein Lebewesen zeigte sich. Sie kamen ungefährdet bis auf die Straße.

»Also, wie weit ist es zu gehen?« fragte Sommer.

»Viel zu weit, wenn man noch in dieser Nacht dahin kommen
will. Es liegt östlich von Mount Lavinia, nicht weit von der Küste.
Man muß einen Wagen nehmen.«

Omar hatte Bedenken: »Dann fahre ich mit. Allein lasse ich Sie
mit Taukwi diesen Weg nicht fahren. Gehen Sie einstweilen ins Hotel. Ich behalte Taukwi solange bei mir und besorge Ihnen einen
Wagen mit einem zuverlässigen Fahrer.«

Parker wischte sich den Schweiß von der Stirn. »Wissen Sie,
Herr Sommer, sehr oft möchte ich dieses gelbe Haus nicht besuchen. Ein klein wenig hat mich diese Geschichte doch aufgeregt.«

»Das gebe ich auch von mir zu. Als ich diese Hand auf der
Schulter fühlte, dachte ich, daß in der nächsten Sekunde ein Dolch
in meine Rippen fahren würde. Die Geschichte mit dem Brannt-
weinkrug war einfach eine Reflexbewegung. Aber daß Sie den Ausgang frei gemacht haben, war keine Reflexbewegung, sondern eine
höchst achtbare Leistung, zu der ich Ihnen gratuliere.«

»Bitte, bitte«, lachte Parker. »Ich habe Ihnen ja gesagt: wir tun
im Interesse unserer Gäste alles, was wir können. Haben Sie jetzt
noch Wünsche?«

»Jawohl. Ich brauche einige altmodische Requisiten, nämlich
eine Botanisiertrommel, ein Schmetterlingsnetz und … jetzt lachen
Sie mich nicht aus: eine möglichst große Brille. Aber eine mit Fens-
terglas. Ich könnte mir sonst die Augen verderben.«

Parker unterdrückte mit Mühe ein Lächeln: »Die Sachen besorge ich Ihnen in fünf Minuten. Es sind eigentlich merkwürdige
Ausrüstungsgegenstände für einen Geologen. Sie gehörten besser
zu einem Detektiv.«

»Das bin ich auch«, sagte Sommer trocken und gelassen.

»Damned«, sagte Parker und blieb stehen. »Man könnte meinen, Sie reden im Ernst.«

»Wie es Ihnen beliebt, Herr Parker. Ob Sie meinen Worten
glauben oder nicht: jedenfalls übe ich für die nächsten drei Tage
das Handwerk eines Detektivs aus. Ich muß in den alten Bungalow

hinein, ohne Rücksicht auf Widerstände, und muss versuchen, etwas zu finden. Ob es da ist und wo es ist, weiß ich nicht. Ich riskiere es jedenfalls.«

»Von Herzen alles Gute. Sie gefallen mir. Geht Ihr Begleiter mit?«

»Nein. Er bleibt im Hotel. Darf ich Ihnen etwas anvertrauen, Herr Parker?«

»Wenn es Ihnen nicht schwerfällt, gern. Ich habe Ihnen ja meine Meinung über Sie gesagt.«

»Sehr freundlich. Also der Herr Sekretär ist quasi … mein Gefangener. Er hat nicht die Erlaubnis, etwas anderes zu tun, als ich ihm befehle. Vor allem hat er keinen Pfennig Geld und darf auch keines in die Hand bekommen. Ich werde bei Ihnen eine Summe hinterlegen. Daraus soll das Angeld für die Trägerkolonne bezahlt werden, die er anwerben soll. Wie gesagt: ihm keinen Pfennig. Geben Sie ihm zu essen und zu trinken und zu rauchen, was er will. Wenn er aber auch nur einen Penny haben will, dann knöpfen Sie den Beutel zu. Vor allen Dingen darf er nicht wissen, wo wir waren und wohin ich jetzt gehe.«

Parker schlug ihm auf die Schulter: »Endlich einmal ein Gast, an dem man seine Freude hat. Rechnen Sie auf mich, Sie geologischer Detektiv.«

Bob saß in der Halle und wartete. Es war beinahe Mitternacht. »Gut, daß Sie kommen!« rief er. »Ich war schon so unruhig.«

»Kein Grund, mein Lieber. Ich habe nur einige Erkundigungen eingezogen. Ich muß auch gleich wieder fort, und zwar voraussichtlich für drei Tage. In der Zwischenzeit stellst du die Kolonne zusammen. Ich schlage vor, daß wir zwölf Mann nehmen. Die Auswahl überlasse ich dir. Es wird nur gut sein, denke ich mir, daß man Singalesen, Tamulen, Mauren und Malaien durcheinander nimmt, damit sie sich nicht so schnell untereinander verständigen können. Laß etwa fünf oder sechs mittelgroße, aber solide Kisten bestellen und besorge einige Hacken und Spaten. Wir können, wenn ich richtig disponiere, in drei Tagen aufbrechen.«

»Gut. Das will ich ausrichten. Aber die Leute verlangen Handgeld.«

»Ich habe dem Manager einen Scheck gegeben. Er zahlt dir aus, was du für diese Zwecke brauchst. Ich hatte nämlich kein Kleingeld mehr bei mir.«

♠

»Hast du sonst noch Aufträge für mich?«

»Nur den einen: ständig im Hotel zu bleiben, damit wir jederzeit abmarschieren können, wenn ich wiederkomme. So, ich höre meinen Wagen draußen. Auf Wiedersehen.«

Bob konnte noch erkennen, daß sich in dem Wagen der vor dem Hotel hielt, außer dem Fahrer noch zwei dicht vermummte Gestalten befanden. Er schüttelte den Kopf und ging zum Manager: »Darf ich Sie um fünf Pfund bitten?«

Der Manager bedauerte: »Ich habe leider im Augenblick nichts hier. Wir bringen unser Geld jeden Abend zur Bank.«

Brummend verzichtete Bob auf seinen geplanten Ausflug und legte sich schlafen. Am nächsten Vormittag versuchte er sein Glück von neuem. Wieder bedauerte Parker: »Ich habe den Scheck des Herrn Sommer noch nicht einlösen können. Sollten Sie aber Handgeld für Ihre Träger gebrauchen, so schicken Sie die Leute ruhig zu mir. Ich werde dann für Herrn Sommer den Betrag verauslagen.«

»Schon recht«, knurrte Bob. »Aber ich muß Kisten bestellen und Geräte einkaufen.«

»Tut nichts«, sagte Parker. »Sagen Sie den Leuten, sie sollen alles auf meine Rechnung hierher schicken. Ich bezahle es dann.«

Da leuchtete es Bob allmählich ein, daß ihn Sommer recht kurz an der Leine hielt. »Und wie ist es mit Essen und Trinken?« fluchte er.

Parker lachte freundlich: »So viel und so gut Sie wollen, mein Herr.«

»Und keinen einzigen Schilling?« bettelte Bob.

»Nicht einen Penny, Sir«, sagte Parker unerbittlich.

Da fügte sich Bob in sein Schicksal und machte sich, mit vollem Magen und mit leerer Tasche, auf den Weg, um Leute zu werben.

– – – – – –

Inzwischen hatte das Auto, in welchem sich Sommer, Omar und Taukwi befanden, die Stadt in südlicher Richtung verlassen. Grell lagen die Scheinwerfer über der Landstraße. Zu ihrer Rechten konnten sie hin und wieder das Meer blinken sehen. Der Nachtwind, der von den Bergen her kam, bewegte das breite, glänzende Laub von Palmen und Zimtbäumen und Sykomoren. Nachtschmetterlinge, riesenhafte Käfer, geheimnisvolle Insekten stießen in den Kegel der Scheinwerfer, zerschmetterten daran oder schwirrten den Insassen fremd und bedrohlich über die Köpfe hin.

♠

Kleine phantastische Ortschaften tauchten auf und versanken wieder. Immer noch fuhren sie an der Küste des Meeres entlang. Aus der Ferne hörten sie das Rollen einer Eisenbahn. Geschrei von Nachtvögeln kam aus dem immer dichteren Baumbestand.

»Hier müssen wir abbiegen,« sagte Taukwi, »sonst wird der Fußweg nachher zu weit.«

Omar beriet sich mit dem Fahrer. Auch er war der Meinung. »Wir werden aber nur langsam fahren können,« sagte er, »weil wir auf einen schmalen Feldweg kommen.«

Dagegen war nichts einzuwenden. »Halten Sie aber weit genug vom Bungalow entfernt«, bat Sommer, »daß man dort das Geräusch des Motors nicht hören kann.«

»Das hat keine Sorge,« meinte der Fahrer. »Der Wald ist dort so dicht, daß man auf tausend Meter kaum ein Geräusch hören kann.«

»Ich möchte aber auch nicht die Autospuren in unmittelbarer Nähe des Hauses haben«, sagte Sommer. »Ich möchte etwa eine Stunde Wegs vor mir haben und dann mitten aus dem Walde heraus auf das Haus stoßen.«

Sie bogen in einen schmalen, etwas steinigen Feldweg ein. Sofort überdeckte sie der tiefe Schatten einer tropischen Vegetation. Es duftete stark von Gerüchen, die Sommer zum ersten Male in seinem Leben verspürte. Zuweilen streifte sie ein Blatt oder der Ast eines Baumes, als ob Hände aus der Dunkelheit nach ihnen greifen wollten. Sommer fand diese dunkle Heimlichkeit nicht weniger erregend als die Räume des Gelben Hauses.

Nebenwege gingen nach allen Richtungen ab. Aber Taukwi war hier zu Hause und wies mit unerschütterlicher Sicherheit den richtigen Weg. Fast eine Stunde schwankten und stießen sie so über Steine und Baumwurzeln. Dann gab Taukwi das Zeichen zum Halten.

»Von hier aus haben wir noch eine halbe Stunde zu gehen. Mit dem Wagen kommen wir nicht näher. Er kann hier warten. Omar und ich bringen Sie bis dicht an das Haus. Man wird uns nicht entdecken.«

Ein Stück Urwald schien sich hier inmitten des besten, kultivierten Bodens erhalten zu haben. Ringsum konnte man in der frühen Dämmerung Anpflanzungen von Tee und Kakao bemerken, zuweilen Bestände von Kokospalmen, und aus der Ferne, an dem schwachen Glitzern erkenntlich, Reisterrassen.

♠

Taukwi erklärte: »Dieses Stück Wald gehört schon zum Grund, auf dem der alte Bungalow steht. Miquel hat es verkauft. Es wohnt jetzt ein Holländer darin. Es ist zur Bedingung gemacht, daß dieses Stück Urwald nicht bebaut wird.«

Diese Tatsache schien für Sommers Pläne eine ausgezeichnete Unterstützung. Er drückte Taukwi, um seine Zufriedenheit zu betonen, eine Münze in die Hand und sagte: »Kannst du mir einige Schmetterlinge oder Käfer besorgen, ohne daß wir viel Zeit damit verlieren?«

Taukwi lachte, nahm seinen Dolch und grub in dem lockeren Erdreich eines nahen Baumes eine kleine Vertiefung. Dann zog er drei kupferschillernde Käfer heraus. Er erstieg mit großer Geschmeidigkeit einen anderen, niedrigen Baum, bog die Blätter zurück und brachte einige Schmetterlinge mit. Sommer tat sie einträchtig in seine Blechtrommel: »Ein guter Anfang. Wir können weitergehen.«

Da sie energisch ausschritten, waren sie in einer knappen halben Stunde an einer hohen, teilweise zusammengebrochenen Umzäunung aus Bambus. »Da beginnt der eigentliche Hausgarten«, sagte Taukwi. »Sie können bald das Dach sehen.«

Sommer verabschiedete sich und stieg ohne weiteres durch die Umzäunung. Er befand sich in einer Wildnis, die sich nur wenig von der da draußen, jenseits des Zaunes, unterschied. Er war kaum hundert Schritte gegangen, als er das wütende Anschlagen eines Hundes hörte. Bald darauf hörte er auch eine Stimme. Er ließ sich dadurch nicht beirren, sondern stieg weiter durch das Gestrüpp und die dichten, wuchernden Stauden. Auf einer kleinen Erhöhung sah er das Dach eines Landhauses und nahm die Richtung dahin.

Ein Mann, dem Aussehen nach offenbar ein Eurasier, kam ihm entgegen und führte einen großen, gefleckten Hund am Halsband. Sommer grüßte freundlich und sagte, indem er sich der englischen Sprache bediente: »Guten Morgen, mein Herr. Ich sehe zu meiner Freude, daß sich hier ein Haus befindet. Kann man hier eine kleine Erfrischung bekommen?«

Der Eurasier musterte den Eindringling zunächst etwas mißtrauisch, alsdann mit einem kleinen Lächeln: »Hier ist kein Wirtshaus. Dies ist eine Privatbesitzung. Woher kommen Sie denn? Und so in aller Frühe?«

»Ich habe einige Insekten gesammelt,« sagte Sommer bescheiden, »und dann habe ich den Weg nicht wiedergefunden. Hier gibt es herrliche Exemplare. Also eine kleine Erfrischung können Sie mir nicht verkaufen?«

Das Wort »verkaufen« blieb im Gehirn des Wächters haften. Er besann sich eine Weile und sagte dann: »Kommen Sie.«

Sie gingen dem Hause zu. »Es wird gut sein, «sagte Sommer »daß ich dem Besitzer des Hauses meine Aufwartung mache.«

»Der Besitzer ist nicht zu Hause. Er wohnt in Kandy und kommt nur einmal im Monat hierher.«

»Sehr, sehr bedauerlich. Und ich habe mir die Sache so schön gedacht.«

»Was haben Sie sich gedacht?«

»Ich habe nur wenige Tage für meinen Aufenthalt hier und dachte, es wäre möglich, von diesem Hause aus einige Exkursionen zu machen. Das kleine Stück Urwald ist eine Fundgrube, mein Herr. Ich bin zu schwach für große Wanderungen.«

So schwätzte er unaufhörlich, bis der Eurasier überzeugt war, einen Sonderling vor sich zu haben. Er gab ihm etwas Kakao und Maisbrot und ließ ihn in der Küche ein wenig ausruhen. Der Sammler schien aber so ermüdet zu sein, daß er nach wenigen Augenblicken in dem mit Reisstroh umflochtenen Sessel tief eingeschlafen war.

Diesen Augenblick benutzte der Eurasier, um sich den Inhalt der Botanikertrommel anzusehen. Er fand einige Käfer und Schmetterlinge darin. Daß man solche Dinge sammeln konnte, überstieg seinen Verstand. Immerhin ließ er den harmlosen Menschen schlafen und machte sich im Garten zu schaffen.

Sommer machte keine Anstalten, zu gehen. Er ließ sich verschiedenes über die Tierwelt der Umgebung erzählen und schlug dem Wächter endlich vor, für ihn auf Fang zu gehen. Der Eurasier willigte ein, aber insgeheim war er sehr mißtrauisch geworden. Offenbar kam es dem Besucher darauf an, allein im Hause zu bleiben. Während er sich anscheinend entfernte, kam er lautlos auf Umwegen zurück und beobachtete durch ein Fenster das Treiben des Gastes. Der aber saß in der Küche, schnitzte sich aus weichem Holz dünne Platten und machte sich mit vieler Mühe und Vorsicht daran, seine Schmetterlinge aufzuspießen. Dabei murmelte er unverständliche Worte vor

♠

sich hin. Bei genügender Sprachkenntnis hätte der Wächter vernehmen können: »Du hältst mich wohl für dumm, daß ich hier gleich Haussuchung halte? Heute geschieht nichts, mein Lieber. Morgen ist auch noch ein Tag.«

Als er seine Tiere aufgespannt hatte, legte er sich wieder auf ein Bündel Koksfasern und schlief. Da wagte es der Eurasier, sich auf die Suche nach Insekten zu machen. Er fing, was ihm gerade über den Weg kroch und flog.

Sommer sah sie sich an und schüttelte mißbilligend den Kopf. »Die sind nicht viel wert. Im besten Falle gebe ich Ihnen fünf Schilling dafür.«

Der Eurasier, jetzt völlig sicher, nahm das Geld und beschloß, aus diesem Europäer eine Einnahmequelle für die nächsten Tage zu machen. Er bereitete ihm in dem kleinen Fremdenzimmer des Bungalows ein Bett und brachte ihn dort für die Nacht unter. Am anderen Morgen machte er sich früh auf den Fang nach Insekten. Wenige Minuten später unterzog Sommer das Haus einer gründlichen Durchsuchung.

Die Möbel, mit denen es ausgestattet war, machten einen ziemlich neuen Eindruck. Sie konnten demnach unmöglich aus Miquels Zeit stammen. Also hatte es keinen Wert, sie nach irgendwelchen Papieren zu durchforschen. Er klopfte sorgfältig alle Wände ab, um irgendwelche Hohlräume festzustellen. Aber auch da ließ sich nichts entdecken. Dasselbe Experiment machte er mit den Fußböden, ohne zu einem Ergebnis zu kommen. Ehe der Eurasier zurück war, hatte er sich ziemlich Klarheit darüber verschafft, daß in den unteren Räumen nichts zu finden sei. Somit verblieb für die Untersuchung nur das niedrige Dachgeschoß übrig, zu dem eine kurze, steile Treppe führte. Diese Arbeit verschob er auf den nächsten Tag.

Er zeigte sich diesmal mit der Ausbeute, die ihm gebracht wurde, zufriedener und nannte eine Anzahl von lateinischen Namen, deren Bedeutung er selbst nicht kannte. Aber er bezahlte gut und erkaufte sich damit die Gewißheit, noch einen Tag für die Durchsuchung zu haben.

Kaum war er am nächsten Morgen allein, als er die Treppe zum Dachgeschoß hinaufstieg. Die Tür, die sich oben befand, war nicht

♠

abgeschlossen. Er öffnete. Ein feuchtwarmer Dunst schlug ihm entgegen. Aber sofort sah er, daß in einer Ecke eine alte Truhe und ein altmodisches, offenbar aus Deutschland stammendes Vertikow standen. Die Truhe trug das Monogramm M. M. Ein leichtes Schloß hing davor. Er nahm sein Taschenmesser, an dem sich verschiedene Instrumente befanden, und öffnete das Schloß ohne Mühe.

Staub quoll aus der Truhe. Sie enthielt alte Kleidung, von Motten und Ameisen zerfressen. Er wühlte hastig alles durch, suchte in den Taschen und Falten, ob irgendwo das Geräusch von knisterndem Papier zu hören sei, konnte aber nichts entdecken. Er packte alles wieder zusammen und legte das Schloß vor.

Während er so mitten in der Untersuchung war, hörte er vor dem Hause die Schritte des Eurasiers. Es war schon zu spät, um die Treppe wieder hinunterzugehen. Er konnte gerade bis auf die oberste Stufe gelangen und die Tür hinter sich schließen. Er legte das Ohr dagegen und lauschte angestrengt.

Der Eurasier musterte ihn scharf. Seine Augen blickten böse und feindselig. »Was machen Sie da oben?« fragte er zornig.

Sommer winkte ärgerlich und verdrossen mit der Hand und schimpfte: »Ruhig doch!«

Er horchte weiter, ganz angestrengt und konzentriert. »Was ist denn da?« fragte der Wächter, indem er unwillkürlich die Stimme senkte.

»Das typische Geräusch von roten Ameisen«, flüsterte Sommer. »Ich habe es schon gestern gehört. Da muß ein ganzer Bau sein.«

Der Eurasier schüttelte den Kopf über solches Interesse. »Wo haben Sie Ihr Netz?« fragte er. »Ich habe einige seltene Schmetterlinge gesehen.«

»Es steht in der Küche«, sagte Sommer.

Er atmete auf, als er allein war. Sofort machte er sich wieder an die Untersuchung des Dachgeschosses. Das Vertikow war offen, aber alle Fächer waren leer. Er beklopfte die Rückwand und stellte fest, daß sie hohl sei. Das Holz war von Feuchtigkeit und Ameisen zermürbt und vermorscht. Er stieß mit dem Taschenmesser dagegen. Die Rückwand gab nach wie feuchtes Papier. Er griff in den Hohlraum hinein, tastete ihn ab … und hatte mit einem Male eine kleine Rolle Wachstuch in der Hand. Sie war von der Feuchtigkeit zusammengeklebt. Mit zitternden Händen riß er sie auf.

Leichtvergilbtes Papier kam ihm entgegen. Es waren Bogen aus einem Schreibheft, mit zittriger, aber großer Schrift bedeckt. Er las fiebernd die ersten Zeilen:

Ich, Michael Mohringer aus Dinkholder am Rhein, Deutschland, berichte hier über das Schicksal meines Lebens …

Er las nicht weiter. Er steckte das Papier in die Tasche, schloß den Schrank und lief die Treppe hinunter in die Küche. Dort beschäftigte er sich, wenn auch mit verminderter Aufmerksamkeit, mit seinen Insekten. Der Zweck seines Besuches war erreicht. Er konnte nach Colombo zurückkehren.

Am Abend belohnte er den Eurasier noch einmal und gab zu erkennen, daß er am nächsten Morgen nach Colombo wollte. Die Begleitung bis auf die Landstraße nahm er gern an. Er ging nach Lavinia und nahm sich dort einen Wagen. Seine Schmetterlinge und Käfer samt Trommel, Netz und Brille warf er in irgendein Gebüsch.

Siebentes Kapitel

Der Aufstieg

Sommer gab dem Fahrer Anweisung, den Weg nach Colombo mit verminderter Geschwindigkeit zu fahren. Die Frist von drei Tagen, die er Bob bezeichnet hatte, war noch nicht verstrichen; außerdem aber wollte er die Zeit der Fahrt benutzen, um die gefundenen Papiere zu lesen. Er sah voraus, daß er in Colombo selbst weder Zeit noch ungestörte Gelegenheit dazu finden würde.

Der Bericht war in schlichten, nüchternen Worten gehalten, aber er war erschütternd in seiner eindringlichen Ehrlichkeit und in der erbarmungslosen Folgerichtigkeit, mit der sich das Schicksal Mohringers abspielte und vollendete. Sommer war nicht gerade weichen Gemütes, aber als er den Bericht bis zum Ende gelesen hatte, war er doch von Mitleid und Teilnahme völlig überwältigt.

Er ließ sich zunächst zum Postamt fahren und gab dort ein Funktelegramm von beträchtlicher Länge auf. »Wann kann das Telegramm ankommen?« erkundigte er sich.

Der Beamte erklärte: »Wenn Sie noch einige Pfunde daran wenden wollen, wird es bevorzugt abgesandt und kann noch heute abend an Ort und Stelle sein. Aber es ist teuer.«

»Das spielt keine Rolle, wenn ich dadurch eine Beschleunigung erreiche.«

Vom Postamt aus begab sich Sommer zum deutschen Konsulat und hatte dort eine längere Besprechung. Auch hier erzielte er ein Ergebnis, das ihn befriedigte. Ein Beamter des Konsulats begleitete ihn sodann nach dem Hafen, wo der Dampfer »Nassau« am Pier lag.

Hier hatte Sommer eine Unterredung mit dem Kapitän. Er übergab ihm ein kleines, fest eingeschnürtes Paket zur Beförderung. »Es

♠

ist mir zu bedenklich, es bei mir zu behalten Es ist mir auch nicht sicher genug, es der Post zur Beförderung zu übergeben. Es könnte verlorengehen, und das darf unter keinen Umständen eintreten. Der Konsul hat Sie mir als so zuverlässig dargestellt, daß ich Sie bitten möchte, es persönlich in Ihre Obhut zu nehmen. In Bremen wird ein Bote zu Ihnen an Bord kommen und es in Empfang nehmen.«

Der Kapitän fragte nicht nach Einzelheiten, sondern versprach, den Auftrag gewissenhaft zu erledigen. Sommer war sehr erleichtert, als er das Schiff verließ. Diese wichtigen Dokumente hatte er jedenfalls in Sicherheit gebracht.

Inzwischen war es Mittag geworden. Sommer begab sich zum Regierungsgebäude und suchte dort Omar auf. »Sie sehen,« sagte er, »daß ich heil und munter zurückgekommen bin. Man wird dem Taukwi also sein Geld auszahlen müssen.«

»Haben Sie Erfolg gehabt?« frage Omar bescheiden.

»Ja, vollkommen. Und es ging über Erwarten einfach. Bis jetzt ist überhaupt alles, was ich unternommen habe, ziemlich einfach verlaufen. Der bedenkliche Teil beginnt jetzt. Und auch dafür möchte ich Ihre Hilfe haben. Sie brauchen nichts zu tun, sondern nur einige Auskünfte zu geben. Es werden im Verlauf von längstens fünf Tagen einige Herren zu Ihnen kommen, um über mich und den Weg, den ich jetzt einschlagen will, Erkundigungen einzuziehen. Für diesen Fall möchte ich Sie bitten, den Herren die Auskunft nicht zu verweigern.«

»Sie wünschen also,« sagte Omar mit schneller Auffassung, »daß Ihre Unternehmung nicht geheimbleibt?«

»Ich habe an einem solchen Geheimnis keinerlei Interesse. Im Gegenteil. Natürlich gibt es dabei einige kleine Varianten, und gerade die möchte ich mit Ihnen besprechen.«

Sie gingen in den Garten des Gebäudes hinunter, wo sie sich ungestört und ungesehen aussprechen konnte. Omar hatte einen sehr feinen Instinkt für das, was man von ihm wollte, und gab durch kurze und präzise Zwischenfragen sein Interesse und sein Verständnis zu erkennen.

»Ich bin sehr zufrieden mit Ihnen«, sagte Sommer. »Sie haben einen vorzüglichen Kopf. Ich vermute, daß ich aus der Sache für Sie noch eine recht ansehnliche Belohnung herausholen kann. Wehren Sie nicht ab. Was Sie jetzt tun, fällt ja nicht mehr in Ihre Amtstätigkeit, sondern ist eine private Gefälligkeit, die Sie mir erweisen. Leben Sie wohl. Ich denke, daß wir uns in einer Woche wiedersehen werden.«

Sodann rief Sommer das Gloria-Hotel an und sprach mit Parker: »Guten Tag, Herr Parker. Ich bin seit heute vormittag zurück.«

»Ich hoffe, heil und gesund. Aber warum kommen Sie nicht ins Hotel?«

»Weil Bob noch nicht wissen soll, daß ich hier bin, und weil ich Sie noch vorher sprechen muß, ehe er etwas von meiner Rückkehr erfährt. Können wir uns irgendwo treffen?«

»Gewiß.« Sie verabredeten Ort und Zeit. Inzwischen studierte Sommer die Listen der Schiffe, die in einem Reisebüro auslagen, und belegte nach einigem Nachdenken drei Kabinen auf einem Dampfer, der in einer Woche fahrplanmäßig abgehen sollte. Es fiel dem Beamten auf, daß er alle drei Kabinen auf einen Namen belegte. »Wollen Sie denn alle drei Kabinen selber benutzen?«

»Wahrscheinlich nicht«, lachte Sommer. »Ich rechne damit, daß noch zwei gute Freunde mit mir fahren. Da ich es aber nicht genau weiß, muß ich zur Vorsicht drei Kabinen für mich belegen.«

Dann wurde es Zeit, zu der Verabredung mit Parker zu gehen. Der kleine Mann war sichtlich erfreut, seinen Gast wiederzusehen. Er sagte verschämt: »Ich habe jeden Abend ein Vaterunser für Sie mitgesagt. Und wenn Sie heute nicht zurückgekommen wären, hätte ich den Herrn Bob durch die Polizei einsperren lassen. Er scheint mir ein ganz verdächtiger Junge zu sein.«

»Wieso denn?« fragte Sommer.

»Immer wollte er Geld von mir haben. Das hat er natürlich nicht bekommen. Aber dann versuchte er sogar, Geld von den Angestellten zu leihen. Als ihm auch das nicht gelang, hat er unheimliche Zechen gemacht. Im Augenblick liegt er auf seinem Zimmer und verschläft den Whiskyrausch.«

»Das macht nichts. In den nächsten Tagen wird er nur Wasser zu trinken bekommen. Hat er die Kolonne zusammengestellt?«

»Die ist in Ordnung. Sie müssen verzeihen, daß ich mich etwas darum gekümmert habe. Verschiedene Leute habe ich zurückgewiesen, weil ich sie als zu verdächtig erkannt habe. Gerade den Eurasiern traue ich nicht. Es ist eine sehr bedenkliche Mischrasse aus Holländern und Singalesinnen. Die anderen Leute mögen angehen.«

Sommer schüttelte ihm herzlich die Hand: »Sie sind ein Juwel. Sagen Sie nicht wieder, Sie täten das alles aus Interesse für Ihre Gäste. Diesmal tun Sie es aus angeborener Abenteuerlust, nicht wahr?«

»Richtig. Ich stamme aus einer Seemannsfamilie, und uns allen liegt die Lust an solchen Dingen im Blute. Gibt es noch was für mich in der Sache zu tun? Ich stehe Ihnen vollkommen zur Verfügung.«

»Es gibt noch etwas zu tun. Ich werde möglichst noch heute nacht aufbrechen, wenn Bob bis dahin wieder nüchtern geworden ist. Dann werde ich vermutlich fünf Tage wegbleiben. Offiziell gebe ich damit meine Zimmer auf. Ich hoffe aber, daß Sie mich wieder aufnehmen, wenn es nötig sein sollte.«

»Versteht sich«, lachte der Manager.

»Wenn meine Vermutungen richtig sind, werden sich bald einige andere Herrschaften um mich kümmern, und zwar zwei Herren und eine Dame. Vielleicht auch nur eine von diesen drei Personen. Welchen Namen sie sich zulegen werden, kann ich natürlich im voraus nicht sagen. Sollte eine dieser Personen die Absicht äußern, die Zimmer zu mieten, die ich gehabt habe, so geben Sie ihnen die Zimmer. Unter Umständen bieten Sie sie ihnen einfach an. Was ich sonst hier getrieben habe, wissen Sie nicht. Nur von meinem dreitägigen Ausflug wissen Sie, ohne das Ziel zu kennen. Dann wissen Sie ferner, daß ich mich auf den Pik Adam begeben habe, und zwar mit dem Anmarsch von Süden her. Das müssen Sie sich besonders merken.«

»Sie gehen also nach Norden?«

»Natürlich. Sie sagen aber: Süden. Ich beabsichtige da eine kleine Konfusion anzurichten, die mir unter Umständen nützlich sein kann.«

»Ich verstehe. Im übrigen sind Sie der Geologe Sommer, nicht wahr?«

»Nach wie vor. – So, in einer halben Stunde bin ich im Hotel. Sehen Sie zu, daß Sie Bob bis dahin nüchtern kriegen.«

»Ein herrlicher Gast«, strahlte Parker und entfernte sich. – –

♠

Als Sommer in das Hotel kam, hatte Bob gerade die Badewanne verlassen und saß müde und verquollen in der Halle. Parker grüßte steif und gemessen.

»Tag, Bob«, sagte Sommer ruhig. »Du siehst aus, als ob du noch nicht wieder ganz nüchtern wärest.«

Bob hatte ein schlechtes Gewissen: »Ich habe etwas Whisky getrunken; bestimmt nicht viel. Aber es scheint mir schlecht bekommen zu sein.«

»Nun,« tröstete Sommer, »ein Nachtmarsch von fünf Stunden wird dich schon wieder kurieren.«

Bob zog mühsam die Augenbrauen hoch: »Geht es schon los?«

»Jawohl. Solltest du aber nicht imstande sein, den Marsch mitzumachen, so bleib ruhig zu Hause. Ich habe mit deiner Unzuverlässigkeit gerechnet und mir inzwischen für alle Fälle einen Führer besorgt. Also ich brauche dich nicht unbedingt.«

»War das der Zweck deines Ausfluges?« fragte Bob düster.

»Jawohl. Ich habe jetzt jemanden, der sich nicht im entscheidenden Augenblick betrinkt. Du brauchst mir nur die Kolonne zusammenzurufen, und dann kannst du dich wieder schlafen legen.«

Das war zuviel für Bob. Das griff an sein Ehrgefühl. Er stand energisch auf: »Ich lasse mir eine Wanne mit Eiswasser füllen. In einer halben Stunde bin ich frisch.«

Sommer packte inzwischen seinen kleinen Handkoffer. Auf dem Waschtisch ließ er einige Toilettengegenstände stehen, so daß jeder, der nach ihm das Zimmer betrat, sich überzeugen konnte, wie zerstreut und nachlässig, oder aber wie überstürzt er seine Abreise angetreten hatte. Alsdann fertigte er aus dem Gedächtnis eine kleine Zeichnung an und legte sie in den Kasten des Nachttisches.

Als er in die Halle kam, war auch Bob schon bereit. Er saß vor einer mächtigen Kanne mit schwarzem Kaffee und sah recht munter aus. Sommer ließ den Manager kommen und sagte ihm: »Wir verreisen für einige Tage.«

Parker machte ein ernstes Gesicht: »Darf ich dann zuvor um Begleichung der Hotelrechnung bitten?«

»Gerne. Holen Sie nur.«

Bob grinste: »Na, allzuviel Kredit und Vertrauen scheinst du bei dem auch nicht zu genießen!«

♠

»Was willst du?« zuckte Sommer die Achseln. »Der Mann kennt uns ja gar nicht. Und von dir kann er nur einen denkbar schlechten Eindruck bekommen haben.«

»Ich will dir den Gegenbeweis liefern. In einer Stunde steht die Kolonne fertig zum Abmarsch da. Ich weiß nur nicht, welchen Weg du einschlagen willst.«

Sommer nahm ein Blatt Papier und zeichnete darauf einen Umriß, der dem einer Birne glich. »Was ist das?« fragte er.

»Ein krummes Ei«, sagte Bob. »Wenn du aber etwas Geographisches damit im Auge hast, muß man wohl sagen, daß es die Umrisse der Insel Ceylon sind.«

»Richtig. Nun zeichne ich dir hier eine Linie hinein. Was bedeutet sie?«

»Das kann nur der Mahaväli-Ganga sein.«

»Auch richtig. Und dieser dicke Punkt hier?«

»Das muß die Stadt Kandy sein.«

»Weiter. Was bedeuten wohl diese Schattierungen, die ich hier südlich von diesem Punkt mache?«

»Das Hochgebirge, das im Süden liegt. Nun geh' schon gleich weiter und mache hier im südwestlichen Teil einen Punkt, damit du endlich auf den Pik Adam kommst.«

»Tun wir das. Du bist also insoweit im Bilde. Nun muß ich eine Spezialkarte anfertigen. Hier ist der Pik Adam als Zentrum. Nördlich davon zeichne ich dir jetzt zwei senkrechte Striche und darüber einen Querstrich. Dasselbe wiederhole ich ein klein wenig weiter südlich. Weißt du, was das ist?«

Bob dachte nach. Dann hob er die Hand: »Aber das ist ja einfach. Im Aufstieg vom Norden her liegen zwei alte, verlassene Graphitbergwerke. Über beide führt ein ganz bequemer Weg auf die Anhöhe.«

»Schön, mein Lieber. Damit ist uns also der erste Teil des Weges vorgeschrieben. Wenn ich dir nun noch verrate, daß auf dem Originalplan von diesen beiden Bergwerken aus ein Pfeil gerade nach Süden führt, so wirst du wohl nicht mehr daran zweifeln, daß wir den Anstieg von Norden her nehmen müssen.«

»Das versteht sich«, erwiderte Bob. »Bei einigem Nachdenken ist das auch verständlich. Die westliche und die östliche Seite des

Pik dienen überwiegend als Pilgerstraßen. Du weißt ja, daß auf dem Gipfel der große Tempel mit der berühmten Fußspur des Buddha ist. Wenn also einer am Pik Adam ein Versteck anlegen will, so tut er das zweckmäßig auf einer Seite, die nicht zuviel von Pilgern begangen wird. Das hat aber für uns zur Folge, daß wir aus der Stadt nicht südlich, sondern östlich heraus müssen, um dann vom Norden aus an den Bergwerken vorüber auf den südlichen Anstieg zu gelangen.«

»Das wird nicht zu umgehen sein, und ich habe von vornherein damit gerechnet. Daß es sich bei der Zeichnung um Bergwerke handelte, leuchtet ohne weiteres ein. Die beiden senkrechten und der wagerechte Strich können in dieser Zusammenstellung nichts anderes sein als die Holzverkleidung eines Schachteinganges. Weiter als bis dahin werden wir heute nacht wohl nicht kommen. Darum werde ich den Plan einstweilen nicht weiter aufzeichnen.«

»Wie du willst. Der Kolonnenführer wartet seit heute früh bei Yannah im Garten. Ich gebe ihm jetzt Bescheid, wo sich die Leute sammeln sollen. Es wird ratsam sein, daß wir gegen zehn Uhr abmarschieren.«

Sie gingen rechtzeitig fort. Vor dem östlichen Ausgang der Stadt, unter einer Gruppe von Kokospalmen, sahen sie einen Haufen Menschen liegen. Bob stellte Sommer als den Herrn der Unternehmung vor. Die Leute bekamen jeder eine Schale Reisbranntwein, dann begann der Marsch. Jeder zweite trug eine kurze, schwere Kiste, die anderen hatten Hacken und Spaten. Die Waffen und die Sprengkapseln trug Sommer selber in einem Rucksack mit sich. Der Mond stand schon hoch und machte es leicht, den Weg zu sehen und sich vor den Unebenheiten des Bodens in acht zu nehmen.

Mit leisem, einförmigem Singen zogen sie ostwärts, bis Bob das Zeichen gab, nach Süden scharf abzubiegen. Da begann auch schon das Gelände sich langsam, aber stetig zu heben. Der Gesang wurde leiser, vielleicht, weil sich die vermehrte Anstrengung bemerkbar machte; vielleicht auch, weil die dunklen Waldstrecken und die oft tief in den Schatten der Felsen eingeschnittenen Wege den Leuten Furcht machten. Sommer ging immer als letzter, aufmerksam und gespannt. – –

♠

Als Taukwi im Gelben Hause wieder auftauchte, war er ein wohlhabender Mann geworden. Er trug einen neuen Mantel, hatte neue Sandalen aus hellgelbem Leder und eine moderne, europäische Reisetasche. Das war immer sein Traum gewesen.

Über die Art, in welcher er das Geld verdient hatte, sagte er nichts. Er lächelte nur vielsagend und ließ die anderen in dem Glauben, der Europäer habe nicht ganz freiwillig dieses Geld hergegeben. Sie wurden in dieser Meinung dadurch bestärkt, daß Taukwi einem Tempel ein für seine Verhältnisse recht ansehnliches Geschenk machte.

Einen Teil des Geldes verwandte er dazu, dem Besitzer des Gelben Hauses für Lebzeiten ein Zimmer abzukaufen, damit er immer einen Unterschlupf habe. Der Rest aber wurde für eine Feier ohne Ende verwandt, zu der er seine Freunde einlud und alle Gäste, die sich gerade im Gelben Hause befanden. Speisen, von denen sie sonst nur zu träumen wagten, wurden beschafft. Die besten Musikanten, die man auftreiben konnte, wurden bestellt. Tänzerinnen wurden gemietet. An Getränken gab es einen reichlichen Überfluß. Taukwi hatte seine großen Tage.

An jedem Abend wurde das Fest erneuert. Schilling um Schilling um Schilling wanderte in die Tasche des Wirtes. Aber er tat dafür sein Bestes. Gerade Taukwi war ein Mann, der von Zeit zu Zeit über erstaunliche Beträge verfügte. Es wäre unhöflich gewesen, nach ihrer Herkunft zu fragen. Es wäre auch untunlich gewesen, es mit ihm zu verderben und ihn sich zum Feinde zu machen.

Als sie so an einem Abend vor den vollen Schüsseln saßen und eine Tänzerin sich nach den Takten der dünnen, aufreizenden Musik drehte und wandte, wurde die Tür aufgerissen. Zwei Männer in europäischer Kleidung traten ein. Für eine Sekunde herrschte ein grabtiefes, bedrückendes und bedrohliches Schweigen. Dann sprang Taukwi mit einem freudigen Laut von seinem Polster auf und begrüßte die beiden Ankömmlinge stürmisch. Sie wurden genötigt, den Ehrenplatz anzunehmen und von den Speisen und Getränken zu kosten.

Beide waren zu sehr mit den Sitten der Eingeborenen vertraut, um solche Einladung abzuschlagen. Taukwi war auch nicht der einzige Bekannte, den sie hier unter den Gästen hatten. Also mußten sie sich zu den Feiernden setzen.

Taukwi war außer sich vor Freude. Immer wieder legte er ihnen zu essen vor und füllte immer wieder ihre kleinen Trinkschalen. Dabei sagte er einmal: »Ich habe nie daran gezweifelt, daß du Wort halten würdest.«

»Wie meinst du das?« fragte Mingal.

»Nun, es ist doch Vollmond draußen.«

»Was hat das mit meinem Wort zu tun, Taukwi?«

»Du bist zu bescheiden, Freund Mingal. Du hast mir doch bestellen lassen, daß du hier sein würdest, wenn es Vollmond wäre.«

Mingal erstarrte. Er hatte hier etwas bestellen lassen? War Bob vielleicht schon hier gewesen?

Er beugte sich vor: »Hat Bob dir die Bestellung gemacht?«

Taukwi schüttelte den Kopf: »Nein. Bob habe ich nicht gesehen. Dein Freund war hier. Er hat seinen Namen nicht genannt. Aber er hat mir geschworen, daß er dich und Ovel und Bob kennt.«

Mingal stand auf und winkte ihm: »Komm!« Aber Taukwi sträubte sich. »Ich habe Gäste, wie du siehst. Ich kann sie nicht allein lassen.«

Er hatte noch nicht ausgesprochen, als er von Mingal einen Hieb mit einem Gummiknüppel über den Kopf bekam, der ihn halb besinnungslos zu Boden streckte. »Wirst du kommen, wenn ich es dir befehle?« schrie Mingal mit wütender Stimme. »Wagst du es, mir nein zu sagen?« Und wieder sauste ein Hieb auf seine Schulter hernieder, daß er mit einem dumpfen Laut des Jammerns beiseite kroch.

»Ich komme … ich komme«, wimmerte er.

»Das ist dein Glück. Wir gehen nach vorn in die Bar.«

Keiner der Gäste wagte, ihnen den Ausgang zu verwehren. Wenn schon Taukwi, der Furchtlose, sich diesem Befehl und dieser Mißhandlung fügte, dann schien es für die anderen nicht geraten, sich einzumischen. Aber die Höflichkeit gebot ihnen, Taukwi über die beschämende Situation hinwegzuhelfen. »Du hast sie zu Gaste geladen, Taukwi, darum darfst du ihnen den Wunsch auch nicht abschlagen, mit ihnen zu gehen. Wir wollen hier auf dich warten.«

Taukwi war schon wieder ruhig und gelassen: »Ihr habt recht. Eßt und trinkt, bis ich wiederkomme.«

Mingal ging in dem kleinen, stickigen Barraum unruhig auf und ab. »Nun?« rief er Taukwi entgegen. »Wie hat sich die Sache abgespielt?«

♠

Der Singalese erzählte der Wahrheit gemäß, was sich vor einer Woche zugetragen hatte. Der Wirt wurde herbeigerufen und bestätigte alle Angaben. Es war ersichtlich, daß Taukwi unverschuldet zum Verräter geworden war. Er war der List und der Gewalt unterlegen.

»Wir wollen unseren Streit begraben«, sagte Mingal versöhnlich. »Aber du wirst meine Aufregung verstehen, wenn ich dir sage, daß wir durch deine Gutgläubigkeit ein Vermögen verloren haben.«

Taukwi erschrak. Dann sagte er mit verbissenem Ausdruck: »Dann werde ich dir helfen, es wiederzugewinnen. Ich heiße Taukwi und halte mein Wort.«

»Vorläufig kannst du uns nicht viel nützen, es sei denn, du brächtest uns mit Omar zusammen.«

»Das kann ich. Wenn es sein muß, noch an diesem Abend.«

»Gut. In zwei Stunden sind wir wieder hier. Du sagst, der andere Europäer wäre der Manager vom Gloria gewesen? Also gehen wir erst zum Gloria.«

Sie gingen in größter Eile fort. Unterwegs sagte Ovel: »Wollen wir nicht lieber Olly ins Gloria schicken? Es ist nicht gut, wenn wir gleich in die Erscheinung treten.«

»Ich habe auch schon daran gedacht. Sie erwartet uns vor dem Hause des Notars.«

»Schade um die nutzlosen Kosten«, schimpfte Ovel.

Sie trafen Olly an der vereinbarten Stelle und unterrichteten sie von dem Unheil, das Taukwi angerichtet hatte. Sie war sofort bei der Sache: »Holt mir meinen Handkoffer. Ich nehme im Gloria Quartier. Schnell. Wenn ich euch raten kann, möchte ich sagen, daß wir nach dieser Nacht aufbrechen müssen. Der Vorsprung von fünf Tagen ist sehr groß. Ich wette hundert zu eins, daß der unbekannte Europäer Aren ist.«

»Dazu gehört nicht viel Scharfsinn«, murmelte Ovel. »Du hast eine gute Stunde Zeit für deine Ermittlungen. Mehr nicht. Wir müssen noch zum Gelben Haus zurück.«

Bald darauf fuhr eine elegante Dame vor dem Gloria-Hotel vor und verlangte ein Zimmer. Parker selbst bemühte sich um sie. Er war nicht sicher, ob sie zu den Personen gehörte, die Sommer ihm bezeichnet hatte, aber er beschloß, ihr den Weg leicht zu machen.

♠

Er sagte: »Ich habe nach der Straße hin im ersten Stock zwei zusammenhängende Räume frei bekommen, die ich Ihnen sehr empfehlen kann. Es hat ein deutscher Gelehrter mit seinem Sekretär darin gewohnt. Er hat mich zwar gebeten, die Räume frei zu halten, aber diese Art Sonderling ist sehr unzuverlässig.«

»Jedenfalls möchte ich mir die Räume ansehen«, sagte Olly zurückhaltend.

Parker bemühte sich selber mit in den ersten Stock. »Sehen Sie,« sagte er lächelnd mit einer Geste zum Waschtisch, »der Mann ist so zerstreut, daß er die Hälfte seiner Toilettengegenstände einfach stehen läßt.«

»Wie hieß denn der Mann?« fragte Olly wie nebenher.

»Sommer. Und sein Sekretär hieß Bob Kummer.«

»Bob Kummer? Merkwürdiger Name. – Ich nehme die beiden Zimmer. Wollen Sie mein Gepäck heraufschaffen lassen?«

»Sofort.«

Olly richtete sich in dem Zimmer ein, soweit es ihr für den nur vorübergehenden Aufenthalt notwendig erschien. Die kleine Pistole, die sie immer bei sich trug, legte sie in den Auszug des Nachttisches. Sie sah dort ein Blatt Papier liegen und nahm es, ohne sich eigentlich etwas dabei zu denken, heraus. Als sie es aber näher betrachtete, wurde sie aufmerksamer. Sie ging schnell an das Licht, beugte sich über die Zeichen … und lachte plötzlich hell auf. Was sie da in den Händen hielt, war nichts anderes als der lange gesuchte Plan für die Besteigung des Pik Adam.

Es überwältigte sie so, daß sie sich einen Augenblick setzen mußte. Unerhörte Möglichkeiten tauchten vor ihr auf. Sie hatte den Plan! Mingal und Ovel waren jetzt in ihre Hand gegeben! Sie konnte fordern, was sie wollte. Beinahe hätte sie vor Aufregung geweint. Das ganze Leben konnte sich jetzt anders gestalten … aber die dunkle Frage stand vor ihr: wie konnte sie diesen beiden furchtbaren Menschen entrinnen? Hier im Lande war es unmöglich, ihnen zu entgehen. Es war auch ohne ihre Hilfe fast unmöglich, den Schatz zu heben. Doch konnte sie jetzt einen größeren Anteil fordern.

Sie ging in die Halle hinunter und ließ sich eine Erfrischung geben. Wieder bemühte sich Parker um sie und unterhielt sie. Bei

♠

dieser Gelegenheit erfuhr sie alles, was sie erfahren wollte, sowohl den dreitägigen Ausflug wie auch die Ersteigung des Pik Adam vom Süden her, endlich auch die Tatsache, daß Sommer und sein Sekretär mit einer Kolonne von zwölf Mann abmarschiert seien.

Als der Manager sich endlich zurückgezogen hatte, verließ sie schnell die Halle. Ihr zitterten die Knie vor Erregung. Den Plan hatte sie in den Ausschnitt ihres Kleides gesteckt und hütete ihn da wie einen Schatz.

Mingal und Ovel warteten vor einem kleinen Café. Sie nahm mit einer triumphierenden Miene Platz. »Na,« sagte Ovel, »du siehst ja aus, als ob du viel erreicht hättest.«

»Du bist ein guter Beobachter, Ovel. Hoffentlich bist du ein ebenso guter Pfadfinder. Wir werden nämlich jetzt in die Berge müssen. Der unbekannte Europäer hört auf den Namen Sommer, sein Sekretär auf den schönen und recht anzüglichen Namen Bob Kummer. Merkt ihr was? Sommer ist drei Tage unterwegs gewesen. Es ist ohne Zweifel, daß er diese drei Tage im alten Bungalow verbracht hat. Es steht auch wohl außer Zweifel, daß er die Aufzeichnungen gefunden hat. Sonst wäre er nicht zurückgekommen und hätte seinen Marsch mit zwölf Trägern angetreten.«

»Zwölf Träger!« rief Mingal, und seine Augen leuchteten. »Die können viel wegschleppen. Und er wird, nachdem er die Aufzeichnungen gelesen hat, schon wissen, warum er soviel Träger braucht. Kaum auszudenken ...«

Sie träumten sich alle drei in unerhörte Reichtümer hinein. Zwölf Träger! Sechs Kisten! Die drei Gesichter waren von Gier verzehrt und verzerrt.

»Wir wollen jetzt in das Gelbe Haus gehen«, sagte Mingal endlich, »und hören, was uns Omar verraten kann.«

»Einen Augenblick noch«, wehrte Olly. »Ich habe euch noch etwas mitzuteilen. Daß Bob sich unterwegs befindet, ist wohl unzweifelhaft. Er schaltet demnach als Führer aus. Wenn ihr die Spuren der Kolonne verfolgen wollt, so könnt ihr das doch nicht auf gut Glück hin tun.«

»Warum nicht? Wir wissen, daß sie den Pik Adam vom Süden aus erstiegen haben, und eine Kolonne von insgesamt vierzehn Mann hinterläßt immer Spuren.«

♠

»Was nützen euch die Spuren? Nehmen wir an, die Kolonne sucht noch in den Bergen herum und kann das Lager nicht finden …«

»Unsinn!« unterbrach Mingal sie. »Warum sollten sie es nicht finden? Sie haben den Plan und haben Bob als Führer.«

»Es könnte sein,« sagte Olly ruhig, »daß sie den Plan nicht haben.«

»Wo sollte er denn sonst sein? Warum kommen sie von Deutschland hierher, wenn sie den Plan nicht haben? Das sind alles unnütze Erwägungen.«

»Du irrst dich, Mingal. Es könnte sein, daß sie den Plan vergessen haben und nun in den Bergen herumsuchen. Ich will euch nicht lange auf die Folter spannen. Hier ist der Plan.«

Sie legte ihn auf den Tisch und lächelte stolz. Ovel hielt seinen Kopf mit beiden Händen fest: »Aber das ist ja phantastisch! Das ist ja sinnlos!«

»Das ist sehr schön«, sagte Olly. »Wieviel bekomme ich jetzt von der Beute?« Sie zitterte erneut vor Erregung. Ovel krampfte die Fäuste zusammen.

Nur Mingal blieb ruhig: »Du bekommst nicht einen Deut mehr, als wir verabredet haben. Dein Plan ist nichts wert.«

Sie lachte höhnisch. Aber Mingal blieb ruhig: »Ich sage dir: er ist nichts wert. Du meinst, sie hätten ihn vergessen? Unsinn. Sieh ihn dir genau an. Auf der Rückseite steht in schönster Schrift: ›Gloria-Hotel, Colombo.‹ Du kannst also daran erkennen, daß der Plan hier erst aufgezeichnet worden ist. Er ist auch erst kürzlich angefertigt worden, denn das Papier ist noch ganz frisch und glatt. Der ursprüngliche Plan aber war in einen Bucheinband seit Jahren eingeklebt. Wir haben es also mit einem Duplikat zu tun. Den richtigen Plan haben die beiden mit auf die Wanderschaft genommen. Wenn sie ihn wirklich vergessen hätten, wären sie bestimmt umgekehrt und hätten ihn geholt. Sie sind aber nicht umgekehrt. Folglich brauchen sie diesen Plan nicht … und folglich brauchen wir ihn auch nicht.«

»Das verstehe ich nicht«, warf Ovel ein.

»Leicht zu verstehen«, sagte Mingal. »Wenn sie mit dem Plan unterwegs sind, woran ich keinen Zweifel habe, dann müssen sie den Schatz längst gehoben haben. Und dann kommt es für uns nicht mehr darauf an, ihn mit Hilfe des Planes selber zu finden, sondern

♠

ausschließlich darauf, ihnen die Kisten abzujagen. Die Richtung des Aufstiegs wissen wir. Alles andere wird Taukwi uns besorgen. Du siehst also, Olly, daß du keine Erpressungen mit deinem Fund begehen kannst. Schade, aber nicht zu ändern.«

Olly schwieg. Ihr Phantasiegebäude brach unter dieser Logik rettungslos zusammen. Aber Mingal verstärkte ihre Niederlage noch: »Ich vermute sogar, daß der Herr Sommer den Plan mit Absicht hier zurückgelassen hat, um dich oder uns zu verhöhnen. Er will damit sagen: bitte, bedient euch. Ich brauche ihn nicht mehr.«

Diese Vermutung lag nahe, und sie war für alle Beteiligten, nicht nur für Olly, etwas bedrückend. Aber Mingal übersah die Folgen der letzten Vorgänge noch weiter. Er sagte: »Darüber hinaus ist nicht zu vergessen, daß Sommer sich drei Tage lang im alten Bungalow aufgehalten hat. Damit ist er, wie wir schon bemerkt haben, in den Besitz der Aufzeichnungen gekommen. Aus diesen Aufzeichnungen kennt er unter allen Umständen den richtigen Namen von Miquel und kann also alle Erben ermitteln, wenn ihm daran liegt. Damit wird auch Ollys Kenntnis von den Erben sehr herabgemindert. Unter Umständen könnte das sogar ein Grund für uns sein, ihr zu sagen: Wir teilen überhaupt nicht Was meinst du zu dieser Idee, liebe Freundin?«

Sie lächelte nur, obgleich sie sehr bleich geworden war. »Oh, das Polizeigebäude ist nicht sehr weit von hier…«

Ovel versuchte einzulenken: »Es wird vernünftig sein, Olly, wenn du dich an unsere ursprünglichen Vereinbarungen hältst. Ich kann verstehen, daß dir einen Augenblick lang die Idee, den Plan zu besitzen, zu Kopf gestiegen ist. Lassen wir das jetzt und gehen wir zum Gelben Haus.«

Es widersprach niemand, und sie machten sich auf den Weg.

Taukwi hatte Wort gehalten. Omar saß mit ihm in dem kleinen Barraum im vorderen Teil des Hauses. Sie tranken, ohne sich um die Ankommenden zu kümmern. Nur mit einem schnellen Blick wurde die Verständigung erzielt.

Zu langen diplomatischen Vorbereitungen war keine Zeit. Die Uhr ging auf zehn. Es würden kostbare Nachtstunden versäumt werden, wenn man nicht so bald als möglich aufbrechen konnte. Darum beschloß Mingal, sich ohne weiteres an den Tisch der beiden Zecher zu begeben. Der Umstand, daß der Singalese kein Freund war, ermöglichte das. Inzwischen nahmen Ovel und Olly an einem Tische in der Nähe Platz.

»Da ist ja mein Freund Taukwi«, sagte Mingal erfreut. »Wir haben uns lange nicht gesehen.«

Taukwi stand auf und verbeugte sich tief vor ihm: »Ich bin glücklich, dich wiederzusehen. Darf ich dir anbieten, mein Gast zu sein?«

»Aber du hast schon einen Gast«, wehrte Mingal bescheiden ab.

»Mein Freund Omar wird froh sein, dich kennenzulernen.«

Omar verneigte sich: »Ich habe schon viel von Ihnen gehört. Es ist mir eine Ehre, denselben Tisch mit Ihnen zu teilen.«

»Auch ich habe schon von Ihnen gehört«, sagte Mingal, indem er sich setzte. »Sie haben einen guten Ruf als tüchtiger und kluger Beamter im Gouvernement. Man sagt von Ihnen, daß Sie Ihren europäischen Kollegen an Findigkeit und Mut und Schärfe des Geistes nicht nachständen.«

Omar lächelte geschmeichelt: »Ich habe nur bescheidene Fähigkeiten. Soweit es möglich ist, mache ich Gebrauch davon.«

Mingal nickte eifrig: »Das ist es eben: es wird Ihnen nicht genügend Möglichkeiten gegeben, Ihre Fähigkeiten zu entfalten. In den Augen der Europäer sind Sie zwar ein tüchtiger Mensch, aber doch ein Eingeborener. Wenn dieses Vorurteil nicht bestände, könnten Sie sicher längst ein bekannter und berühmter Detektiv sein und das Vielfache von dem verdienen, was Sie jetzt an Gehalt bekommen.«

Omar nickte mit düsterem Gesichtsausdruck und schwieg. Mingal glaubte sich auf dem richtigen Wege: »Haben Sie nie versucht, Ihre Kenntnisse und Fähigkeiten in privater Form zu verwenden? Ich meine etwas in der Art, daß Sie sich neben Ihrem Amt mit der Aufklärung von Vorgängen befassen, an denen Ihre Behörde kein Interesse hat? Damit würde ja niemand geschädigt, aber Sie würden sich selbst sehr damit nützen.«

»Ich habe keine Zeit dafür«, lehnte Omar ab.

Mingal widersprach: »Sie sind doch nicht den ganzen Tag im Dienst. Nehmen wir die jetzige Situation an. Jetzt sind Sie doch als Privatmann hier und nicht als Beamter, nicht wahr?«

Omar bejahte, und der aufmerksame Zug in seinem Gesicht vertiefte sich. »Also«, fuhr Mingal fort, »könnten Sie zum Beispiel

♠

diese Zeit ausnutzen, um sich einen erheblichen Nebenerwerb zu verschaffen. Sagen wir etwa … zwanzig bis fünfundzwanzig Pfund.«

Omar spielte unruhig mit den Fingern auf der Tischplatte. Dann antwortete er mühsam: »Ich habe Pflichten gegen meine Behörde.«

»Aber diese Pflichten haben doch eine Grenze, lieber Freund. Es gibt doch, wie ich Ihnen schon sagte, Dinge, an denen Ihre Behörde gar nicht interessiert sein kann. Ich will ein Beispiel nennen. Sie haben da neulich einen Europäer, der mit dem Manager vom Gloria zusammen war, hier beschützt oder hierher begleitet. Wie man mir erzählte, haben Sie diese Aufgabe glänzend durchgeführt. Sie ist also erledigt; für Sie und für die Behörde. Nehmen wir nun an, ich wäre an diesem Herrn interessiert, würden Sie mir dann Auskunft geben?«

»Nein«, sagte Omar schlicht und bestimmt.

»Warum nicht?« frage Mingal verwundert. »Er geht Sie doch nichts mehr an. Und fünfundzwanzig bis dreißig Pfund verdienen sich nicht immer so leicht.«

Taukwi griff ein: »Sei kein Narr, Omar. Das ist viel Geld. Und du hast auch sonst schon Geld angenommen.«

»Das ist nicht wahr!« fuhr Omar auf. »Das ist eine Lüge.«

»Das darfst du nicht sagen«, entgegnete Taukwi ruhig. »Wenn morgen einer zu deiner Behörde ginge und sagte: Omar hat Geld angenommen, dann würde man doch sicher eine Untersuchung einleiten. Ich würde dir eine Menge Zeugen bringen, die alle das gleiche aussagen werden.«

»Dann werden sie eben alle nach Verabredung lügen, und du wirst es sein, der ihnen die Lüge eingibt.«

Taukwi zuckte mit den Achseln: »Darüber wollen wir nicht streiten. Auf jeden Fall werden die Zeugen da sein, und es wird dann für dich schwierig sein, dich zu verteidigen und dein Amt zu behalten.«

Omar schwieg. Darin sah Mingal ein gutes Zeichen. Er selbst glaubte zwar in diesem Fall Omar und nicht Taukwi, den er als alten und bedenkenlosen Schuft kannte; aber für ihn handelte es sich darum, eine Chance zu erkaufen. Da war es ihm gleich, was die beiden miteinander ausmachten. Er hielt den Zeitpunkt für gekommen, ohne Rücksicht auf dieses Zwischenspiel seine Fragen zu stellen.

♠

»Der Herr Sommer ist drei Tage im alten Bungalow bei Mount Lavinia gewesen, nicht wahr?«

»Nicht ganz drei Tage. Aber etwa drei Tage«, kam die Antwort.

»Und jetzt ist er mit einer Kolonne von zwölf Mann auf den Pik Adam gestiegen, nicht wahr?«

»Zwölf Mann und ein Begleiter. Sechs Kisten führen sie mit sich. Er sagte, er wollte Steine suchen.«

»Was für Steine?«

»Für seine Sammlung«, lächelte Omar. »Er ist ein Gelehrter. Oder man kann sagen: er ist ein gelehrter Mann.«

»Das ist gewiß ein Unterschied«, sagte Mingal erfreut. »Und an diesem Unterschied sieht man deine Klugheit. Also sagen wir, er sei ein gelehrter, das heißt ein gewitzter Mann. Steine können auch Verschiedenes bedeuten. Ich vermute, es handelt sich um Steine, die auch du, Omar, nicht verschmähen würdest.«

»Ich würde sie nicht wegwerfen«, sagte Omar mit dem gleichen Lächeln. »Es wäre schade darum. Wenn ich sie hätte, würde ich mir eine Villa bauen lassen.«

»Das glaube ich dir. Ich hoffe, daß ich nach einigen Tagen in der Lage sein werde, dir einige von diesen Steinen zu geben, als Andenken und zur Belohnung.«

Sie schwiegen eine Weile, jeder mit anderen Gedanken belastet. Dann sagte Omar leise: »Ich werde die Steine annehmen … unter einer Bedingung.«

»Unter welcher?«

»Unter der Bedingung, daß Taukwi mir drei Zeugen dafür stellt, daß ich keine Steine angenommen habe.«

Mingal verbiß sich mühsam ein Lachen. Aber Taukwi war sehr ernsthaft und mit voller Überzeugung bei der Sache: »Ich stelle drei Zeugen. Ich selbst biete mich als Zeugen dafür an. Ich lasse meinen Freund Omar nicht im Stich. Er ist ein Ehrenmann.«

Mingal hatte sich schon wieder in der Gewalt.

»Soviel ich weiß, geht der Aufstieg vom Süden aus.«

»Wer hat das gesagt?«

»Der Manager vom Gloria.«

»Wenn er das gesagt hat, dann steckt er mit dem Europäer unter einer Decke. Der Aufstieg geht vom Norden aus, über die beiden

Bergwerke hinweg. Ich weiß es von ihm selbst und habe die Kolonne abmarschieren sehen, während unser Freund Taukwi hier ein Fest feierte.«

»So, so«, sagte Mingal nachdenklich. »Die beiden sind im Einverständnis. Nun verstehe ich auch, warum er einen Plan im Hotel zurückgelassen hat.«

»Einen Plan?« fragte Omar überrascht. »Einen Plan hat er mir auch gezeigt. Kann ich ihn sehen?«

Mingal winkte Olly und Ovel heran, die inzwischen jedes Wort des Gespräches verfolgt und verstanden hatten. Olly legte den Plan auf den Tisch. Omar prüfte ihn, dann sagte er: »Es ist derselbe und doch ein anderer. In dem Plan, den ich bei ihm gesehen habe, war neben den beiden Eingängen zu den Bergwerken ein Pfeil eingezeichnet, der nach Süden wies. Dieser Pfeil fehlt hier.«

»Siehst du nun,« frage Mingal, »daß er es darauf angelegt hat, uns irrezuführen? Daß er nur einen Vorsprung gewinnen will, indem er uns durch den Manager auf den weiteren Weg vom Süden her verweisen läßt? Mag Herr Sommer sein, wer er will, jedenfalls ist ein er ein gerissener Schuft.«

Omar lachte still vor sich hin. Olly sah ihn aufmerksam an: »Wissen Sie, wer dieser Herr Sommer ist?«

Omar lachte inniger und zufriedener: »Ja.«

»Ist es Herr ... Aren?«

»Nein. Ein anderer. Einer, dessen Name schon einen Stein wert ist.«

»Ich verspreche dir hier in Gegenwart aller Zeugen aus meinem Anteil einen Stein, und nicht den schlechtesten. Wer ist Herr Sommer?«

Omar strahlte: »Herr Sommer ist ... Herr Winkelmann, der Gehilfe des Herrn Aren. Aber ich sage ausdrücklich, daß ich dieses alles nur als Privatmann erzähle, nicht als Beamter des Gouvernements.«

»Das versteht sich«, beschwichtigte Mingal. »Den Beamten Omar haben wir überhaupt nicht gesehen. Und im Gelben Hause sind wir nie gewesen. Recht so?«

Omar stand auf: »Es ist recht so. Ich muß jetzt gehen. Ich muß morgen frühzeitig im Dienst sein. Gute Nacht. Und es bleibt bei allem, was besprochen worden ist. Taukwi, ich werde mich an dich halten.«

♠

Damit ging er und ließ Taukwi in Bedrängnis zurück. »Werdet ihr ihm Wort halten?« fragte er besorgt. »Er kann mir sehr viel schaden, wenn er will.«

»Wir werden nicht Wort halten«, sagte Mingal eifrig. »Du hast uns die ganze Situation verschlechtert. Für drei Pfund hast du uns verraten …«

»Wie du willst«, sagte Taukwi knirschend. »Dann macht euren Weg allein. Und ich mache meinen Weg allein.«

»Dazu wirst du nicht viel Gelegenheit haben, du Halunke. Natürlich wirst du mit uns gehen, bis alles zu Ende ist. Aber das, was Omar zu bekommen hat, wird aus deinem Anteil bezahlt und nicht aus unserem. Hast du verstanden?«

Taukwi atmete auf: »Ich bin einverstanden. Ich sehe auch ein, daß ich eine Strafe haben muß.«

»Gut. Dann wollen wir überlegen, was zu tun ist. Wenn Winkelmann und Bob uns die Nachricht in die Hände spielen, daß sie vom Süden her aufsteigen, dann rechnen sie damit, daß wir sie im Süden abfangen. Das wollen sie vermeiden, und darum steigen sie vom Norden her an und kommen auch in dieser Richtung zurück. Damit steht unser Weg fest. Wir müssen den nördlichen Weg gehen, an den alten Bergwerken vorbei. Wenn wir erst darüber hinaus sind, besteht keine Möglichkeit, daß sie uns entwischen. Was meinst du dazu, Taukwi?«

»Hinter den alten Bergwerken gibt es nur schmale Täler mit engen Wegen oder die noch schmaleren Grate, die auf den Höhen zwischen den Tälern liegen. Wir können uns einstweilen in den Tälern fortbewegen, solange die Kolonne nicht in Sicht ist. Dann müssen wir auf die Grate hinauf.«

»Warum denn?« frage Olly.

»Wenn wir unten gehen und jene oben, dann genügen zwei oder drei Mann, um uns ohne jede Waffe, nur mit Steinbrocken, zu erledigen. Sind wir aber oben, dann haben wir den Vorteil. Entweder erledigen wir sie unten im Tal, oder wir haben sie einzeln vor uns. Oben kann nur einer hinter dem anderen gehen. Wenn wir in guter Deckung sind und ich eine gute Waffe habe…«

»Dann kann man sie einzeln und nacheinander erledigen«, ergänzte Mingal kühl. »Gewissermaßen in der richtigen Reihenfolge.«

♠

»Ich hoffe, daß es nicht so weit kommt«, sagte Olly.

»Wenn sie vernünftig sind und unter Hinterlassung der Kisten umkehren, dann habe ich gegen einen friedlichen Verlauf nichts einzuwenden. Sonst muß es uns gleich sein. Wir haben hier keine Rücksicht zu nehmen und vor allem keine Zeit zu verlieren. Wenn Sommer Winkelmann ist, dann wird er es auch gewesen sein, der im alten Bungalow war. Dann hat er Aren längst ein Telegramm geschickt und ihm die Erben genannt. Also eilt es für uns.«

»Wenn Sommer wirklich Winkelmann ist«, zweifelte Ovel.

»Omar lügt nicht. Keinesfalls. Außerdem aber ist es gleich. Wenn Sommer nicht Winkelmann, sondern Aren ist, dann wird er Winkelmann ein Telegramm geschickt haben. Es kommt auf dasselbe hinaus: Eile, Eile! Der ganze Unterschied ist nur der, daß ich vor Aren mehr Respekt habe als vor seinem Gehilfen Winkelmann.«

Taukwi lachte leise: »Vor einer Gewehrmündung haben sie beide genau den gleichen Wert.«

Mingal lachte mit ihm: »Ja, Taukwi. Du bist doch der größte Schurke, der sich in ganz Colombo befindet.«

Auf diese Auszeichnung war Taukwi sehr stolz, und er gelobte sich, sie weiterhin zu rechtfertigen. »Es ist besser,« sagte er, »wenn wir die Frau nicht mit auf den Weg nehmen. Wir Männer können uns allein besser helfen.«

Wider alles Erwarten erklärte sich Olly einverstanden. Sie schien jetzt davon überzeugt zu sein, daß sie keinen Trumpf mehr auszuspielen habe und bei der ganzen Partie nur noch geduldet war. Zu aller Vorsicht sagte sie: »Mingal, es bleibt bei den Vereinbarungen?«

»Ja«, sagte er ärgerlich. »Du kannst dich darauf verlassen. Im Augenblick ist die Hauptsache, daß du uns nicht im Wege stehst und uns am Arbeiten behinderst. Du wirst gut tun, wieder in das Gloria zu gehen und dich in aller Ruhe auszuschlafen. Wir melden uns, sobald wir zurück sind.«

Sie hatte weiter keine Einwendungen und ließ sich bis vor das Hotel bringen. Dort verabschiedete sie sich. »Ich wünsche euch alles Gute«, sagte sie.

Ovel lachte: »Sei nicht so feierlich. Es kann nicht schiefgehen.«

♠

Die drei Männer gingen zum Gelben Hause zurück. Dort vertauschten Mingal und Ovel ihre europäische Kleidung gegen Gewänder der Eingeborenen. Es blieb noch die Frage, ob es besser sei, Brownings oder Gewehre mitzunehmen. Taukwi stimmte für Gewehre. »Es könnte sehr wohl sein,« sagte er, »daß sie nicht gerade auf demselben Grat zurückkommen, auf dem wir gehen. An manchen Stellen gehen verschiedene kleine Täler nebeneinander.«

»Also auf alle Fälle Gewehre«, entschied Mingal. »Unser Depot wird hoffentlich noch in Ordnung sein?«

Taukwi lachte: »Ich bin ein guter Waffenmeister gewesen.«

Sie gingen zu einer der Türen, die sich in dem inneren Hof befanden, und rüsteten sich aus. Dann schritten sie, weit ausholend, durch die Nacht. –

Am folgenden Morgen ließ sich eine Dame, die die Nennung ihres Namens verweigerte, bei dem deutschen Konsul melden. Da sie ihre Angelegenheit als dringlich bezeichnete, wurde sie sofort vorgelassen.

Der Konsul fragte: »Was für Gründe haben Sie, gnädige Frau, Ihren Namen zu verschweigen?«

»Gründe der persönlichen Sicherheit. Wenn man erfährt, daß ich hier war, dann bin ich meines Lebens nicht mehr sicher.«

»Das respektiere ich. Ich könnte es nicht verantworten, Sie auch ohne Absicht in Gefahr zu bringen. Also um was handelt es sich?«

»Hier hat früher ein deutscher Kaufmann namens Miquel gewohnt. Er galt zwar wegen seines Namens als Holländer, aber er war ein Deutscher, wie gesagt, und hieß mit seinem richtigen Namen Mohringer. Er stammte aus Dinkholder am Rhein.«

»Eine Frage dazwischen, gnädige Frau: sind Sie mit ihm verwandt?«

»Nein. Ich habe ihn nur lange Jahre gekannt. Ich war, wenn ich es offen sagen soll, lange Zeit hindurch seine … Freundin.«

»Ich muß Sie wieder unterbrechen. Sie sagten vorhin, Sie würden sich in Lebensgefahr begeben, wenn es sich herausstellte, daß Sie hier gewesen seien. Ich nehme wohl mit Recht an, daß sich das weniger auf die Tatsache Ihres Besuches bezieht, als vielmehr auf die Dinge, die Sie mir erzählen wollen, nicht wahr?«

»Selbstverständlich, mein Herr.«

♠

»Gut. Dann möchte ich alles tun, was in meinen Kräften steht, um Sie vor dieser drohenden Gefahr zu bewahren. Ich möchte Sie nämlich bitten … nichts weiter zu erzählen.«

»Mein Herr, es handelt sich um die Interessen deutscher Staatsbürger!«

»Das weiß ich«, sagte der Konsul gelassen. »Sie sind Frau Olly und …«

Olly glaubte, die ganze Welt drehe sich vor ihren Augen. Sie war so entsetzt und so überrascht, daß sie tatsächlich einer Ohnmacht nahe war. Aber sie nahm ihre letzten Kräfte zusammen: »Sie wissen…?«

»Ich weiß alles, gnädige Frau. Sie kommen fünf Tage zu spät. Mir liegt ein vollständiger Bericht aller gewesenen und augenblicklichen Dinge bereits vor. Mingal und Ovel werden sich vergebliche Mühe machen. Immerhin ist es nicht ausgeschlossen, daß die Erben sich Ihnen erkenntlich zeigen werden. Auf jeden Fall bitte ich Sie, nach drei Tagen wieder zu mir zu kommen. Es könnte sein, daß ich Ihnen dann einige Dinge von Interesse mitzuteilen habe … und zwar vermutlich angenehme Dinge.«

Olly stöhnte verzweifelt: »Alles vergeblich! Wer war hier?«

»Das kann ich Ihnen natürlich nicht sagen. Das ist mein Amtsgeheimnis. Jedenfalls war es ein Mensch, der es nicht schlecht mit Ihnen meint. Das kann ich Ihnen versichern. Wo wohnen Sie jetzt?«

»Im Gloria-Hotel.«

Der Konsul lächelte: »Gerade im Gloria! Na, aber es ist gleich. Ich werde Ihnen dorthin Nachricht geben. Ich muß aber zur Bedingung machen, daß Sie jede Verbindung mit Mingal und Ovel aufgeben. Ob Sie es für die Dauer tun wollen, muß ich Ihnen überlassen. Aber für die nächsten drei Tage muß ich Ihr Versprechen haben. Wenn ich es nicht bekomme, müßte ich die englische Polizei bitten, Sie so lange unter Bewachung … unter Umständen sogar in Gewahrsam zu nehmen. Also bringen Sie mich nicht in diese Zwangslage.«

Olly stand auf. »Ich werde tun, was Sie wünschen. Ich gebe Ihnen mein Wort darauf.«

Dann ging sie taumelnd, noch ganz verwirrt und vernichtet, hinaus. – –

♠

Achtes Kapitel

Edelsteine

Mit Tagesanbruch landete Sommers Kolonne bei den verlassenen Bergwerken. Die Leute legten sich in den Schatten der offenen, schräg in die Erde führenden Stollen und nahmen ihre Mahlzeit ein. Dann schliefen sie. In der aufsteigenden Sonnenwärme war an einen Weitermarsch vor dem Nachmittag nicht zu denken.

Sommer und Bob saßen im Schatten einiger überhängenden Felsen und beredeten den weiteren Verlauf. »Geht es noch sehr hoch hinauf?« fragte Bob.

»Das weiß ich nicht, mein Lieber. Das wirst du ja aus dem Plan entnehmen können. Du hast doch nicht etwa Furcht vor einer kleinen Bergbesteigung?«

»Darauf kommt es mir nicht an. Es handelt sich nur um die Disposition, die wir für den Marsch treffen müssen. Vergiß bitte nicht, daß der Pik Adam über zweitausend Meter hoch ist. Vorläufig sind wir noch auf dem niedrigen Plateau. Da ist es am Tage zu heiß, um mit Lasten zu marschieren. Kommen wir aber in die höheren Regionen, wird es in den Nächten zu kalt sein. Dann müssen wir also die umgekehrte Taktik einschlagen.«

»Nun, dann wollen wir uns den Plan weiter aufzeichnen. Ich gehe jetzt von diesen Bergwerken aus. Der Pfeil, den du ja schon kennst, deutet auf fünf Linien, die alle parallel nach Süden verlaufen. Von diesen fünf Linien sind die zweite und die vierte mit einem Querstrich versehen. Kannst du dir vorstellen, was das bedeuten soll?«

»Ohne weiteres«, sagte Bob. »Ich will es dir sogar zeigen. Komm mit.«

Sie gingen einige hundert Meter weiter, bis zu einer Stelle, an der sich das Plateau um einige Stufen hob. Man hatte hier einen bedeutend erweiterten Überblick. »Siehst du jetzt?« fragte Bob. »Da zieht sich eine Reihe von Einschnitten nach Süden, fast alle in genau der gleichen Richtung. Es sind vier Senkungen, die zusammen fünf Grate ergeben. Die fünf Grate entsprechen genau den fünf Linien, die auf deinem Plan sind. Die zweite und die vierte Linie sind durchstrichen. Das bedeutet, daß sie für den weiteren Weg ungangbar sind. Von dem zweiten Grat weiß ich es genau, denn er fällt ohne Übergang in eine Schlucht ab, die schwer zu durchklettern ist. Somit verbleiben die beiden äußersten und der mittlere Grat. Immerhin liegen sie einige hundert Meter auseinander. Es ist aber anzunehmen, daß sie sich jenseits der Schlucht, von der ich dir eben gesprochen habe, wieder treffen. Sonst sind keine besonderen Merkmale angegeben?«

»An dieser Stelle des Planes jedenfalls nicht.«

»Gut. Dann scheiden nur der zweite und der vierte Grat aus. Im übrigen ist es gleich, welchen wir benutzen. Vielleicht nehmen wir den dritten, als den mittelsten.«

»Einverstanden. – Jetzt wollen wir uns auch etwas Ruhe gönnen.«

Als die Sonne schon wieder schräg schien, brachen sie von neuem auf. Kurz vor dem Anstieg hielt Sommer noch einmal an: »Du sagst also, daß sich die Grate wieder treffen, Bob?«

»Unter allen Umständen.«

»Wenn das der Fall ist, dann trennen wir uns jetzt. Erschrick nicht; ich will dir nicht davonlaufen. Ich gehe mit einem Mann über den fünften Grat und schlage hier und da ein Stück aus dem Gestein, damit meine Rolle als Geologe nicht verloren geht. Die Entfernung ist ja nicht groß, so daß du mich immer im Auge behalten kannst.«

»Wollen wir das Steinzeug denn wirklich mitschleppen?«

»Aber unter allen Umständen. Du wirst schon sehen, wozu es gut ist. Ich nehme nur meinen Hammer und einen Rucksack mit.«

»In unserer Sprache nennt man solche Menschen Sicherheitskandidaten«, lachte Bob. »Aber wie du willst. Wir treffen uns drüben.«

So machen sie sich in der gleichen Richtung, aber auf verschiedenen Pfaden, auf den Weg, der zum Süden und zugleich in die

Höhe führte. In regelmäßigen Abständen schlug Sommer kleine Stücke aus dem Felsen. Einen Teil hieß er den Träger in den Rucksack packen, einen anderen Teil ließ er nach flüchtiger Beobachtung liegen. Aber die hellen Spuren des abgeschlagenen Gesteins waren in der gleichmäßigen Färbung dieser unberührten, selten begangenen Wege deutlich zu erkennen.

Es dunkelte. Von drüben gab Bob durch Signale mit einer Taschenlampe zu verstehen, daß man sich beeilen müsse, um noch vor völliger Dunkelheit die Grate zu überwinden. Sommer fügte sich diesem Hinweis, aber nach wie vor schlug er alle hundert Meter mit seinem langen Hammer gegen das Gestein. Zuweilen sprühten Funken, was dem Träger eine kindliche Freude bereitete.

Für die letzte Strecke mußte das Mondlicht helfen, damit sie den schmalen Weg nicht verfehlten, der immer wieder mit kleinen, steilen Ausläufern in die Tiefe führte. Die Eingeborenen gingen mit der Sicherheit von Traumwandlern, aber für Sommer war es schwierig, das Tempo zu halten, das Bob auf dem mittleren Grat einschlug und das er an seiner Laterne verfolgen konnte. Aber endlich war diese Strecke geschafft, und alle waren wieder vereinigt.

Bob wies nach rückwärts: »Siehst du dort den tiefen, runden Schatten?«

»Ja. Das ist vermutlich die Schlucht, in die der zweite und vierte Grat abfallen. Können wir heute noch ein Stück weitergehen oder müssen wir wieder Station machen?«

»Es kommt auf die weitere Richtung an. Zeichne mir den Plan weiter auf.«

Sommers Zeichnung ergab, daß der weitere Weg über einen kleinen See mit unterirdischem Abfluß führte, und sie beschlossen, noch bis dahin zu gehen. Sie waren wieder auf einer kleinen Hochebene, die mit zerstreuten Gruppen von Kokoswaldungen bestanden war. Aus trockenen Palmenblättern fertigten die Eingeborenen Fackeln, so daß die Wanderung bequem war. Am See rasteten sie und warteten die aufkommende Glut ab.

Sommer und Bob nahmen in dem blaustrahlenden See ein Bad, zum größten Erstaunen der Eingeborenen, die sich vor diesem Wasser fürchteten. Dann legten sie sich, köstlich erfrischt, in den Schatten.

♠

»Wie lange werden wir deiner Meinung nach noch brauchen, bis wir an Ort und Stelle sind?« fragte Bob.

»Soweit ich es übersehen kann, sind wir morgen früh an der Stelle. Aber wir werden da einige Vorsichtsmaßnahmen treffen müssen. Ich halte es nicht für ratsam, die Sachen am hellen Tage auszugraben, um die Eingeborenen nicht in Versuchung zu führen. Es ist ja nicht nötig, daß sie den Zweck unserer Expedition kennenlernen. Ich bin ein Geologe, vergiß das nicht.«

»Du hast recht. Aber wie sollen wir es machen?«

»Wir müssen bis zur Dunkelheit an dem betreffenden Ort warten. Dann versuchen wir zusammen, den Schatz zu heben. Während ich ihn in die Kisten verpacke, mußt du die Leute an einer anderen Stelle beschäftigen. Was dann geschehen muß, sage ich dir, sobald wir die Sachen gefunden haben.«

»Ich habe das Fieber in den Knochen«, sagte Bob. »Ich kann nicht mehr warten. Zeichne mir den Rest des Planes auf. Ich will dann sehen, ob wir und was wir heute nachmittag noch wagen können.«

»Wie du willst. Also hier ist der See. Hier sind drei Kreise, aus kleinen Bogen bestehend. Was kann das sein?«

»Das sind drei Palmenhaine, solche, wie wir sie gestern nacht gesehen haben. Vielleicht können wir sie von hier aus entdecken. Gib mir dein Glas.«

Er suchte den Rand des ansteigenden Gebirges ab und hatte die Stelle sehr bald gefunden: »Sieh dorthin, wo die schräge Zacke verläuft. Da sind ganz deutlich drei Baumbestände zu erkennen.«

Sommer überzeugte sich davon: »Es ist aber noch ein ziemlicher Weg bis dorthin.«

»Ich rechne auf sechs bis acht Stunden. Wenn es nicht weiter geht…«

»Nein. Der rechte Baumbestand ist der entscheidende. Es ist im Plan mit einem Kreuz versehen, und dieses Kreuz ist mit einem Kranz von Punkten eingerahmt. Das ist alles. Es kommt auf die Größe des Waldstückes an, wie schnell wir etwas finden. Aber darauf müssen wir es eben ankommen lassen.«

Sie machten sich, sobald die Sonne ihren höchsten Punkt überschritten hatte, wieder auf den Weg. Bald waren die Waldstücke zum Greifen nahe, aber die helle, durchsichtige Luft täuschte sie

♠

über die Entfernung. Sie gingen und gingen, ohne daß die Konturen sich vergrößerten. Mit Mühe erreichten sie bei letzter Dunkelheit den mittleren Wald.

»Wir wollen die Leute hier rasten lassen«, ordnete Sommer an. »Wir beide gehen mit Sonnenaufgang zum rechten Waldstück und versuchen unser Glück.«

So wurde es gehalten. Während die Eingeborenen schliefen, saßen Sommer und Bob, von Erregung geschüttelt, überwach auf dem Boden und warteten sehnsüchtig auf den kommenden Morgen. Kaum begann es zu tagen, als sie sich wie auf Verabredung erhoben und dem rechten Waldstück zustrebten. Es hatte eine viel größere Ausdehnung, als sie nach dem Blick aus der Ferne vermutet hatten. Die Aufgabe, jeden Teil abzustreifen und zu untersuchen, schien undenkbar. Mutlos standen sie da.

»Es hilft nichts«, sagte Sommer endlich. »Wir müssen uns an eine genaue Untersuchung machen. Was das Kreuz im Plan bedeutet, weiß ich nicht. Vielleicht ist es der Hinweis auf ein wirkliches Kreuz. Dann müßte es zu finden sein. Nimm du die rechte Seite in Angriff. Ich nehme die linke Seite. Und damit es eine methodische Untersuchung wird, geht jeder vom äußeren Rand her der Mitte zu, aber immer in Form von Schlingen. Verstehst du, wie ich es meine?«

»Ich weiß schon: wir pendeln immer weiter nach innen, ich von rechts her, du von links her. Also fangen wir an.«

In der ersten Viertelstunde ging Sommer genau gemäß der Verabredung seinen Pendelgang durch den Wald. Dann, als er sicher war, daß Bob ihn nicht mehr hören könne, eilte er, als sei ihm der Weg klar vorgezeichnet, mitten in den Wald hinein, immer mit den Blicken nach oben in die Gipfel der Bäume. Stellenweise war der Wald so dicht, daß kaum der Himmel im Gewirr der Blätter zu sehen war. Aber je dunkler es war, desto zufriedener zeigte Sommer sich damit.

Endlich schien er gefunden zu haben, wonach er suchte. In der Krone eines alten, fast verdorrten Zimtbaumes sah er einen Stab, der merkwürdig wagerecht daraus hervorragte und zu der sonstigen Struktur des Baumes in keinem harmonischen Verhältnis stand. Ohne sich zu besinnen, erstieg Sommer den Baum und holte den Stab herunter. Es war ein gewöhnlicher eiserner Knüttel, der

♠

vielleicht einmal als Einfassung zu einem Gitter gedient hatte. Er war an der einen Seite zugespitzt. An der stumpfen Seite trug er eine Reihe von Kerben, die mit einem Meißel plump hineingeschlagen worden waren. Sommer zählte siebzehn solcher Einschnitte. Also mußte es der siebzehnte Baum sein, von diesem Zimtbaum an gerechnet. Die Richtung war ganz klar gegeben durch die Art, in der der Knüttel in der Baumkrone steckte. Er zeigte genau nach Westen.

Alles das war in den Aufzeichnungen ausreichend deutlich auseinandergesetzt; aber Sommer hatte seine guten Gründe, diesen Teil seiner Kenntnisse für sich zu behalten. Er verbarg den Knüttel sorgfältig unter dem dürren Laub, das in Massen umherlag, zählte dann in der angewiesenen Richtung siebzehn Bäume ab und befand sich wieder vor einem uralten, fast in sich zusammengefallenen Zimtbaum. Er umschritt ihn sorgfältig. Der Boden war dicht mit Laub bedeckt, so daß es unmöglich war, mit bloßem Auge etwa eine Stelle zu erkennen, unter der sich ein Versteck befand. Wer aber den Baum aufmerksam beobachtete, mußte zu dem Schluß kommen, daß dieser morsche Stamm nach allen Gesetzen der Stabilität am Boden hätte liegen müssen, und daß durch irgendeinen Umstand, der nicht sofort erkennbar war, diese zerbrechliche Masse von bräunlicher Rinde zusammengehalten wurde.

Sommer zog sein Taschenmesser und stieß in die Rinde hinein. Sie war so tot und bröckelig, daß sie stäubte. Gleichwohl stieß das Messer auf einen harten, metallisch klingenden Widerstand. Er versuchte es an einer anderen Stelle und fand wieder das gleiche Ergebnis. Jetzt begann für ihn ein fieberhaftes Arbeiten. Mit seinem unvollkommenen Werkzeug riß er Teil um Teil der Rinde herunter, bis er auf mattes, verrostetes Eisenblech stieß. Dagegen war er mit seinem Taschenmesser machtlos, und er suchte weiter, ob sich darin nicht eine Lücke fände. Man konnte unmöglich ein Rohr aus Eisenblech in den Baum hineingeschoben haben. Es konnte sich, wenn sich das Blech der Höhlung schon einfügte, nur darum handeln, daß man gebogene Teile nacheinander oder nebeneinander hineingeschoben hatte, und zwar von einem Teil der Krone aus, die eine solche Manipulation zuließ.

Eine Ersteigung des Baumes schien aussichtslos. Er mußte damit rechnen, daß einer der schweren, toten Äste unter ihm

♠

zusammenbrach oder auf ihn herabfiel. Schon jetzt brachte seine Arbeit diese Gefahr mit sich. Ihm blieb allein die Hoffnung, die Rinde so weit aufzureißen, daß er einen der Blechteile beiseite oder in das Innere des Baumes hineinschieben konnte.

Von weitem hörte er Bobs Stimme, der ihm etwas zurief. Die Worte waren nicht zu verstehen. Mit Aufbietung aller Lungenkraft rief er ein »Nein« zurück. Dann hörte er nichts mehr.

Er lauschte noch eine Weile, dann nahm er seine Arbeit systematisch wieder auf. Er schnitt unter großen Mühen ein Rechteck in die Rinde und vergrößerte es gleichmäßig nach allen Seiten hin. Endlich stieß er auf eine Spalte, an der zu sehen war, daß hier zwei gewölbte Stücke Blech übereinander griffen. Er zwängte sein Messer dazwischen. Die Spalte erweiterte sich. Die Blechstücke verschoben sich langsam gegeneinander. Dann brach das Messer mit einem dumpfen Laut ab.

Ihn überkam eine sinnlose, verzweifelte Wut. Er nahm, blind vor Zorn über dieses Mißlingen, einen Ast, der in seiner Nähe lag, und stieß damit wild gegen die Bresche. Ein letzter Instinkt gab ihm ein, beiseitezuspringen. Er tat es im rechten Augenblick. In der nächsten Sekunde prasselten gewaltige Äste von der Krone hernieder, eine riesenhafte Last von Holz und Laubwerk und Rinde und Staub. Kleinere Bäume, die in der Nähe standen, bogen sich unter der stürzenden Kraft, neigten sich langsam zu Boden und brachen mit einem hellen, scharfen Knacken. Sommer stand wie betäubt. Schwärme von Insekten waren aufgescheucht und umsurrten ihn mit unbekannten, drohenden Tönen. Der aufgewirbelte Staub drang ihm in die Augen und in den Mund, so daß er eine Zeitlang weder sehen noch atmen konnte. Stolpernd tastete er sich von dieser Stelle fort, um wieder zur Besinnung zu kommen. Dabei ängstigte ihn die Ungewißheit, ob diese Geräusche nicht bis zu Bob gedrungen seien. Dann wäre ein guter Teil seines Planes gescheitert.

Aber nichts rührte sich. Der dichte Wald schien alle Geräusche aufgefangen zu haben. Der Insektenschwarm verzog sich und suchte in anderen Bäumen Unterschlupf. Die Staubwolke aus zermorschtem Holz lagerte sich, und Sommer konnte wieder an die Fundstätte zurückkehren.

♠

Er fand einen wüsten Haufen von Holz und dürrem Blattwerk, aber die rostigen Flächen aus Eisenblech waren deutlich darunter zu erkennen. Ohne Besinnen arbeitete er sich an den Baumstumpf heran. Die Platten ließen sich leicht heben oder zur Seite schieben. Sie hatten einen Hohlraum unter sich gebildet, den auch der Baum in seinem Zusammenfall nicht eingedrückt hatte.

Er griff in den hohlen Baum hinein und stieß ... auf einen Beutel aus ungegerbtem Leder. Er zog ihn heraus, zitternd vor Erwartung, schüttelte ihn und hörte das Geräusch von Steinen, die sich gegeneinander bewegten. Er leuchtete in die Tiefe und sah zwei weitere Beutel von gleicher Art und gleicher Größe. Sie gaben dasselbe Geräusch wie der erste. Mohringers Schatz war gefunden!

Er mußte sich eine Weile setzen, um klare Sinne zu bekommen. Von den Entscheidungen, die er in der nächsten Minute traf, hing alles ab. Darum schloß er die Augen und zwang sich zu äußerster Ruhe und Konzentration.

Dann handelte er mit aller Überlegtheit und kalter Entschlossenheit. Er öffnete alle drei Beutel und nahm ihren Inhalt heraus. In dem ersten war eine köstliche Sammlung von hellroten und dunkelroten Rubinen und verschiedenen blauen, grünen und gelben Saphiren. In dem zweiten lag, besonders eingehüllt, ein bläulichgrüner Smaragd, dann eine Menge von Amethysten, Hyazinthen und Topasen, alles Steine, die dieses Land in sich barg und birgt. Zum Teil haftete noch das Urgestein daran, in dem sie gefunden waren. Der dritte enthielt blaue, grüne und schwarze Spinellsteine, auch verschiedene Stücke des für Ceylon typischen, als Katzenauge bekannten Chrysoberyll. Im ganzen war es ein ansehnliches Vermögen.

Soweit er es mit seinem abgebrochenen Taschenmesser bewerkstelligen konnte, schlug er das wertlose Gestein ab und tat es in die Beutel zurück. Er verteilte es sorgfältig und gleichmäßig auf alle drei Beutel. Dann erstieg er eine Kokospalme, die voll reifer Früchte hing. Soviel er davon abtrennen konnte, warf er auf den Boden. Auch einige unreife und junge Früchte nahm er mit. Er zertrümmerte sie, indem er sie kräftig gegeneinander hämmerte. Die holzige, kantige Schale verteilte er ebenfalls auf die drei Beutel. In die Mitte drückte er, um sie nach Form und Gewicht wieder ihrem alten Zustand anzunähern, je eine der kleineren, unreifen Früchte. Dann verschloß er alle Beutel wieder mit den Lederriemen, die darum geschlungen waren. Wenn man sie jetzt schüttelte oder betastete, ließen sie für das Ohr und für das Gefühl sehr wohl Steine vermuten.

Alle drei Beutel legte er wieder an Ort und Stelle unter die Blechplatten. Die Steine, die er ihnen entnommen hatte, verteilte er sorgfältig auf alle Taschen, die er in seinem Anzug hatte. Aber diese Art der Aufbewahrung erschien ihm nicht sicher genug. Er entkleidete sich schnell, riß sein Unterhemd in zwei Teile und machte eine lange Binde daraus, die er sich um den Leib wickelte. Dann tat er die Steine einzeln hinein. Es war kein angenehmes Gefühl, aber er mußte es der Sicherheit halber mit in den Kauf nehmen. Nachdem er sich wieder angekleidet hatte, war nicht zu erkennen, daß er ein solches Vermögen an seinem Körper trug.

Als er so weit war, lief er in aller Eile nach dem linken Waldrand zurück. Von dort aus konnte er den mittleren Wald und das Lager der Kolonne sehen. Auch die Leute sahen ihn und bemerkten, daß er Bewegungen machte, die sie für eine Aufforderung halten konnten, zu ihm zu kommen. Kaum hatte sich der erste der Träger in Bewegung gesetzt, als Sommer sich schon wieder in den Wald zurückzog.

Er hielt sich aber, ohne daß die Träger es sehen konnten, ziemlich hart am äußersten Rande und strebte nach der rechten Seite hinüber. So mußte er unter allen Umständen Bob begegnen. Zu allem Überfluß rief er fortgesetzt mit halblauter Stimme nach ihm. Endlich bekam er Antwort: »Was ist?«

»Komm schnell« rief er zurück.

So schnell es die lockere Decke aus Laub und abgestorbenen Ästen erlaubte, kam Bob angelaufen: »Hast du gefunden?«

Sommer zog ihn dicht zu sich heran: »Ja. Warum bist du nicht gekommen, als ich dich gerufen habe?«

»Ich habe wirklich nichts gehört«, versicherte Bob.

»Hast du denn den Baum nicht fallen hören? Wo hast du deine Ohren! Jetzt können wir nicht dahin gehen.«

»Warum denn nicht?« verwunderte sich Bob.

»Weil die Träger das Geräusch des fallenden Baumes gehört haben und sich jetzt hier im Walde herumtreiben. Sie glauben wohl, es sei einem von uns etwas zugestoßen. Komm jetzt mit, damit wir sie aus diesem Waldstück wieder herausbekommen. Ich berichte dir nachher.«

»Sind die Sachen denn noch an Ort und Stelle?« fragte Bob mißtrauisch.

»Natürlich. Ich kann sie mir doch nicht in die Rocktaschen stecken. Nun mach' schnell, ehe sie zu weit in den Wald kommen.«

Wie Sommer es vorhergesagt hatte, durchstreiften fünf oder sechs der Eingeborenen die linke Seite des Waldes. Bob winkte ihnen zu: »Es ist nichts. Geht nur wieder.« Darauf zogen sie sich zurück. Sommer und Bob folgten ihnen langsam. Dann setzten sie sich abseits, und Sommer berichtete:

»Ich habe einen alten, zusammengebrochenen Zimtbaum gefunden. Darüber lagen zwei Äste in Form eines Kreuzes. Das konnte nur die Stelle sein, die in dem Plan eingezeichnet ist. Ich habe alles durchstöbert und gefunden, daß in dem hohlen Stumpf, unter Rinde und Blattwerk vergraben, sich eine Höhlung befindet, die kunstgerecht mit Blechplatten überdeckt ist. Darin liegen drei Beutel. Als ich die Platten beiseiteheben wollte, brach der Rest des Baumes mit großem Lärm zusammen. Du siehst, wie eingestäubt ich bin. Wenn ich nicht die Schritte der Leute gehört hätte, hätte ich die Beutel mit mir nehmen können. So habe ich sie liegen lassen.«

»Ist es viel?« fragte Bob gierig.

»Ich weiß nicht. Wir müsse es heute in der Dämmerung feststellen. Jetzt bei Tageslicht wollen wir den Leuten keinen Anlaß zu Vermutungen geben. Wir sind zwei gegen zwölf. Vergiß das nicht.«

»Aber bei Dunkelheit werden wir die Sachen holen?«

»Nicht wir, sondern du alleine. Wenn wir beide nächtlicherweile verschwinden, gibt das wieder Anlaß zu Vermutungen. Außerdem bist du der Kräftigere. Hier, zwischen dem mittleren und dem rechten Waldstück, ist noch etwas Gestein. Ich lasse mir nachmittags zwei Kisten hierherschaffen und schlage Steine. Wenn es dunkel wird, nimmst du eine der Kisten unter den Arm und gehst zum Zimtbaum. Ich werde dir die Richtung genau beschreiben. Dann legst du geschwind die Beutel hinein und kommst zu mir zurück. Verstanden?«

Bob hatte verstanden. Ihm fiel eine Last vom Herzen, daß es seine Aufgabe sein sollte, den Schatz zu verpacken, denn immer noch

♠

war ein Rest von Mißtrauen in ihm, Sommer könnte den Schatz finden und ihn dann um seinen Anteil prellen. Jetzt erst war er seiner Sache völlig sicher.

Mit großem Eifer machten sie sich daran, an der bezeichneten Stelle Steine zu schlagen. Dabei gab es eine lustige Unterhaltung, weil beide Grund zu äußerster Zufriedenheit hatten. Eine Kiste war bald mit Steinbrocken gefüllt. Bob rief nach der zweiten Kiste. »Um die geologische Exkursion zu Ende zu führen«, sagte er lachend zu seinem Begleiter. Und auch der lachte aus vollem Halse.

Als die Dämmerung hereinbrach, schnell und ohne Übergang, nahm er die eine Kiste unter seine starken Arme und verschwand im Walde. Er tastete sich von Stamm zu Stamm, so weit der Schein seiner kleinen Taschenlampe reichen wollte. Die Luft war feucht und drückend. Große Schweißperlen standen ihm auf der Stirne. Aber er mühte sich vorwärts, der kleinen Lichtung zu, die an dem heller durchscheinenden Nachthimmel zu erkennen war.

Dann trat er in ein wirres, morsches Gehäuse von Ästen und Baumrinde und Blattwerk. Er versank fast darin, arbeitete sich weiter vor und stieß dann mit seiner Kiste hart gegen eine rötliche, starre Fläche, die den unverkennbaren Ton von Eisen und Blech zurückwarf. Er stellte die Kiste ab und untersuchte mit seiner Taschenlampe das Hindernis: es waren tatsächlich Platten aus Eisenblech. Er seufzte zufrieden. Er war am richtigen Ort.

Mit vieler Mühe bog er die Platten zurück. Wie Sommer es ihm gesagt hatte, umschlossen sie eine Höhlung, die den unteren Stumpf des gebrochenen Baumes ausfüllte. Sorgsam leuchtete er sie ab und nahm die drei Beutel heraus. Sie waren nicht leicht. Sie hatten jeder das gute, volle Gewicht, das er von einem mit Edelsteinen gefüllten Lederbeutel erwarten durfte. Er schüttelte sie und hielt sie gegen das Ohr. Es knisterte und knarrte von Steinen, die sich gegeneinander rieben. Er betastete sie und fühlte deutlich die Umrisse und Zacken. Er stieß einen erstickten Laut der Freude und Genugtuung aus. Jetzt konnte ein neues Leben beginnen.

Eifrig riß er den Deckel der Kiste auf, legte die Beutel hinein und verstopfte den Raum, der noch verblieb, mit Blattwerk. Dann schulterte er die Last und stolperte seinen Weg zurück. Er war froh, aus diesem Dickicht endlich wieder unter den klaren

♠

Nachthimmel mit seiner frischen Luft zu gelangen. Mit einem Ruck setzte er die Kiste vor Sommer nieder. »Das wäre geschafft!« sagte er freudig.

Aber Sommer teilte seine Freude nicht: »Gar nichts ist geschafft«, sagte er ernst und eindringlich. »Ist dieses Auffinden denn eine Schwierigkeit gewesen? Es war eine geringe Anstrengung, denn wir konnten nach einem einfachen und übersichtlichen Plan arbeiten. Die Schwierigkeiten, mein lieber Bob, beginnen erst jetzt.«

»Du bist ein sonderbarer Kauz«, staunte Bob. »Was gibt es jetzt noch zu tun, als friedlich und möglichst schnell mit der nützlichen und mit den unnützen Kisten nach Hause zu wandern?«

»Den Frieden wünsche ich dir von Herzen. Aber leider werden wir ihn nicht haben. Ich muß dich von folgendem in Kenntnis setzen. Acht Tage nach uns haben Mingal und Ovel Deutschland verlassen, um nach Colombo zu fahren.«

Bob schreckte auf: »Woher weißt du das?«

»Darüber habe ich ganz bestimmte und authentische Nachricht. Du kannst dich darauf verlassen. Nun wollen wir folgende Rechnung anstellen. Drei Tage habe ich für meine Abwesenheit gebraucht, wie du weißt. Dabei habe ich viele Erfahrungen gesammelt, die uns die Auffindung des Verstecks erleichtert haben. Das wirst du später einmal einsehen. Der Zwischenraum von acht Tagen ist damit auf fünf Tage zusammengeschmolzen. Wir selbst sind in der ersten Nacht bis zu den Bergwerken gegangen. Dann haben wir gerastet. Verlust also ein Tag. Der Zwischenraum ist auf vier Tage verkürzt. In der nächsten Nacht sind wir über die Grate bis zum See gegangen und haben da gerastet. Das bedeutet die Verkürzung des Zwischenraumes auf drei Tage. Den gestrigen Tag haben wir verbraucht, um hierherzugelangen. Bleiben zwei Tage Zwischenraum. Der heutige Tag ist mit dem Suchen und Finden vergangen. Resultat: ein Tag Zwischenraum. Wenn wir uns heute nacht noch in Bewegung setzen, können wir morgen früh an dem kleinen See sein. Zu gleicher Zeit werden Ovel und Mingal in Colombo eintreffen.«

»Gegen diese Rechnung ist nicht viel einzuwenden«, stöhnte Bob befangen. »Wie kalkulierst du nun weiter?«

»Ich kalkuliere sehr einfach. Die beiden werden sich sofort danach erkundigen, wo wir geblieben sind. Wenn sie nach Ceylon

♠

kommen, woran – wie gesagt – gar nicht zu zweifeln ist, dann tun sie es nicht zum Privatvergnügen, sondern um auf unsere Spur zu kommen. Du kennst die beiden besser als ich. Wieviel Zeit, meinst du, werden sie gebrauchen, um unsere Spur zu bekommen?«

»Sprich lieber nicht davon, Freund Sommer. Sie sind in Ceylon, insbesondere in Colombo, bekannt wie die bunten Hunde. Es dauert keine fünf Stunden, dann wissen sie, wo wir gewohnt haben, was wir getan haben und wohin wir gegangen sind. Und zu welchem Zwecke wir gegangen sind, werden sie sich auch ohne besondere Nachforschungen sagen können.«

»Sehr richtig. So habe ich auch kalkuliert. Ich habe es ihnen sogar in dieser Beziehung leicht gemacht, indem ich dem Manager vom Gloria-Hotel besondere Anweisungen gegeben habe.«

Bob sprang auf: »Du hast ihn in die Sache eingeweiht?«

»Bleib sitzen. Du wirst schon in der Zwischenzeit gemerkt haben, daß ich noch nicht völlig verblödet bin. Ich habe ihn angewiesen, Leuten, die sich nach uns erkundigen, zu erzählen, wir hätten den Aufstieg zum Pik Adam von Süden aus genommen. Damit wollte ich bezwecken, sie auf diesen Weg zu bringen. Während wir also morgen früh am kleinen See rasten, werden die beiden sich schon auf den Weg machen, um uns abzufangen.«

»Und werden uns nicht finden, da wir den Nordaufstieg gemacht haben.«

»Richtig. Aber um den Südaufstieg zu machen, haben sie es viel bequemer. Sie können sich ein Auto nehmen und damit auf dem Pilgerwege ein beträchtliches Stück abschneiden. Sie werden den Weg gut in einem bis anderthalb Tagen zurücklegen. Dann werden sie wissen, daß wir sie auf das Glatteis geführt haben. Und dann wird eine Verfolgung einsetzen, die lustig werden kann.«

»Wir haben aber dann einen beträchtlichen Vorsprung.«

»Das ist nicht richtig. Wir haben eine Kolonne von zwölf Mann mit uns, von denen je zwei eine schwere Kiste mit Gestein schleppen. Du kennst wohl selber den Arbeitseifer dieser Eingeborenen. Wir werden also sehr langsam vorwärtskommen. Ich habe keinen Zweifel daran, daß sie uns mit ihrer größeren Beweglichkeit und Behendigkeit eingeholt haben, wenn wir etwa auf den Graten sind. Und da ist es nicht gerade eine Freude, Verfolger hinter sich zu haben, die sich mehr mit Gewehren als mit Blasrohren ausgerüstet haben werden.«

»Dann müssen wir uns eben beeilen!« rief Bob ungeduldig.

»Und riskieren, daß uns einer der Leute mit der wichtigsten Kiste abstürzt? Nein, mein Lieber. Jetzt will ich dir erklären, warum ich so viele Leute angeworben habe. Wir werden jetzt nämlich unsere Kolonne teilen. Die eine Hälfte geht unter deiner Führung weiter, die andere bleibt unter meiner.«

»Und bei deiner Kolonne bleibt die Kiste mit Edelsteinen, nicht wahr?«

»Eigentlich müßte es so sein, und es wäre vollkommen gerecht. Nicht nur als Strafe für dein Mißtrauen, sondern auch, weil ich und nicht du die Sachen gefunden habe. Aber trotz dieser Erwägungen werde ich das nicht tun, um ganz sicher zu gehen.«

»Das verstehe ich nicht. Soll ich mit der Kiste gehen?«

»Ja. Du mußt mich nur nicht so oft unterbrechen und mich endlich ausreden lassen. Du bist noch viel zu grün, um solche wichtigen Situationen zu bedenken. Du wirst aber wohl einsehen können, daß wir an einer Verfolgung überhaupt kein großes Interesse haben. Wir müssen sie also, wenn es eben geht, vermeiden. Darum ist mein Plan folgender. Ich nehme sechs Mann mit drei Kisten und gehe weiter den Bergweg hinauf. Du hingegen nimmst den Rest samt der wertvollen Kiste und gehst den Weg zurück, den wir gekommen sind. Das hat dann folgendes Ergebnis. Ich mit meinen Leuten werde Ovel und Mingal sicherlich begegnen, weil ich ja auf dem südlichen Wege lande. Natürlich lasse ich mir nicht ohne weiteres die Kisten abnehmen. Ich werde mich auch dauernd in der Nähe der Pilgerwege befinden, wo es nicht so leicht ist, einen Raub zu begehen. Entweder werden sie versuchen, mit mir zu verhandeln, oder mich bis zu einer Stelle verfolgen, an der sie es nach ihrer Auffassung riskieren können, mich zur Herausgabe der Kisten zu zwingen. Im einen wie im anderen Falle vergeht Zeit. Wenn sie endlich die Kisten haben – und ich werde mich auf die Dauer nicht sträuben, ihnen mein kostbares geologisches Material vorzuführen –, dann wirst du mit deinen Kisten längst über alle Berge sein. Das heißt: hüte dich, damit über alle Berge zu gehen. Du hast sie gewissenhaft bei Herrn Parker im Gloria-Hotel abzuliefern. Im anderen

Falle kann es dir schlecht bekommen. Du nimmst auf deinem Wege den kürzesten und sichersten Grat; nämlich den fünften, den ich gegangen bin.«

Bob drückte ihm die Hand: »Du kannst dich auf mich verlassen. Wenn ich noch eine Spur von Mißtrauen gegen dich gehabt habe, so ist das jetzt endgültig erledigt. Um also zusammenzufassen: ich gehe mit der richtigen und den beiden unnützen Kisten und sechs Mann den alten Weg zurück. Du gehst weiter nach Süden. Ich nehme an, daß wir uns dann im Gloria-Hotel treffen. Mir bleibt nur unklar, was wir dann weiter machen werden? Die beiden werden doch auch einmal nach Colombo zurückkommen. Wollen wir es da mit ihnen aufnehmen?«

»Ich denke nicht daran. Ich habe keine Lust, Krieg zu führen. Parker wird dir ein Zimmer geben, in dem du dich aufhalten kannst, bis ich komme. Dann geht es ohne Aufenthalt zum Hafen. Schiffsplätze habe ich schon vorsorglich belegt. Zum Beweise zeige ich dir hier zwei Karten. Bist du jetzt über alles im klaren?«

»Ja«, strahlte Bob. »Vor allem darüber, daß du ein Mordskerl bist« – – –

Sie begannen mit ihren Vorbereitungen. Bob wählte sich sechs kräftige Leute aus, teilte ihnen drei Kisten zu, darunter die eine besonders kostbare, die er die ganze Zeit hindurch nicht aus den Augen gelassen hatte, nahm einen Teil der Werkzeuge mit und machte sich auf den Weg. Sie verschwanden schnell im Dunkel der Nacht. Sommer sah ihnen nach und murmelte: »Armer Kerl. Aber ich kann dir und mir nicht anders helfen.«

Er selbst machte keine Anstrengungen, sich in Bewegung zu setzen. Er verteilte die abgeschlagenen Steinbrocken in zwei Kisten. Die dritte Kiste befahl er, im Lagerfeuer mit zu verbrennen. Die Leute taten es gern, da ihre Traglast dadurch vermindert wurde. Auch eine Spende an Reisbranntwein erhöhte ihr Behagen und ihre Zutraulichkeit.

Erst als der Morgen graute, machte Sommer sich auf den Weg. Aber er ging nicht, wie er es mit Bob besprochen hatte, nach Süden, sondern nach Norden, dieselbe Straße zurück, die sie gekommen waren. Er ließ die Träger sachte und bedächtig gehen. Er hatte einstweilen nichts zu eilen. – – –

♠

Ovel, Mingal und Taukwi rasteten vor den Eingängen der beiden Graphitbergwerke. Sie hatten einen richtigen Marsch hinter sich. Sie wußten, daß es gerade ihnen als Europäer nicht bekommen würde, in die Tagesglut hinein zu marschieren. Auch blieb für den Augenblick ungewiß, welchen weiteren Weg über die Grate sie einschlagen sollten. Taukwi wußte ebenfalls keinen Rat. »Ich sehe hier fünf Möglichkeiten«, sagte er. »Welche zum Ziel führt, kann ich nicht sagen.«

»Aber man wird doch Spuren finden können!« schrie Mingal wütend.

»Wohl Spuren eines Lagerfeuers«, sagte Taukwi verächtlich. »Die sind hier auch genügend. Aber der nackte Fels ist kein Lehmboden, auf dem man Fußstapfen sehen könnte.«

Mingal stand ohne ein Wort der Erwiderung auf und betrat den ersten Grat. Er ging eine Strecke Weges darauf entlang, dann kehrte er um und machte denselben Versuch auf dem zweiten Grat. Als Taukwi das sah, wollte er hinter Mingal nicht zurückstehen und machte denselben Versuch; nur fing er an der östlichen Seite, bei dem fünften Grat an. Er war noch keine hundert Meter gegangen, als er einen lauten Ruf ausstieß und die anderen heranwinkte.

Sie kamen mit Beschleunigung herbei und standen dann lachend vor den deutlichen Spuren. »Tja,« sagte Mingal bedauernd und anerkennend zugleich, »wenn einer als Geologe auf Reisen geht, dann darf er auch seinen Beruf nicht vernachlässigen. Jetzt bin ich überzeugt, daß wir es mit Winkelmann zu tun haben. Aren wäre nicht solch ein Tollpatsch gewesen. Nun haben wir eine bequeme Straße vor uns.«

Sie warteten die Dunkelheit ab. Dann klommen sie auf dem äußersten, dem fünften Grat aufwärts. Sie waren etwa drei Stunden gegangen, mit aller Vorsicht, die solche Straße erforderte, als Taukwi, der an der Spitze war, die Hand an das Ohr hob und in die Dunkelheit hineinlauschte. »Das sind Schritte«, sagte er.

Die anderen lauschten ebenfalls. Es war bald kein Zweifel mehr daran, daß sich Menschen, und zwar mehrere Menschen, näherten. Deutlich waren Stimmen zu unterscheiden, das Aufstoßen von Stöcken auf den Felsweg, das Rollen von kleinen Steinen. Und alle diese Geräusche waren unmittelbar vor ihnen. Die Dunkelheit verhinderte, die Entfernung zu messen.

Mingal traf die nötigen Anordnungen. »Hinlegen! Jeder hinter einen Stein. Ich bleibe hier auf der Mitte des Weges. Taukwi geht nach rechts, Ovel nach links. Kein Wort sprechen. Nicht schießen, wenn ich es nicht ausdrücklich sage. Selbst dann nicht, wenn ich schieße.«

»Wer wird es sein?« flüsterte Ovel.

»Das kann ich bis hierher nicht riechen, du kluger Hans. Das eben müssen wir feststellen. Also jetzt in Deckung gehen. Fertig.«

Sie verschwanden vom Wege. Im Schatten der Steine waren sie nicht zu erkennen. Dagegen sahen sie, daß eine Kolonne von Menschen, von denen einige Kisten an Stangen trugen, im Gänsemarsch daherkam. Alle trugen die Gewänder von Eingeborenen. Nur die Gestalt, die zuvorderst ging, trug europäische Kleidung. Taukwi, der am weitesten rechts lag und daher den Grat etwas von der Seite her übersehen konnte, flüsterte aufgeregt: »Es sind sieben Menschen!«

»Sieben?« fragte Mingal zurück. »Merkwürdige Zahl. Kannst du den ersten Menschen erkennen?«

Taukwi strengte seine Augen an: »Nach dem Gang zu urteilen, ist das Bob.«

Mingal atmete tief auf: »Mein lieber Bob! Also bist du endlich da. Na, ich werde dich herzlich willkommen heißen.«

Der Trupp war auf etwa hundert Meter herangekommen, ohne Kenntnis von dem Hindernis, das sich ihm in den Weg gestellt hatte. Mit einem Male schlug ihnen ein scharfes, gellendes »Halt!« entgegen. Es war nicht zu erkennen, woher es kam. Ohne Besinnen zog Bob seinen Browning aus der Tasche und feuerte einen Schuß mitten in den Weg hinein. Er landete unmittelbar neben dem Stein, hinter dem Mingal sich verborgen hatte. Der nächste Schuß, mit gleicher nachtwandlerischer Sicherheit abgegeben, fuhr ihm in das Kopftuch. Da wurde es Zeit für ihn, sich zu wehren. Er hatte seine Waffe im Anschlag, vor sich ein aufrechtes, großes, klar vom Schatten umrissenes Ziel. Er drückte ab. Die Gestalt kroch in sich zusammen und verschwand, war vom Erdboden aufgesogen. Nur an dem Rollen von Gestein ließ sich erkennen, daß sie seitlich in den Abgrund gestürzt war.

♠

Unter den Eingeborenen entstand ein wildes Geschrei. Kisten und Werkzeuge fielen. Mingal erhob sich schnell und rief ihnen zu: »Stehenbleiben! Es geschieht keinem von euch etwas.«

Sie standen unbeweglich. Mingals erste Sorge galt den Kisten. »Habt ihr noch alle eure Lasten?« rief er hinüber.

»Ja«, kam die Antwort.

»Stellt alles, was ihr an Lasten und Werkzeugen mit euch habt, auf den Weg. Dann geht ihr einzeln hier an mir vorüber.«

Keiner der Leute regte sich. Da erhob sich Taukwi aus seinem Versteck und wiederholte die Aufforderung »Es kann einer von euch zu mir kommen und sich überzeugen, daß ich Taukwi bin.«

Es kam niemand. Sie hatten zuviel Furcht. »Gut,« sagte Taukwi, »dann lege ich meine Waffe hier auf die Erde. Seht ihr es? Ich hebe meine Arme hoch und komme zu euch.«

Er ging mit hoch erhobenen Armen der Trägerkolonne entgegen. Sie duckten sich hinter Kisten und Steine. Dann aber erkannten einige Taukwi. Damit waren auch die anderen schnell beruhigt. Trotzdem weigerten sie sich, ihre Kisten im Stich zu lassen, weil sie noch nicht entlohnt waren. Mingal mußte sich entschließen, Taukwi nochmals mit Geld zu ihnen zu schicken. Dann waren sie beruhigt und zufrieden und gingen einzeln fort. Die Vorgänge hatten weiter kein Interesse für sie. Der Mann, der die Kugel getroffen hatte, war nicht ihr Auftraggeber. Ihm waren sie nicht zu Treue und Gehorsam verpflichtet. Sie sammelten sich am Ende des Grates und traten den Heimweg an.

Mingal erhob sich: »Schade, daß Bob daran glauben mußte. Aber warum kann er so gut schießen?«

»Es ist deine Schuld«, sagte Ovel ärgerlich. »Du hättest deinen Namen angeben können. So konnte er nicht wissen, mit wem er es zu tun hatte. Jeder an seiner Stelle hätte geschossen.«

Mingal zuckte die Achseln: »Nun ist es zu spät für solche Erwägungen.«

»Ja. Aber du bist dadurch ein ganz gewöhnlicher Mörder geworden.«

Mingal trat dicht an ihn heran: »Sag' mal, was willst du mit solchen Bemerkungen erreichen? Du hältst wohl den richtigen Augenblick für gekommen, mit mir Streit anzufangen, was?«

♠

Ovel wich keinen Schritt zurück: »Es soll mir nicht darauf ankommen. Ich wiederhole, daß du einen Mord begangen hast.«

Mingal lachte: »Drüben stehen die Kisten. Das ist mir im Augenblick wesentlicher als die Auseinandersetzung mit dir. Die können wir in Colombo vornehmen.«

Er ging zu der Stelle, an der die Träger die Kisten und das Werkzeug zurückgelassen hatten. Sie waren mit Eisenbändern fest umschlossen. »Also an die Arbeit!« sagte er.

»Arbeit? Wir werden die Kisten in das Bergwerk schaffen und sie dort in aller Ruhe auseinandernehmen und auspacken. Wir können doch hier auf dem schmalen Grat nicht arbeiten.«

»Wir müssen. Die Kisten sind zu schwer, um nur Edelsteine zu enthalten. Ich vermute, daß noch das Urgestein daransitzt oder daß man sie unter abgeschlagenem Geröll versteckt hat. Wir öffnen hier die Kisten, nehmen heraus, was zu gebrauchen ist, und lassen sie dann stehen. Es bleibt dann späterhin immer die Vermutung übrig, daß die Träger die Lasten im Stich gelassen haben.«

»Dann müssen wir sie aber sorgfältig öffnen und wieder verschließen.«

Sie lösten vorsichtig die Eisenbänder von der ersten Kiste und öffneten sie. Blankes, glitzerndes Geröll lag darin. Sie nahmen Stück für Stück in die Hand und fanden nichts als totes Gestein. Mingal fluchte: »Das nenne ich eine vorsichtige Verpackung. Er ist immer in der Rolle des Geologen geblieben. Also schließen wir sie wieder. Du siehst, es ist gut, daß wir sie nicht erst in das Bergwerk geschleppt haben.«

Die Kiste wurde wieder in ihren ursprünglichen Zustand versetzt. Sie machten sich daran, die zweite zu öffnen. Das Ergebnis war das gleiche.

»Hat es Zweck, die dritte zu öffnen?« fragte Ovel.

»Warum denn nicht? Ich habe selten eine so dumme Frage gehört.«

»Und ich habe selten jemanden gesehen, der so wie du im entscheidenden Augenblick alle Überlegung verliert. Die Gier ist dir etwas zu Kopf gestiegen. Du unterscheidest dich nicht viel von Olly.«

»Möchtest du jetzt zur Sache kommen?« drohte Mingal. »Es könnte sein, daß wir unseren Streit doch noch hier austragen müssen.«

Ovel blieb gelassen: »Dann wäre es ein Streit um des Kaisers Bart. Bei einigem Nachdenken wird dir einfallen, daß nur Bob und sechs Träger hiergewesen sind. Wir wissen, daß Bob nicht allein gegangen ist und daß es im ganzen zwölf Träger gewesen sind. Die beiden haben sich also getrennt und haben zwei Kolonnen gebildet. Die eine schleppt die Kisten mit toten Steinen. Die andere die Kisten mit den lebendigen Steinen. Leuchtet es dir ein?«

»Es ist eine Möglichkeit«, sagte Mingal finster.

»Auf jeden Fall müssen wir die dritte Kiste öffnen, um Gewißheit zu haben.«

Sie nahmen die weitere Untersuchung vor. »Schöne Steine«, knurrte Mingal wütend. »Warum hat er nicht gleich den ganzen Pik Adam in die Kisten verpackt?«

»Nun,« lachte Ovel, »er muß doch auch noch Platz für die guten Steine behalten. Jetzt haben wir gute drei Stunden mit der Untersuchung von Geröll verbracht. Vielleicht empfiehlt es sich, daß wir zu einer nützlicheren Tätigkeit übergehen, nämlich zum Nachdenken.«

»Ja. Aber es gibt nur eines zu bedenken: Wo ist Sommer-Winkelmann mit der anderen Kolonne?«

»Das läßt sich nicht raten, guter Freund. Das läßt sich nur feststellen, indem wir weitermarschieren und den Rest der Kolonne suchen. Du hast es dir ziemlich leicht vorgestellt: hingehen und die beiden abfangen!«

»Ich habe keinen Widerspruch von dir gehört. Also gehen wir weiter. Es fängt schon an zu dämmern.«

Wirklich war mittlerweile die Sonne über den Horizont gekommen und hatte die Landschaft in gelbliches Dämmerlicht getaucht. Wenn sie noch etwas an diesem Tage erreichen wollten, dann mußten sie sich eilen.

Sie waren kaum tausend Meter weit gegangen, als sie zu ihrer Linken einen hellen Ruf hörten: »Halt!«

Sie wandten sich bestürzt zur Seite, ohne etwas entdecken zu können. Doch gehorchten sie den Gesetzen der Vorsicht so weit, daß sie sich augenblicklich auf den Boden warfen und Deckung suchten. Dann hörten sie ein fröhliches Gelächter: »Aber

♠

warum versteckt ihr euch denn? Ich wollte euch doch nur guten Morgen sagen.«

Diese Stimme war bekannt und doch fremd. Auf jeden Fall war sie höhnisch und bedrohlich zugleich. Am meisten aber ängstigte sie, daß sie nicht wußten, woher sie kam. Sie überprüften von ihren Verstecken aus den Grat, der zu ihrer Linken lag, konnten aber nichts entdecken.

Mingal begriff als erster die Situation. Er schob den Lauf seines Gewehres hinter dem deckenden Stein hervor und rief: »Mit wem haben wir die Ehre?«

»Mit mir, Herr Mingal; mit dem Geologen Sommer. Geht es Ovel gut? Und was macht der Ehrenmann Taukwi?«

»Danke. Es geht uns allen ausgezeichnet. Wir ruhen hier ein wenig aus, damit wir nachher besser imstande sind, Ihre Kisten zu transportieren.«

»Es ist sehr freundlich, daß Sie uns diese Mühe abnehmen wollen. Aber ich bin mit sechs Trägern versehen, und die sind gut in der Lage, meine beiden Kisten zu befördern. Außerdem tragen wir alle gute Brownings. Daran hat der arme Bob wohl nicht gedacht, als er sich von mir trennte.«

»Die Herren Eingeborenen«, gab Mingal bissig zurück, »haben sich keine große Mühe gegeben, ihren Herrn zu verteidigen.«

»Das verstehe ich sehr wohl,« sagte Sommer aus seiner Deckung heraus, »da nicht Bob der Herr und Auftraggeber ist. Das bin ich, und mir sind meine Leute verpflichtet.«

»Würden Sie die Freundlichkeit haben, mir zu verraten, wo Sie sich befinden?«

»Gern. Ich befinde mich auf dem mittelsten der Grate, ein klein wenig hinter Ihnen. Zwischen uns ist nur der eine Grat, aber leider zwei ziemlich tiefe Einschnitte. Sonst würde ich Ihnen persönlich meine Aufwartung machen.«

Mingal barst vor Wut. Er schoß auf gut Glück in der bezeichneten Richtung sein Gewehr ab. Eine Sekunde später schlug von drüben eine Salve von Revolverspritzern auf, daß es rings um sie im Gestein spritzte.

»Sie merken wohl,« rief Sommer, »daß ich nicht allein geschossen habe. Wollen wir also den Krieg beenden. Legen Sie Ihre Waffen hin und stehen Sie auf.«

Mingal beriet sich leise mit Ovel: »Wir kommen nicht von der Stelle. Er liegt in Deckung, und wir liegen in Deckung. Wir sind drei gegen sieben. Also?«

Ovel erhob sich statt aller Antwort und legte sein Gewehr auf die Erde. Mingal und Taukwi folgten seinem Beispiel. Da erschien auf dem mittelsten Grat mit einem Male Sommer und zog freundlich seinen Hut. »Ich freue mich, daß die Herren Vernunft angenommen haben. Wir sind in einer etwas ungewöhnlichen Situation, und darum muß ich zu ungewöhnlichen Mitteln greifen. Ich habe einige Zeit hindurch Gelegenheit gehabt, Ihre leider vergeblichen Bemühungen an meiner Steinsammlung zu beobachten. Wenn Sie weniger laut dabei gewesen wären, hätte es Ihnen nicht entgehen können, daß wir im Anmarsch waren. Aber Sie dürfen es mir nicht verdenken, daß ich die gute Lage für mich ausnutze. Sie würden es ebenso gemacht haben, vermute ich.«

»Nicht nur das«, sagte Mingal mit dem Mute der Verzweiflung. »Ich würde auch kein Bedenken gehabt haben, Sie so zu begrüßen, wie ich leider den voreiligen Bob begrüßen mußte. Gedenken Sie nun diese Unterredung den ganzen Tag hindurch fortzusetzen?«

»Durchaus nicht. Ich will mit meinen Leuten bis zu den alten Bergwerken gehen und dort rasten. Dort werde ich gegen Abend den Weg nach Colombo fortsetzen.«

»Der Plan ist gut,« sagte Mingal kühl, »aber die Ausführung stelle ich mir schwierig vor. Im Augenblick sind Sie uns überlegen: sieben Revolver gegen drei Gewehre. Aber wenn Sie fünfhundert Meter weiter gegangen sind, dann halte ich Ihre Revolver für ziemlich nutzlos. Unsere Gewehre haben die bessere Tragweite. Und Sie können schließlich nicht die ganze Zeit hindurch am Abhang entlang klettern. Entweder müssen Sie auf den Grat, und dann stellen Sie eine prachtvolle Zielscheibe dar, oder Sie gehen in den Einschnitt und machen es uns auf diese Weise bequem.«

»Was würden Sie mir also raten?« fragte Sommer bescheiden.

»Daß Sie die Kisten stehenlassen und sich nach Hause begeben.«

»Das paßt mir nicht«, sagte Sommer. »Dann lasse ich lieber einen von meinen Leuten am Abhang entlang klettern und bis nach Colombo laufen, damit er uns Hilfe holt. Sie müßten sich dann solange

♠

dort ruhig verhalten, wo Sie im Augenblick sind. Von hier aus kann ich Sie bequem erreichen. Ich würde nicht dulden, daß Sie weiteroder zurückgehen.«

»Wenn Sie es so lange aushalten!«

»Gewiß. Wir haben Nahrungsmittel genug hier und können uns auch gegenseitig ablösen. Wir sind ja zu sieben. Vergessen Sie das nicht!«

Mingal hob drohend die Faust: »Das Ganze vergesse ich Ihnen nicht!«

»Das ist Ihre Privatsache. Also Sie haben mir keinen besseren Vorschlag zu machen?«

Ovel schnaufte vor Zorn und Erschöpfung: »Geben Sie uns eine Kiste und ziehen Sie in Gottes Namen mit der anderen ab.«

Sommer überlegte: »Das wäre ein Ausweg. Aber ich werde sie Ihnen nicht geben, sondern Sie müssen sie holen.«

Das Hohngelächter dreier Stimmen antwortete ihm.

»Sie brauchen nicht zu lachen, meine Herren. Ich halte Sie für zu … sagen wir mal: intelligent, als daß Sie in eine Falle kröchen. Wir wollen es so handhaben: Ich stelle beide Kisten hier auf den Grat. Sie bezeichnen diejenige, welche Sie haben wollen. Mit der anderen entfernen wir uns. Damit ich aber vor Ihren Gewehren sicher bin, muß ich verlangen, daß sie sie in das Tal werfen. Wenn wir fort sind, können Sie sich Ihre Waffen wiederholen.«

»Das geht nicht so ohne weiteres«, sagte Mingal. »Ich traue Ihnen genau sowenig wie Sie uns. Es geht nur, wenn die eine Kiste von einem Ihrer Leute auf den Grat gebracht wird, der sich zwischen uns befindet. Dann ist gewissermaßen ein neutraler Ort geschaffen.«

»Damit bin ich einverstanden«, sagte Sommer. »Bezeichnen Sie, bitte, die Kiste, an der Ihnen liegt.«

»Gleichgültig. Nehmen wir die vorderste.«

Zwei Träger beluden sich mit der bezeichneten Kiste und schleppten sie den Abhang hinunter. Dann erschienen sie auf dem mittleren Grat und setzten sie dort nieder. Zugleich deckten die anderen vier Träger und Sommer ihren Rückzug mit erhobenen Waffen. Als sie wieder drüben waren, warfen Mingal, Ovel und Taukwi, der Verabredung entsprechend, ihre Waffen in die Tiefe. Zugleich aber nahmen sie selber hinter den Steinen Deckung.

♠

»Ich habe noch ein Bedingung zu stellen,« rief Sommer, »die Sie ohne weiteres eingehen können. Ich wünsche einen ausreichenden Vorsprung zu haben. Darum möchte ich, daß Sie die Kiste nicht vor Einbruch der Dämmerung abholen.«

»Sie steht da gut,« lachte Mingal, »und wir können warten.«

Sie stellten fest, daß drüben Sommer mit seiner Kolonne und der einen Kiste abmarschierte. Bald waren alle ihren Blicken entschwunden. Da kamen sie aus ihrer Deckung hervor.

»Traust du der Sache?« fragte Ovel.

»Nicht im mindesten. Taukwi soll uns sofort unsere Waffen wiederholen. Und wir gehen etwas weiter südlich, daß wir den Ort, an dem die Kiste steht, noch mit den Gewehren erreichen können.«

Sie führten dieses Vorhaben aus und legten sich dann, so gut es gehen mochte, in den Schatten. Die Stunden gingen dahin. Es wurde Mittag. Dann senkte sich die Sonne gegen Westen. Nichts geschah, was ihren Verdacht hätte erregen können. Sie waren so weit beruhigt, daß sie schon anfingen, Vermutungen über den Inhalt der Kiste anzustellen. »Ich finde,« sagte Ovel, »daß Sommer sich überraschend schnell auf unsere Vorschläge eingelassen hat.«

»Es wird sich ja zeigen, ob es der Fall ist. In einer, spätestens in zwei Stunden beginnt es zu dämmern. Dann können wir uns die Sache besehen.«

Taukwi schüttelte den Kopf: »Ich habe kein ruhiges Gefühl, daß er diese Bedingung gestellt hat. Ich kann keinen Grund dafür finden und bin doch unruhig.«

»Ich auch«, gestand Mingal. »Und ich möchte dieser Ungewißheit ein Ende machen. Gehen wir hinüber.«

Die Senkung, die zwischen den beiden Graten lag, war weit steiler und mühsamer, als es auf den ersten Blick den Anschein hatte. Das Gestein war so locker, daß es ständig unter ihren Füßen nachgab und abbröckelte. Immer waren sie in Gefahr, abzugleiten. Es dauerte mehr als eine Stunde, bis sie die Sohle des Einschnittes erreicht hatten. Aber ebenso beschwerlich war der Aufstieg. Sie hatten eine regelrechte, fast senkrecht aufsteigende Wand vor sich.

»Die Wahl des Ortes ist nicht ungeschickt«, fluchte Ovel. »Der Mann weiß, was er tut. Wenn er auch nur der Gehilfe von Aren ist.«

♠

Es herrschte völlige Dunkelheit, als sie die Wand erstiegen und an die Kiste gelangt waren. Sie sicherten nach allen Seiten. Nichts war zu hören oder zu sehen. Taukwi hob die Last auf seine kräftigen Schultern und ging voran. Plötzlich blieb er stehen und witterte. »Brandgeruch!« sagte er leise.

»Vielleicht Reste vom Lagerfeuer«, vermutete Ovel.

»Nein. Dann hätten wir einen Widerschein gesehen.«

Er stellte die Kiste zu Boden und wollte vorangehen. Da erscholl mit einem Male eine Explosion von dröhnender Gewalt, die mit einem lauten Echo von den Bergwänden her endigte. Ein Flammenschein leuchtete für eine Sekunde grell vor ihnen auf. Sie warfen sich zu Boden, gehetzt und erschreckt, und warteten auf die kommenden Dinge.

Es geschah nichts. Taukwi kroch über den schmalen Pfad nach vorne, ohne etwas Verdächtiges finden zu können. Die anderen folgten ihm in vorsichtiger Entfernung. »Ich meinte doch,« murmelte Ovel, »die Explosion wäre ganz nahe gewesen.«

»Das täuscht«, sage Taukwi. »Sie war sehr entfernt. Ich schätze tausend Meter.«

Er hatte mit seiner Annahme recht. Nahe der Einmündung des Grates in den Weg, der zu den Bergwerken hinunterführte, war der Erdboden aufgerissen. Das morsche Gestein war wie unter gewaltigen Axthieben gebrochen. Eine tiefe Lücke klaffte mitten auf dem schmalen Steinpfad. Der Weg war unterbrochen.

Mingal blieb völlig ruhig. »Er hat sich einen guten Vorsprung gesichert«, sagte er. »Nun können wir von neuem auf und ab klettern, um mit unserer Kiste auf den anderen Grat zu kommen. Und ich muß anerkennen, daß er sehr anständig gehandelt hat. Die Lunte war offenbar so gelegt, daß sie zu einer Zeit an den Sprengstoff kam, zu welcher wir bei ehrlichem Verhalten noch nicht hier sein durften. Wären wir früher gekommen, dann wäre es unser eigenes Ungeschick gewesen. Also zurück, meine Herren.«

Trotz ihres Zornes atmeten sie erlöst auf, daß sie dieser Gefahr entronnen waren. Immerhin blieb ihnen die Kiste. Sie schleppten sie mühsam auf den anderen Grat. Wieder verging mehr als eine Stunde damit. Dann beeilten sie sich, zum Bergwerk zu kommen.

Sie waren blaß und erschöpft vor Anstrengung und Hunger. Sie warfen sich in die Stollen und schliefen bis in den Morgen.

Dann schleppten sie ihre Beute, so tief es gehen wollte, in den alten Stollen hinein, um sie dort zu öffnen …

Nach einer Weile drangen wüste Laute aus dem Gang, Stimmen, die sich überschlugen, Schreie, grell und kreischend vor Zorn … dann Schüsse … stöhnendes Wimmern … Ächzen, das langsam verklang …

Dann breiteten das Schweigen und das Dunkel ihre Schleier über die Tragödie, die sich in dem Stollen des verlassenen Bergwerkes abgespielt hatte. – –

♠

Neuntes Kapitel

Mohringer alias Miquel

Als Sommer nach der Begegnung mit Mingal und Ovel seinen Marsch fortsetzte, sammelte er am Ende des Grates die an die Träger verteilten Waffen sorgfältig wieder ein. Sie waren überflüssig geworden. Er befahl ihnen auch, die letzte Kiste mitsamt dem restlichen Werkzeug in irgendeine Schlucht zu werfen. Sie taten es mit Freuden. Nur gegen Abend, als sie längst an den Bergwerken vorüber waren, wurden sie durch das Geräusch einer entfernten Explosion beunruhigt. Aber als sie sahen, daß ihr Führer völlig gelassen blieb und sich kaum umwandte, setzten sie zufrieden ihren Weg fort. Es war eigentlich ein Spaziergang und keine Expedition.

Darum gingen sie nicht in geschlossener Ordnung, sondern schwärmten vergnügt durch das Gelände, um ihren Führer mit seltenen Blumen und seltsam geformten Früchten zu erfreuen. Plötzlich kam einer der Träger mit allen Zeichen des Erstaunens angelaufen und berichtete Sommer: »Drüben am Rande der Teeplantage liegt Herr Bob und schläft.«

Sommer machte große Augen. Er hatte sich halb und halb mit dem – wenn auch nicht angenehmen – Gedanken abgefunden, daß Bob bei der Begegnung mit Mingal und Ovel von seinem Schicksal ereilt worden wäre. Zwar war das nicht ursprünglich seine Absicht gewesen, und er hatte auch den Verlauf dieses Zusammentreffens nicht voraussehen können, aber er hatte doch bestätigt gefunden, daß Bob nicht zuverlässig sei. Und gerade das wollte er ihm jetzt beweisen.

Er winkte den Leuten, ihm leise und vorsichtig zu folgen, und schlich zu der Stelle hin, die ihm bezeichnet worden war. Sie lag völlig abseits der Straße und war so gegen jede Sicht geschützt, daß nur ein Zufall sie entdecken konnte. Dort schlief Bob, den Kopf gegen einen kleinen Erdwall gelegt, einen anscheinend recht zufriedenen Schlaf. Neben ihm lagen … die drei Lederbeutel!

Sommer nahm sie geräuschlos weg und gab sie seinen Begleitern, die sie unter ihren weiten Gewändern versteckten. Dann stieß er den Schläfer unsanft an. Bob schreckte auf … und blieb mit halb offenem Munde, blaß und verstört, auf dem Boden liegen.

»Guten Tag, Bob«, sagte Sommer gelassen »Wie geht es dir?«

»Wo … kommst du her …?« stammelte Bob.

»Ich habe dich gefragt, wie es dir geht. Willst du mir nicht erst Antwort geben, ehe du Gegenfragen stellst?«

»Es geht so«, sagte Bob. »Ich habe mir etwas den Fuß verstaucht, sonst wäre ich schon weiter.«

»Wobei hast du dir den Fuß verstaucht?«

»Mingal hat auf mich geschossen. Da habe ich mich kurzerhand in den Abhang gleiten lassen. Dabei ist es geschehen. Er hielt mich wohl für erledigt. Ich bin inzwischen auf allen vieren weitergekrochen. Aber woher kommst du?«

»Ich bin noch nicht mit meinen Fragen fertig«, sagte Sommer. »Erst dann kannst du fragen. Wo hast du die drei Beutel gelassen?«

»Nun«, log Bob kaltblütig, »die sind in der einen Kiste geblieben. Jetzt werden sie wohl bei Mingal und Ovel sein.«

»Du lügst, mein guter Freund. Ich habe genau beobachtet, wie die beiden die Kisten ausgepackt haben. Aber die Beutel waren nicht darin.«

»Du hast das beobachtet?« staunte Bob. »Wie hast du das gemacht?«

»Versteh' doch endlich, Junge, daß du noch nicht an der Reihe bist, zu fragen. Ich schwöre dir, du bekommst eine Tracht Prügel, wenn du mir nicht ausführlich antwortest. Wo sind die Beutel?«

Bob wurde kleinlaut. »Ich habe sie aus der Kiste genommen.«

»Das weiß ich schon. Wo hast du sie gelassen?«

Bob sah um sich, erschrak, wühlte in dem Laub, fand nichts und schlug entsetzt die Hände zusammen: »Mein Gott, sie sind weg!«

»Sie sind weg?« fragte Sommer drohend. »Dann sag mir noch, warum du sie aus den Kisten genommen hast! Nun, wird es bald?

♠

Du willst nicht antworten? Dann will ich dir die Antwort geben: Du wolltest mit den Beuteln verschwinden. Ja oder nein?«

Bob wurde trotzig: »Jetzt, wo sie doch weg sind, kann ich es dir ja sagen. Ich wollte damit verschwinden. Ich habe sie gleich nach dem Abmarsch herausgenommen.«

»Und du Grünling dachtest wirklich, du würdest Glück damit haben? Schon ein solcher Gedanke ist eine Beleidigung für mich. Aber es ist etwas anders gekommen, lieber Bob. Ich habe die Beutel! Hier an Ort und Stelle habe ich sie in Empfang genommen.«

Er wandte sich zu seinen Leuten: »Zeigt sie ihm.«

Unter großem Hohngelächter nahmen sie die Beutel aus ihren Gewändern. Bob glaubte, er müsse vor Scham in die Erde sinken. Hätte nicht sein Fuß ihn behindert, er wäre davongelaufen. So versuchte er, gute Miene zum bösen Spiel zu machen: »Also dann hast du eben Glück gehabt. Nun laß die Sache gut sein.«

»Das weiß ich noch nicht. Darüber müssen wir noch einmal reden, und zwar gleich hier an Ort und Stelle. – Wollt ihr uns einen Augenblick allein lassen und an der Straße auf uns warten?« fragte er die Träger.

Sofort zogen sie sich zurück. »Wenn du uns brauchst, Herr, dann ruf' nur. Wir kommen dann sofort«, sagte der eine.

»Du scheinst mit den Leuten auf gutem Fuße zu stehen«, brummte Bob.

»Ja. Wir haben uns sehr angefreundet. Wenn man solche Menschen anständig behandelt, dann hat man sie schnell zu Freunden. Darum haben sie auch mich verteidigt, aber nicht dich. Immerhin. Bleiben wir bei der Sache. Hier sind die drei Beutel. Ich stelle nach Aussehen und Gewicht fest, daß sie verändert worden sind.«

»Das ist nicht wahr«, empörte sich Bob. »Ich habe sie nicht geöffnet. Ich habe keinen Blick hinein getan!« Eifrig machte er sich an den Lederriemen zu schaffen und nestelte sie auf. Dann schüttete er den Inhalt auf die Erde ... und stöhnte leise vor sich hin. Gestein, Schalensplitter und eine unreife Kokusnuß lagen da vor seinen Füßen.

»Habe ich ... denn solange ... geschlafen?« stammelte er. »Und es ... ist jemand gekommen ...verfluchte Geschichte das ...«

Aber als er Sommer ansah, glaubte er in dessen Augen ein höhnisches Glänzen zu sehen. Wütend schwang er die Fäuste ... aber ein ruhiger, sehr kräftiger Hieb auf die Nasenwurzel streckte ihn zu Boden. Er tastete nach seiner Waffe. Da schlossen sich Sommers Finger so heftig und drehend um sein Handgelenk, daß er leise aufschrie: »Laß nach. Ich rühre mich nicht mehr.«

Sommer setzte sich zu ihm: »Das ist auch dein Glück. Du bist ein netter, aber sehr unzuverlässiger Mensch. Darum durfte ich dir die Steine nicht anvertrauen. Ich trage sie, wenn es dich interessiert, um den Leib gewickelt. Als du die Beutel aus dem Zimtbaum holtest, war schon nichts anderes darin als jetzt. Und jetzt wirst du wissen wollen, warum ich die Kolonne geteilt habe. Das ist meine Kalkulation gewesen: ich sagte mir, Mingal und Ovel kommen vom Norden her ...«

»Entschuldige, daß ich dich unterbreche. Oben beim Walde sagtest du, sie kämen vom Süden.«

»Richtig. Das hat ihnen der Manager gesagt. Aber Omar hat ihnen etwas anderes gesagt. Du wirst ihn nicht kennen. Er ist Polizeibeamter. Ich habe ihm Auftrag gegeben, sich bestechen zu lassen.«

»Verstehe ich nicht«, schüttelte Bob den Kopf.

»Ich will es dir erklären. Ich bin mit Parker im Gelben Hause gewesen. Da staunst du? Macht nichts. Ohne Zweifel war damit zu rechnen, daß Mingal und Ovel sehr bald an Omar gelangen würden. Während sie dem Manager nicht zu glauben brauchten, würden sie dem Beamten glauben, sofern sie Aussicht hatten, überhaupt etwas aus ihm herauszubekommen. Wie gesagt, hatte Omar Auftrag, die Wahrheit zu sagen.«

»Aber damit locktest du sie doch direkt auf unsere Spur!«

»Das war auch der Zweck der Übung. Ich will jetzt ebenso offen sein, wie du es vorhin gewesen bist. Ich wollte sie auf unseren Weg haben und wollte dann weiter dich den gleichen Weg zurückschicken. Gleiche Brüder, gleiche Kappen, dachte ich. Die drei gehören doch zusammen. Bob brauche ich nur, damit er mir an Hand des Planes den Weg zeigt. Nachher brauche ich ihn nicht mehr. Dann kann er ruhig seinen Freunden wieder begegnen und mit ihnen nach Hause ziehen. Es schien mir sogar wünschenswert, daß ihr alle drei mit eurer vermeintlichen Beute abzogt. Ich hatte dann Zeit, mit meinen Sachen euch zu folgen, sie ins Hotel und dann auf das Schiff zu bringen, um dann abzufahren.«

»Ohne mich!« schrie Bob entrüstet.

»Natürlich ohne dich. Was sollte ich mit einem solchen Spitzbuben anfangen? Mit einem so unzuverlässigen Menschen, der trotz aller Verabredungen jeden Augenblick bereit war, sein Wort zu brechen? Nun fällt dir die Antwort schwer, nicht wahr?«

Bob schwieg und sah betreten vor sich hin.

Sommer fuhr fort: »Die Sache ist dann etwas anders verlaufen, als ich mir gedacht habe. Ich vermutete, ihr würdet euch sofort alle drei mit den gesamten Kisten auf den Weg machen und verschwinden. Statt dessen fand ich deine Freunde damit beschäftigt, an Ort und Stelle die Kisten zu untersuchen. Und von Mingal hörte ich eine Andeutung, als ob er mit dir abgerechnet habe. Das tat mir ehrlich leid, denn ich glaube, daß deine Schlechtigkeit nicht eigentlich aus deinem Charakter kommt, sondern aus dem bösen Umgang. Ich war also gezwungen, mich mit deinen Freunden noch auseinanderzusetzen. Wir haben uns freundschaftlich geeinigt, daß jede Partei eine Kiste bekam. Die dritte hatte ich schon vorher verbrennen lassen.«

»Und wenn sie jetzt merken, was in der Kiste enthalten ist,« sagte Bob, »dann gibt es erst eine Verfolgung!«

»Nicht sobald«, entgegnete Sommer. »Ich habe sie auf den mittelsten Grat gelockt und ihn dann mit den Sprengkapseln so gründlich aufgerissen, daß sie vor morgen abend nicht in Colombo sein können. Und dann bin ich schon abgefahren.«

»Und ich?« zitterte Bob. »Ich soll mich allein mit ihnen auseinandersetzen?«

»Es ist nicht nötig. Ich habe an den Vorgängen auf den Graten erkannt, daß sie auch nur solange zu dir halten, als sie sich etwas davon versprechen, und daß es ihnen nicht darauf ankommt, dich abzuschießen, wenn du ihnen nicht mehr nützlich sein kannst. Darum bin ich bereit, dir zu helfen. Ich biete dir an, mit nach Deutschland zu fahren. Du weißt ja, daß ich Plätze belegt habe. Du wirst drüben Gelegenheit haben, ein anständiger Mensch zu werden. Also willst du oder willst du nicht? Sonst lasse ich dich hier liegen.«

Bob ergriff seine Hände: »Nimm mich mit, Sommer. Glaube mir, ich habe genug von diesem Leben. Die ganzen Jahre hindurch

♠

habe ich unter dem Zwang von Ovel und Mingal gestanden. Ich war machtlos gegen sie, weil … weil sie etwas von mir wußten …«

»Das scheint überhaupt ihr Gewerbe zu sein«, sagte Sommer nachdenklich. »Drüben werde ich dir Einzelheiten erzählen. – Kannst du gehen, oder sollen die Leute für dich eine Tragbahre machen? Allzuviel Zeit können wir nicht auf den Weg verwenden.«

»Schnell gehen kann ich nicht. Es genügt aber, wenn zwei Leute einen Starken Ast nehmen, auf den ich mich setzen kann.«

Sommer rief zwei kräftige Männer herbei, die Bob in der angegebenen Art unterstützten. Es war nicht möglich, in dieser Nacht noch Colombo zu erreichen. Darum rasteten sie einige Stunden, gingen bei Sonnenaufgang weiter und waren in der Stadt, als sie gerade zum Leben erwachte.

Herr Parker stand vor dem Hotel, um einige Gäste zu verabschieden. Er schlug die Hände zusammen, als er die Ankömmlinge sah. »Damned!« rief er aus. »Ist das Unternehmen schief gegangen?«

»Guten Morgen, Mister Parker. Es ist alles gut gegangen. Ich erzähle Ihnen nachher einzelnes. Können Sie einen Arzt für Bob bestellen lassen? Und ist unser Zimmer noch besetzt?«

Während er einen Boten zum Arzt sandte, berichtete er: »Die Dame hat das Zimmer nur am ersten Tage vormittags verlassen. Seitdem sitzt sie oben und bläst Trübsal.«

»Dann will ich hinaufgehen und ihr einen Besuch abstatten. Bob kann solange in der Halle Platz nehmen und mit den Trägern abrechnen. Hier, Bob, zum ersten Male seit unserer Bekanntschaft vertraue ich dir Geld an.«

»Dieses Mal zu Recht!« sagte Bob, und an seiner Stimme war zu erkennen, daß er die Wahrheit sprach.

Sommer ging die Treppe hinauf und klopfte an die Tür des Zimmers, das er bislang bewohnt hatte. »Herein!« hieß es von drinnen. Er trat ein.

Olly saß vor ihrem Frühstück. Sie legte ihre Serviette beiseite und fragte höflich: »Sie wünschen, mein Herr?«

»Ich wünsche Sie zu sprechen, wenn ich Sie nicht beim Frühstück störe.«

»Gar nicht. Kommen Sie vom Deutschen Konsulat?«

»Nein. Ich möchte aber mit Ihnen zum Deutschen Konsulat ge-hen. Gestatten Sie, daß ich mich vorstelle, mein Name ist … Aren.«

Olly sank in ihren Stuhl zurück und sah ihn fassungslos an. »Wann sind Sie angekommen?« fragte sie mühsam.

»Wie meinen Sie das? Hier in der Stadt oder überhaupt in Cey-lon? In Ceylon befinde ich mich seit genau acht Tagen. Davon war ich drei Tage im alten Bungalow, den Rest der Zeit habe ich auf einer kleinen Expedition verbracht.«

»Das ist ja alles unglaubwürdig. Ich dachte, Winkelmann …«

Aren lachte: »Das war nur eine kleine Finte von Omar. Wenn Sie sich vergewissern wollen, dann gebe ich Ihnen anheim, in die Halle zu gehen. Dort werden Sie Bob mit einem verstauchten Fuß treffen.«

»Und Mingal? Und Ovel?« fragte sie atemlos.

Er zuckte die Achseln. »Darüber weiß ich nichts. Ich habe sie zwar gesehen und mit ihnen gesprochen und verhandelt, aber ich habe sie unter Umständen zurückgelassen, die es nicht wahrschein-lich machen, daß sie bald ankommen.«

»Aber wenn sie ankommen?«

»Dann werde ich veranlassen, daß sie sogleich festgenommen werden. Die Aufzeichnungen des Herrn Mohringer geben mir die Möglichkeit dazu. Sie werden wissen, daß ich die Aufzeichnungen habe?«

»Ich habe es seit Tagen vermutet. Werden Sie auch mich fest-nehmen lassen, mein Herr?«

»Ich nehme an, daß Sie bereit sein werden, auf dem Deutschen Konsulat zu Protokoll zu geben, daß Sie keine Ansprüche an die Erben Mohringer haben. Ich rate Ihnen dazu. Ich werde dafür sor-gen, daß es nicht Ihr Schade ist. Aus den Aufzeichnungen weiß ich, welche Rolle Sie gespielt haben. Sie sind ein Opfer der Verhältnisse geworden. Es trifft Sie nur die Schuld, zu schwach … und zu hab-gierig gewesen zu sein. Entschuldigen Sie meine Offenheit.«

Olly weinte. »Wenn es eine Möglichkeit gäbe, von hier wegzu-kommen, dann würde ich anders werden …«

»Die Möglichkeit besteht. Sie besteht sogar noch für den heu-tigen Tag. Es wird gut sein, wenn wir nichts an Zeit versäumen. Beendigen Sie ihr Frühstück und kommen Sie mit zum Konsulat.«

♠

Olly sprang auf: »Das Frühstück hat Zeit. Ich gehe sofort mit. «Im Lesezimmer neben der Halle war ein Arzt damit beschäftigt, Bob zu untersuchen. Der Befund war sehr günstig: »Sehnenzerrung. Nicht gerade leicht, aber unbedenklich. Ich verschreibe etwas zum Einreiben. Im übrigen Ruhe. Die Natur muß sich selbst helfen.«

»Nun kann er nicht mehr ausrücken«, lachte Aren zu Olly hinüber. »Da wir nun zu dritt fahren müssen, wird es gut sein, daß die Gegner sich vorher die Hände reichen und sich gute Nachbarschaft geloben.«

»Wir kennen uns nur dem Namen nach«, sagte Bob. »Mingal hat immer sorgfältig verhütet, daß wir uns kennenlernen.«

Olly drückte ihm die Hand: »So jung sind Sie noch ... und doch schon bei Mingal gelandet?«

»Nicht mehr«, sagte Bob mit Energie. »Ich bin kuriert. Dieses Land sieht mich nicht wieder.«

Sie streichelte ihm die Haare: »Armer Junge ...« Dann ging sie mit Aren fort.

Im Konsulat wurde Aren schon erwartet. »Es ist der vierte Tag heute!« rief der Konsul. »Ich hatte schon meine stillen Sorgen. Hier ist ein langes Telegramm für Sie angekommen. Wollen Sie es erst zur Kenntnis nehmen?«

Aren öffnete und las: »In Erbschaftssachen Mohringer alias Miquel erteilen wir dem Detektiv Aren Vollmacht zur Wahrnehmung unserer Interessen in jeder Beziehung, auch bezüglich der Erbschaftsmasse. Bernhard Mohringer, Küster in Mohringen. Eduard Mohringer, Gerichtsschreiber in Boppard.«

»Das erleichtert die Sache«, sagte Aren. »Herr Konsul, Frau Olly, deren Zunamen ich offiziell immer noch nicht weiß, will vor Ihnen eine Erklärung abgeben, wonach sie auf alle Ansprüche an die Erbschaft des Herrn Mohringer verzichtet.«

»Dieser Verzicht ist doch eigentlich entbehrlich, Herr Aren, da Frau Olly keinerlei gesetzliche Ansprüche hat.«

Olly senkte den Kopf. Aren sagte: »Wir wollen es trotzdem bei dem Verzicht belassen. Es liegen noch einige Gründe vor, die einen solchen Verzicht tunlich erscheinen lassen. Im Augenblick möchte ich Frau Olly nicht beschämen und die Gründe auseinandersetzen.«

♠

Der Konsul respektierte diese Diskretion und nahm die Erklärung entgegen Olly unterzeichnete sie, wie es die Form verlangte. Dann verabschiedeten sie sich von dem Konsul.

Auf der Straße wandte sich Olly zu Aren und fragte bescheiden: »Was wird jetzt aus mir?«

»Das liegt bei Ihnen«, antwortete Aren. »Ich habe bereits vor fünf Tagen eine Kabine für Sie belegen lassen, von der Sie Gebrauch machen können, wenn Sie es wollen. Der Dampfer fährt heute abend. Nachmittags müssen wir an Bord sein.«

»Sie stellen mich vor immer neue Rätsel, Herr Aren. Wie konnten Sie auf den Gedanken kommen, für mich einen Platz zu belegen?«

Aren antwortete: »Als ich die Aufzeichnungen gefunden und gelesen hatte, da wußte ich auch, daß ich und niemand anders Mohringers Schatz heben würde. Und damit stand fest, daß Sie völlig leer ausgehen würden. Und das durfte ich nicht zulassen. Ich kann Ihnen heute noch nicht sagen, warum ich es nicht durfte. Sie werden es erfahren, wenn ich Mohringers Bericht vorlese. Wenn Sie ihn aber hören wollen, dann müssen Sie mit mir kommen.«

»Ja, ja!« rief Olly. »Nur so schnell als möglich fort von hier!«

Sie gingen zum Hotel zurück. Die Koffer waren schnell in Ordnung, denn keiner von ihnen hatte großes Gepäck. Bob ging an einem Stock und sah trotz der Schmerzen vergnügt und rosig aus. Als einziger trauerte Parker über die Abreise. Er stand am Wagenschlag und drückte Aren herzlich die Hände. »Kommen Sie bald mal wieder«, sagte er. »Es war so nett. Und die beiden Zimmer stelle ich Ihnen gern wieder zur Verfügung.«

Aren lachte: »Bei meinem Berufe weiß man nie, wohin man verschlagen wird. Darum sage ich Ihnen: till we meet again!«

Mit Winken und Rufen fuhren sie ab. Aren sagte leise zu Olly: »Sehen Sie sich den harmlosen und vergnügten Bob an. Er weiß bis zu dieser Stunde noch nicht, wer ich bin und wie wir beide zueinander stehen.«

»Wie ist das möglich?« fragte sie erstaunt.

»Nun, ich habe ihm gesagt, daß ich Sommer heiße, aber nicht Sommer wäre. Und er ist genügend Abenteurer, um sich den Teufel darum zu kümmern, wer ich denn bin. Ihm war die Hauptsache, daß er zu seiner Freiheit und zu seinem Anteil an der Beute kam.

♠

Darum werde ich ihn noch aufklären müssen ... ehe ich mich für einige Zeit zurückziehe.«

»Zurückziehen? Was haben Sie denn vor?«

Aren lachte verhalten: »Ich muß mich etwas auskurieren. Es ist jetzt schon der vierte Tag, daß ich Mohringers Steine um den Leib gewickelt trage. Es ist nicht nur alles wund gescheuert, sondern wahrscheinlich auch infiziert. Es tut unheimlich weh.«

»Ich verstehe«, sagte Olly. »Sie waren ja die ganze Zeit hindurch nicht allein. Fragen Sie sofort den Schiffsarzt ... und lassen Sie es zu, daß ich Sie pflege, wenn eine Pflege notwendig ist.«

»Also werden Sie doch noch Krankenschwester, wenn auch nicht gerade die Krankenschwester Henriette. Die habe ich Ihnen vorweggenommen.«

»Vielleicht ist es ein Glück«, seufzte Olly. –

Der Schiffsarzt untersuchte Aren sofort und verordnete nebst Bädern und Salben zunächst acht Tage Bettruhe. Aren war es zufrieden. Wenn er auch immer dazu neigte, alles leicht zu nehmen, so konnte er doch eine gewisse Erschöpfung nicht leugnen. Er hatte in Olly eine getreue Pflegerin und in Bob einen lustigen Gesellschafter. Beide versuchten oftmals, ihn zum Reden zu bringen, damit er ihnen alle Zusammenhänge erkläre. Aber er lehnte es ab. »Es wird noch Zeit genug dafür sein,« sagte er, »wenn wir zu Hause sind. Dann werde ich nicht nur berichten, sondern Ihnen auch Mohringers Aufzeichnungen vorlesen. Die Erben werden dabei zugegen sein, und auch Winkelmann; endlich auch der kleine Buchbinder Jäger, der einen großen Anteil am Erfolg hat.«

»Reden Sie nicht von Jäger«, raunte Bob verdrossen. »Dann regt sich mein schlechtes Gewissen.«

»Wir werden die Sache ordnen«, sagte Aren geheimnisvoll. Dann schwieg er über die Angelegenheit. Und auch die anderen drängten nicht mehr in ihn. –

In Arens Wohnzimmer hatte sich eine kleine Gesellschaft versammelt. Die beiden Brüder Mohringer waren erschienen, dann Winkelmann und der kleine Buchbinder Jäger, endlich auch Olly und Bob. Beide hatten sich in ihr Schicksal gefügt. Sie hatten erkannt, daß man es gut mit ihnen meinte. –

♠

Aren war der liebenswürdigste Hausherr, den man sich denken konnte. Seine Höflichkeit und Heiterkeit ließen vergessen, daß hier ehemalige Gegner zusammensaßen und daß ihnen noch die Enthüllung eines dunklen Schicksals bevorstand. Endlich begann er mit seiner Erzählung:

»Ich schulde Ihnen heute zweierlei. Einmal einen kurzen Bericht über die Ursache meiner Ceylonfahrt; sodann den Bericht, den der arme Mohringer über das Schicksal seines Lebens niedergeschrieben hat.

Mit meinem eigenen Bericht kann ich mich kurz fassen. Es ist Ihnen allen bekannt, daß ich durch Zufall und Ahnung einen Plan gefunden hatte, mit dem ich nichts anfangen konnte, von dem ich nur wußte, daß andere Leute ihn haben wollten. Der große Umriß des Planes stellte die Form einer Birne dar. Damit konnte mancherlei gemeint sein. Aber die Art, in der diese Zeichnung ausgeführt war, ließ darauf schließen, daß der Urheber sich der Methoden bedient hatte, die man für Landkarten üblicherweise benutzt, das heißt: freie Stellen für ebenes Land, Schraffierungen für Gebirge und kleine Kreise für Gipfel und Städte. In diesem Plan war nun der Norden als Fläche gezeichnet, der Süden als Gebirge mit mehreren Gipfeln, von denen einer die Buchstaben A P trug. Nun, mein Handatlas genügte, mir in zehn Minuten zu verraten, daß die Insel Ceylon in Frage kam. In der Staatsbibliothek habe ich meine Kenntnisse erweitert.

Der tollkühne Herr Mingal, der sich den Plan bei mir abholen wollte, ist die Ursache geworden, daß ich mit meinen Schlüssen weiter kam. Er mußte sich in ärztliche Behandlung begeben, wo ich ihn nicht nur besichtigen konnte, sondern ihm auch noch den Namen Olly entlockt habe. Es versteht sich, daß ich ihn vom Hause des Arztes aus verfolgen ließ, um seine Wohnung festzustellen. Ich bin einige Tage lang sein Zimmernachbar gewesen und wußte aus seinen Gesprächen mit Ovel sehr schnell, um was es sich handelte.

Es bestanden nur zwei Schwierigkeiten: einmal, ihnen in der Ausführung des Planes zuvorzukommen, sodann die Gegenpartei, nämlich Olly, zu finden, die sich vorsichtig verborgen hielt. Ich sehe jetzt ein, daß sie es aus Furcht vor den beiden Verbrechern Ovel und Mingal getan hat.«

♠

Olly nickte. Aren fuhr fort: »Der Regiefehler, wenn ich so sagen darf, lag in der Verwendung eines Gehilfen, der sich taubstumm stellte oder wenigstens als Taubstummer erscheinen wollte. Wie war es denkbar, einen solchen Manne Instruktionen zu erteilen, sich mit ihm zu verständigen, ihn der Gefahr auszusetzen, einen Einbruch auszuführen, ohne etwas hören zu können? Ein solcher Gedanke war einfach Irrsinn. Es mußte sich um eine Simulation handeln. Und ich beschloß, dem auf die Spur zu kommen. Ich ließ mich daher mit ihm zusammen in eine Zelle sperren. Bleiben Sie ruhig, Bob; es ist ja alles vergeben und vergessen.«

Bob lachte: »Vergeben wohl, aber nicht vergessen.«

»Na, die Zeit heilt alles. Jedenfalls war Bob vernünftig genug, seine Rolle aufzugeben, nachdem ich ihm ihre Nachteile klargelegt hatte. Außerdem brauchte ich Bob auch dringend, um meinen Plan ausführen zu können, der darin bestand, ein Verbrechen zu verhindern. Mit Zustimmung der Behörden konstruierte ich also eine Gefangenenbefreiung, die auch gelang.«

Bob wurde unruhig: »Sagen Sie mal, wird die Sache Folgen haben?«

»Dieser Teil der Sache nicht. Man kann keinen Menschen dafür bestrafen, daß er ausbricht. Der Wärter im Krankenhaus hat keinen Strafantrag wegen Körperverletzung gestellt. Außerdem habe ich ihm im Auftrage der Erben ein entsprechendes Schmerzensgeld gegeben. Also dieser Fall ist erledigt.«

»Gott sei Dank«, stöhnte Bob. Er sah nicht, wie Aren und Winkelmann ein kleines, mitleidiges Lächeln tauschten.

»Während ich mich im Gefängnis befand, hat Winkelmann meinen Posten in der Staatsbibliothek zu meiner größten Zufriedenheit ausgefüllt. Er hat mich auch in meiner Wohnung vertreten. Ovel und Mingal mußten glauben, ich sei noch hier und studiere an dem Plan herum. Darum blieben auch sie noch an Ort und Stelle. Und das war notwendig. Ich mußte erst ermitteln lassen, wer alles an Interessenten für den Plan auftrat, und Olly hatte sich noch nicht zu erkennen gegeben. Ich konnte nicht das Risiko übernehmen, drüben mit unbekannten Gegnern zu arbeiten und möglicherweise nach zwei Fronten hin Krieg führen zu müssen. An der Tatsache, daß die Beteiligten mir nach Ceylon folgen würden, sobald sie von

♠

meiner Abreise Kenntnis hatten, war ja überhaupt nicht zu zweifeln. Dann war es schon besser, alle Schäflein beisammen zu haben. Darum mußte Winkelmann nicht nur meine Stelle vertreten, sondern auch Mingal und Ovel hier fesseln, bis er Olly ermittelt hatte. Das hat er zu meiner vollen Zufriedenheit getan.

Als er die Schäflein beisammen hatte, hat er sie dann durch die ihm geeignet erscheinenden Maßnahmen auf den Weg gebracht. Olly, Sie müssen zugeben, daß er da ein Kabinettstück geleistet hat.«

»Er war sogar vollendeter Kavalier«, bestätigte sie.

»Ich war inzwischen auf der Fahrt mit Bob und bekam auf hoher See die gute Nachricht. Alles andere, was sich drüben ereignet hat, können Sie nachlesen, wenn ich es einmal aufschreiben werde. Viel interessanter wird der Bericht des Mohringer sein, den sich auch Bob vorher noch anhören soll.«

»Was heißt das? Vorher?«

»Lieber Bob«, lächelte Aren. »Einen kleinen Schmerz kann ich Ihnen nicht ersparen, weil er nach dem Gesetz nicht zu ersparen ist. Sie müssen sich wieder der Polizei stellen, damit die Angelegenheit des versuchten Einbruchsdiebstahls bei Herrn Jäger aus der Welt kommt. Ich gestehe, daß das einer der Gründe ist, warum ich Sie wieder mit hierhergenommen habe.«

Jäger fuhr auf: »Nein! Das ist nicht gerecht. Ich verzeihe ihm die Sache und will nicht, daß er bestraft wird.«

»Ihre Verzeihung kann leider nichts nützen. Es wird aber nicht schlimm für Bob werden, weil er unter fremdem Zwang gehandelt hat. Ich habe schon mit dem Staatsanwalt gesprochen. Er wird eine Bewährungsfrist beantragen. Fügen Sie sich, Bob; es hilft nichts. Gesetz ist Gesetz.«

»Wird er verhaftet?« fragte Jäger, »oder kann ich ihn zu mir nehmen? Ich mag ihn nämlich leiden.«

Winkelmann sagte: »Ich will ein gutes Wort für ihn einlegen, wenn er tatsächlich bei Ihnen bleiben will.«

Bob stand langsam auf und ging zu Jäger hinüber.

Er faßte den kleinen Mann bei den Schultern und sagte mit unsicherer Stimme: »Herr Jäger, können Sie einen Lehrling gebrauchen? Ich bin nicht ungeschickt. Ich habe nur zu früh von Hause fort müssen und habe nichts Anständiges gelernt … und ich hab'

♠

nie gute Menschen kennengelernt. Ich glaube, wenn Sie mich nehmen, dann könnte noch einmal etwas aus mir werden.«

Jäger war so erregt, daß sein Mitgefühl in Grobheit umschlug. »Jawohl!« schrie er. »Aber bei mir wird pariert! Verstanden?«

Da nahm der große Bob den kleinen Jäger um die Taille, hob ihn in die Höhe und sagte: »Ich pariere aufs Wort.«

Aren seufzte erleichtert: »Na, der wäre anständig untergebracht. Und Sie tun ein gutes Werk, Herr Jäger. Nun aber will ich Ihnen die Blätter vorlesen, die ich im alten Bungalow gefunden habe.«

Er entnahm seinem Schreibtisch eine Rolle aus Wachstuch, öffnete sie und breitete die vergilbten Blätter unter der kleinen Leselampe aus.

»Ich, Michael Mohringer aus Dinkholder in Deutschland, berichte hier über das Schicksal meines Lebens.

Ich bin in dem kleinen Flecken Dinkholder, oberhalb Braubach am Rhein, geboren. Ich habe noch zwei Brüder, die fünfzehn und siebzehn Jahre jünger sind als ich. Gott gebe, daß sie noch am Leben sind.

Mit zwanzig Jahren bin ich mit einem Kahnschiffer den Rhein hinuntergefahren und habe mir in Holland eine Tätigkeit gesucht. Durch Fleiß und Pflichterfüllung habe ich dort Erfolg gehabt und konnte, als ich dreißig Jahre alt war, als Leiter einer Faktorei nach Java gehen. Dort habe ich volle zehn Jahre verbracht, Jahre der Arbeit, aber auch des Erfolges. Ich lebte sehr sparsam und zurückgezogen. Ich versagte mir alles, weil ich hoffte, ich würde doch eines Tages in das kleine Nest Dinkholder am Rhein zurückkehren können. Ich träumte davon, mir dort ein Häuschen bauen zu lassen und mit meinen Brüdern zusammen in Eintracht und Zufriedenheit den Rest meiner Tage zu verbringen.

Ich machte nicht mehr Bekanntschaften, als die Ausübung meines Berufes notwendig erforderte. Das hatte zur Folge, daß ich mich zwar auf die Leitung einer Faktorei verstand, gute Kenntnisse aller Landesprodukte und ihres Anbaues und ihrer Gewinnung hatte, daß ich, mit einem Worte, etwas vom Geschäft verstand, aber nicht von den Menschen und ihren persönlichen Eigenschaften. Und das ist mir zum Verhängnis geworden.

Ich war mit meiner Stellung in Java auf die Dauer nicht zufrieden. Der Eigentümer ließ mich nach meinem Belieben schalten

♠

und walten. Alle Arbeit und Anstrengungen und Verantwortung lagen bei mir. Er strich nur den Verdienst ein. Darum glaubte ich, daß ich einen größeren Entgelt als bisher fordern könnte. Als ich mit diesem Gesuch an ihn herantrat, schrieb er mir, ich sei zehn Jahre lang zufrieden gewesen und würde auch wohl noch weitere zehn Jahre zufrieden sein.

Diese Undankbarkeit erbitterte mich. Ich kündigte meine Stellung und sah mich nach einer neuen Betätigung um. Zu dieser Zeit hörte ich von den Verhältnissen in Ceylon. Seit geraumer Zeit schon ging dort der Anbau von Kaffee stark zurück, weil die Pflanzungen von Schädlingen heimgesucht wurden, zu deren Bekämpfung man keine geeigneten Mittel hatte. Statt dessen verlegte man sich auf den Anbau von Tee, und es wurden gute Resultate damit erzielt.

Hier sah ich für mich eine Möglichkeit, voranzukommen. Durch einen Agenten namens Ovel ließ ich mir ein Stück Brachland erwerben, auf welchem ich den Anbau von Tee versuchen wollte. Kaum war der Kauf getätigt, als mein Chef sich entschloß, meine bisherigen Einnahmen zu verdoppeln. Aber jetzt war es zu spät. Ich hatte zum ersten Male im Leben die Vorstellung, nicht durch Dienste, sondern durch eigenes Handeln mein Glück zu machen. Wäre ich in der Rolle des Dienenden geblieben, dann ginge es mir heute besser, und ich säße nicht, wie eben in diesem Augenblick, auf der Terrasse eines alten Bungalow, alt, zerbrochen, von Angst und Entsetzen und Lebensmüdigkeit geplagt.

Damals aber hatte ich noch keine Ursache, an einen solchen trüben Ausgang zu denken. Das Land, das Ovel für mich erstanden hatte, war günstig gelegen. Ich machte eine Reihe von Versuchspflanzungen, die über Erwarten Erfolg hatten. Ich konnte darangehen, Jahr für Jahr eine neue Landstrecke zu bepflanzen. Aus den zehn Arbeitern, mit denen ich angefangen hatte, wurden hundert, zweihundert, fünfhundert und noch mehr. Aus dem kleinen Schuppen, der zu Anfang als Lagerraum, Kontor und Wohnung zugleich dienen mußte, wuchs im Laufe der Jahre eine Reihe stattlicher Gebäude heran. Ich wohnte auch nicht mehr bescheiden in einer abgeteilten Ecke des Schuppens, sondern hatte mir in Kandy ein modernes europäisches Haus bauen lassen. Durch eine günstige Gelegenheit kam ich auch dazu, mir östlich von Mount Lavinia eine

Fläche bewaldeten Landes zu kaufen, in dessen Mitte ich mir diesen Bungalow setzen ließ, in welchem ich mich zur Zeit aufhalte … und das mir nicht mehr gehört.

In dem Maße, in welchem meine Plantage sich entwickelte, wurde ich selber von Arbeit entlastet. Ich hatte Arbeiter und Aufseher, die zuverlässig und treu waren, weil ich sie als Menschen behandelte und sie menschlich entlohnte. Meine Produkte wurden mir unter den Händen weggekauft, so daß ich auch auf den Absatz nicht viel Arbeit verwenden mußte. Mein Vermögen wuchs, ohne daß ich eigentlich meine Hände noch zu rühren brauchte.

Unter diesen Umständen war es zu verstehen, daß ich Ausschau nach anderer Betätigung hielt und daß dieses Suchen mich mit mehr Menschen in Berührung brachte, als ich in meinem ganzen früheren Leben kennengelernt hatte. Manchem mag ich dabei verwunderlich erschienen sein. Ich galt als ein tüchtiger und energischer Kaufmann … und war doch, sobald ich in Gesellschaft kam, linkisch und unbeholfen. Ich hatte eine Seite des Daseins vor mir, die ich nie recht kennengelernt hatte. Ich kannte wohl den Wert meiner Ware und der Ware meines Konkurrenten, aber ich kannte nicht meinen persönlichen Wert und den Wert der Menschen, die ich vor mir hatte.

Es ist nicht wahr, daß die einfachen und schlichten Menschen eine Hilfe in ihrem Instinkt haben. Im Gegenteil. Ihre Gutgläubigkeit und ihr Vertrauen liefern sie allen Menschen aus, die es, wenn auch für den Eingeweihten nur dem Anschein nach, gut mit ihnen meinen.

Hier muß ich eines einschalten: schon in Holland hatten mich Vorgesetzte und Kollegen in gutmütigem Spott als den fleißigen deutschen Michel bezeichnet. Dieser Name war mir auch nach Java gefolgt, nur daß er da in der ungeschickten Aussprache der Eingeborenen die Form Mikel oder Miquel angenommen hatte. Wenn man von Mohringer sprach, so sagte man gewohnheitsgemäß Miquel. Auch in Ceylon hieß ich Miquel. Es gab viele Menschen, die nur diesen Namen kannten, zumal ich meine Geschäfte nicht unter meinem Privatnamen betrieb, sondern unter einem Gesellschaftsnamen.

Auf der Suche nach einer Möglichkeit, mein Vermögen arbeiten zu lassen, kamen natürlich viele Agenten und Interessenten zu

♠

mir, die mir diese oder jene Pläne unterbreiteten. So kam auch eines
Tages ein älterer Herr zu mir, der sich Alming nannte und der von
der britischen Regierung ein größeres Gelände gepachtet hatte, auf
welchem er nach Edelsteinen suchte. Es befand sich im Osten und
Nordosten von Kandy. Sein eigenes Vermögen war gering. Neben
der recht hohen Pacht blieb ihm kaum genügend Geld übrig, um
die Arbeiter für die Schürfungsarbeiten zu bezahlen. Er bot mir an,
mich zu beteiligen.

Ich ging der Sache aufmerksam nach. Er schuldete der Regierung schon einige hundert Pfund an Pacht und konnte auf einem
Gebiete, das große Ausschachtungsarbeiten verlangte, kaum zwanzig Arbeiter beschäftigen. Da mir die Sachverständigen das Gebiet
als ertragreich bezeichneten, übernahm ich für ein Jahr der Regierung gegenüber die Bürgschaft für die Pacht und stellte aus meinen
Mitteln hundert Arbeiter und genügendes Werkzeug. Dafür wurde
mir die Hälfte des Erlöses zugesagt.

Die Ausbeute war nicht schlecht, und es stand zu erwarten, daß
mein Kapital gute Zinsen tragen würde. Darum entschloß ich mich,
den Vertrag für ein weiteres Jahr zu verlängern. Es wäre vielleicht
auch alles seine geraden und schlichten Wege gegangen, wenn nicht
ein Mensch in die Erscheinung getreten wäre, der mir zum Verhängnis wurde: der Sohn Almings.

Er war damals ein Bursche von vielleicht zwanzig Jahren, ver-
zogen, verwöhnt und sehr eigenwillig. Schon damals beherrschte
er seinen Vater vollkommen. Er brauchte Geld und immer wieder
Geld. Er verpraßte es im Spiel und im Trunk. Was der Vater mit
meiner Hilfe verdiente, ging an den Sohn. Ich konnte nichts dagegen tun und hatte auch nicht das Recht dazu, mich in ihre Angele-
genheiten zu mischen.

Aber auf die Dauer war es so peinigend, immer Zeuge ihrer Aus-
einandersetzungen zu sein, daß ich dem alten Alming mitteilte, ich
würde mich mit Ablauf des neuen Vertrages nicht weiter an seinem
Unternehmen beteiligen. Er war verzweifelt und stellte mir vor, daß
er zugrundegehen würde, wenn ich meine Beteiligung zurückzöge.
Er war sich darüber klar, daß er einen andern Sozius nicht finden
würde, denn sein Sohn hatte sich und ihn in einen Ruf gebracht, der
jeden ehrbaren Menschen von ihnen fernhielt.

♠

Der Alte tat mir leid, und die Möglichkeit des Verdienstes lockte mich. Ich schwankte lange Zeit, was ich tun sollte. Dann machte ich ihm einen Vorschlag: ich wollte ihm das Pachtrecht abkaufen und ihm den Preis in bar auszahlen. Nur sollte er dann endgültig von dem Pachtgrund mitsamt seinem Sohne verschwinden.

Er war nicht abgeneigt, darauf einzugehen. Aber irgendwie hatte der Sohn davon erfahren und hinderte seinen Vater, den Vertrag abzuschließen. Er wollte auf diese dauernde Einnahmequelle nicht verzichten. Ja, er zwang ihn sogar, ihm seine Pachtrechte abzutreten. Eines Tages trat er mir mit diesem neuen Vertrage entgegen und sagte: ›Von jetzt an haben Sie es mit mir zu tun.‹

Ich erklärte ihm, daß ich mit ihm nichts zu tun haben wollte, und daß ich nach Ablauf des Vertrages mit seinem Vater mich endgültig zurückziehen würde. Diesen Vorsatz führte ich auch aus, trotz aller Bitten des jungen Alming. Ich hatte keinen Gewinn, aber auch keinen Verlust bei diesem Unternehmen gehabt, und glaubte, daß ich nun einen Strich unter dieses Geschäft ziehen könne.

Aber es kam anders. Wie zu erwarten stand, fand sich niemand bereit, Alming weiterhin zu finanzieren. Was man dem Vater noch an Vertrauen zugebilligt hätte, versagte man dem Sohne endgültig und mit offener Begründung.

Ich hatte die ganze Angelegenheit fast vergessen, als eines Tages sich ein junges Mädchen in meinem Hause in Kandy melden ließ. Ich war überrascht von ihrer Schönheit und Anmut, von ihrem zugleich sicheren und bescheidenen Wesen. Ich sagte schon, daß mir nicht viel Menschenkenntnis zur Verfügung stand, und so war ich auch dieser Frau gegenüber arglos und vertrauensvoll. Sie kam mit einer Botschaft von Alming, oder, wie er sich zum Unterschied von seinem Vater nannte: Mingal. Sie bot mir in seinem Namen das Pachtrecht zum Kauf an.

Da regte sich der vorsichtige Kaufmann in mir, und ich fragte: ›Warum kommt er nicht selber zu mir? Warum bedarf es da einer Vermittlung?‹

Das junge Mädchen antwortete: ›Er schämt sich vor Ihnen.‹

›Soweit ich es übersehen kann,‹ mußte ich antworten, ›ist es nicht gerade seine starke Seite, sich zu schämen. Was bisher von ihm bekannt geworden ist, sagt eigentlich das Gegenteil.‹

♠

›Sie haben vollkommen recht‹, erwiderte sie. ›Aber er hat jetzt selber eingesehen, daß er mit dieser Lebensführung nicht weiterkommt. Er hat sich jetzt völlig umgestellt. Wenn Sie ein Interesse daran haben, will ich Ihnen Einzelheiten erzählen.‹

›Sie würden ihm und meinem Vertrauen vielleicht besser dienen, wenn Sie mir sagen würden, welches Interesse Sie an Mingal haben.‹

Sie blieb völlig unbefangen: ›Herr Mingal wohnt bei meiner Mutter. Wir haben ihn, da wir bescheiden leben müssen, ein Zimmer abgegeben. Abends hat er uns häufiger von seinem Schicksal und seinem Treiben erzählt. Meine Mutter und ich sind beide überzeugt, daß er sich gründlich gebessert hat, und es schien uns ein Akt der Menschlichkeit, ihm zu helfen.‹

Warum sollte ich diese Dinge nicht glauben? Warum sollte ich mißtrauisch sein? Das junge Mädchen sah nicht so aus, als ob sie eine abgefeimte Lügnerin sei. Immerhin überwog noch mein Widerstand, und es standen mir noch zu deutlich die widerlichen Szenen zwischen Vater und Sohn vor Augen, als daß ich schon in diesem Augenblick eine Entschließung hätte fassen mögen. Ich machte daraus auch kein Hehl. Das junge Mädchen – ich will schon jetzt den Namen nennen, den sie trug: Olly – hatte auch Verständnis für meine Vorsicht und sagte: ›Niemand kann von Ihnen erwarten, daß Sie sich von heute auf morgen entscheiden. Ich bin aber sicher, daß Sie anders denken werden, wenn Sie sich selber von Mingals Lebensführung überzeugen.‹

Ich hatte keinen Anlaß, mich zu überzeugen. Weder Mingal noch sein Pachtrecht noch seine Edelsteine gingen mich etwas an. Aber ich fühlte, daß Olly mich etwas anging. Ich hatte Jahr um Jahr bescheiden und zurückgezogen gelebt. Keine Frau war in mein Leben getreten, für die ich eine Zuneigung oder auch nur ein Interesse empfunden hätte. Die harte Arbeit beanspruchte mich genügend. Jetzt war es anders. Ich sah Menschen, die zufrieden und glücklich miteinander lebten, die nicht allein waren und die sich gegenseitig halfen und schützten. Ich spielte mit dem Gedanken, auch zu diesen Glücklichen zu gehören.

Ich versprach Olly, mich bei Gelegenheit nach Mingals Lebensführung zu erkundigen und ihr Bescheid zu geben. Sie war mit diesem Ergebnis zufrieden und entfernte sich.

♠

Was Mingal und seine Steine nicht vermocht hätten, vermochte Olly. Ich ließ mir einen Agenten kommen, den ich mit einem Bericht über Mingal beauftragte, zugleich aber auch mit einem Bericht über Olly. Nach etwa einer Woche übergab er mir seine Ermittlungen. Mingal betätige sich als Verkaufsagent und verwende seine Einnahmen dazu, um die Pacht an die Regierung zu bezahlen. Man sah ihn nirgends mehr, besonders nicht an den Orten, an denen er sonst gespielt und getrunken hatte. Seine Kumpane, die ihm sonst geholfen hatten, den Verdienst seines Vaters zu verschwenden, waren am meisten erstaunt über diese Wandlung.

Über Olly wußte er zu berichten, daß sie die Tochter einer armen Witwe war, die in der nördlichen Vorstadt wohnte und über deren Herkunft niemand etwas wußte. Sie lebten zurückgezogen. Mehr war nicht zu erfahren.

Ich bat Olly durch einen Boten, zu mir zu kommen. Sie kam noch am gleichen Tage. Ich sagte ihr, daß ich grundsätzlich bereit sei, Mingals Pacht zu erwerben, wenn er damit einverstanden sei, daß der Kaufpreis in Raten gezahlt werde.

Was ich damit bezweckte? Ich wolle Olly nochmals wiedersehen. Natürlich wäre ich imstande gewesen, den Betrag auf einmal zu zahlen. Daß ich es nicht tat, war ein verhängnisvoller Entschluß.

Olly trug diese Botschaft zu Mingal. Er war nicht sogleich einverstanden. Er schickte seine Botin nochmals und ließ nach den Gründen fragen, aus denen ich Ratenzahlungen anbot. Was sollte ich sagen? Daß ich im Augenblick kein Geld frei hätte? Niemand würde mir das glauben. So sagte ich: ›Mingal soll nicht dadurch wieder in Versuchung kommen, daß er viel Geld auf einmal in die Hände bekommt. Ich müßte mir den Vorwurf machen, ihn seinem früheren Leben wieder zugeführt zu haben.‹

Aber schon, als ich diese Antwort erteilte, hatte ich das unklare Gefühl, damit eine Verantwortung zu übernehmen und eine Verbindung zwischen Mingal und mir zu schaffen, die ich ursprünglich nicht gewollt hatte, vor der ich sogar schon einmal geflohen war.

Allein der Gedanke, dadurch auch Olly öfter zu sehen, war bestimmend und verwischte alle anderen Vorstellungen. Von Mal zu Mal vertiefte sich in mir das Gefühl, daß ich dieses Mädchen zu mir herüberziehen müsse. Vergebens hielt ich mir den Unterschied des

♠

Alters vor. Meine Vernunft stand nicht mehr unter Kontrolle. Meine Leidenschaft, aufgespart, unverbraucht, unerfahren, bekam das entscheidende Gewicht und gab den Ausschlag.

Die Verhandlungen ergaben ein Hin und Her, das meinen Plänen förderlich schien. Bei alldem lehnte ich es ab, mit Mingal persönlich zu verhandeln. Es ist nichts mehr über die Gründe zu sagen. Jeder wird sie verstehen.

Ehe ich den fertigen Vertrag unterschrieb, bekannte ich Olly meine Gefühle und meine Absichten. Sie erwiderte nichts darauf. Sie ging fort und ließ den Vertrag bei mir liegen. Ich war überzeugt, sie verletzt zu haben und litt darunter. Aber warum sollte ich diesen Vertrag unterschreiben, der mich nichts anging, wenn ich dadurch Olly nicht gewinnen konnte? So warf ich den Vertrag beiseite und glaubte, um eine Hoffnung ärmer zu sein.

Nach wenigen Tagen erschien Olly wieder. Sie war sehr ruhig und sehr blaß. Ohne etwas zu erklären, sagte sie zu mir: ›Geben Sie mir den Vertrag.‹

Ich fand ihn zwischen meinen Papieren auf dem Schreibtisch und gab ihn ihr. Sie blickte darauf: ›Es fehlt Ihre Unterschrift. Wollen Sie nicht unterschreiben?‹

In den Tagen ihrer Abwesenheit hatte ich mehr gelitten, als ich es mir je als möglich vorgestellt hatte. Es gab jetzt für mich nur zwei Möglichkeiten. Entweder mußte ich moralisch zum Erpresser werden oder … mußte aus Kandy fortgehen. Ich hatte in diesem Augenblick mit ungeahnter Stärke die Vorstellung eines ruhigen, wenn auch etwas einsamen und leeren Daseins in Dinkholder am Rhein. Ein Rest von Heimweh erwachte, und ich sagte ihr: ›Ich werde den Vertrag nicht unterschreiben.‹

Sie sah mich groß und erschreckt an: ›Warum nicht?‹

›Weil ich fort will. Ich will alles verkaufen, was ich besitze, und in meine Heimat gehen. Sie wissen, daß ich diesen Vertrag nicht um Mingals willen machen wollte. Jetzt, wo ich weiß, daß ich Sie verletzt habe … und daß Sie nicht zu mir kommen mögen, habe ich hier nichts mehr zu suchen.‹

Ich kann nicht sagen, ob meine Worte nur zu ihrem Verstande gelangten oder ob sie den Weg über ihr Gefühl nahmen. Bis zu diesem Augenblick ist es mir zweifelhaft. Ein Rest von Glauben an

♠

den guten Kern im Menschen hindert mich, zu sagen, daß sie nur schlecht sei …«

Hier wurde Arens Vorlesung durch einen Aufschrei unterbrochen. Olly war aufgesprungen, geisterhaft bleich, die Hände gegen die Schläfen gedrückt. Sie wollte etwas sagen, aber sie vermochte es nicht.

»Ist es nicht besser,« sagte Aren, »wenn Sie nicht weiter zuhören? Sie selbst haben es gewollt. Aber ich rate Ihnen: Gehen Sie.«

Sie schüttelte den Kopf: »Ich will nicht … feige sein. Ich bleibe. Ich werde Sie nicht mehr stören.«

Aren beugte sich wieder über die Blätter und las weiter:

»Ich glaube, sie stand unter einem bösen, verhängnisvollen Zwang und handelte unfrei. Sie drückte mir die Feder in die Hand und sagte: ›Schreiben Sie … und ich werde den Vertrag durch einen Boten zu Mingal schicken lassen.‹

›Und Sie?‹ fragte ich ängstlich und verwirrt und voll Zweifel.

›Ich habe meiner Mutter gesagt, daß ich es übernommen hätte, Ihren Haushalt zu führen.‹

Ich erinnere mich nicht mehr klar, wie ich meinen Namenszug zustande gebracht habe. Ich weiß nur, daß ich in jener Sekunde mein Todesurteil unterschrieben habe – – –

Für mich selbst habe ich immer ein bescheidenes Dasein geführt. Für Olly schien mir das Kostbarste kaum gut genug. Ich hatte es nicht nötig, zu sparen. Was ich aus dem Erlös der Steine nicht als Amortisation betrachtete, gab ich ihr. Ich weiß nicht, wieviel es gewesen ist; aber es reichte hin, der Neid von vielen zu erregen.

Wie es der Vertrag vorsah, wurden die Raten an Mingal gezahlt, und eines Tages war der Kaufpreis getilgt. Von Mingal selbst hatte ich weder in der Zwischenzeit etwas gehört noch gesehen. Ich kümmerte mich auch nicht um ihn. Ich war zu sehr den Freuden dieses neuen Daseins ausgeliefert.

Aber diese Freude war nicht ohne geheime Befürchtungen. Sehr oft habe ich Olly gedrängt, sich in aller gesetzlichen Form mit mir zu verheiraten. Immer lehnte sie ab, unter tausend Vorwänden, denen ich nicht gewachsen war. Ich dachte daran, sie auf eine andere Weise an mich zu fesseln, indem ich sie zu Ansprüchen erzog und ihr viel Geld anvertraute, über das sie nie Rechenschaft abzulegen

♠

brauchte. Aber mit allem habe ich das Gegenteil erreicht und mein Schicksal nur beschleunigt …

Sie bat mich eines Tages, mit zu den Diamantfeldern hinausfahren zu dürfen. Es verstand sich, daß ich ihrer Laune nachgab. Sie zeigte aber für alles, was sie dort zu sehen bekam, so viel Interesse, daß die Dunkelheit hereinbrach, ehe ich sie bewegen konnte, mit der Besichtigung aufzuhören. Während ich den Motor meines Wagens untersuchte, ging sie, scheinbar um ein letztes Interesse zu befriedigen, in eine der Baracken, in denen sich die eingeborenen Arbeiter zur Kontrolle melden mußten, ehe es ihnen erlaubt war, das eingezäunte Arbeitsfeld zu verlassen. Diese Räume sind mit allen modernen Mitteln ausgerüstet, sogar mit Röntgenapparaten. Oft verschlucken die Arbeiter wertvolle Steine, die sie gefunden haben, und sie müssen dann auf diese Weise untersucht werden.

Darum sah ich nichts Auffälliges darin, daß Olly sich für diesen Raum interessierte. Aber kaum hatte sie ihn betreten, als das Licht drinnen erlosch und ich sie einen lauten Schrei der Angst ausstoßen hörte. Mit zwei, drei Sprüngen war ich an der Tür und sah Olly am Boden liegen. Ein Mann, im Halbdunkel nicht zu erkennen, beugte sich über sie und griff nach ihr. Ohne Besinnen zog ich meine Waffe und schoß auf die Gestalt. Sie brach lautlos zusammen.

Ich riß Olly vom Boden auf, entsetzt von dem Gedanken, daß ihr etwas geschehen sei. Aber sie war unverletzt und unberührt. Nur schien der Schreck sie derartig erschüttert zu haben, daß sie auf alle meine Fragen keine Antwort gab.

Durch den Schuß alarmiert, kamen Wächter mit Waffen und Hunden herbei. Aber ehe sie noch die Baracke betreten konnten, tauchte, wie ein böser Geist dem Boden entstiegen, Mingal in der Tür auf und hielt sie zurück. ›Es ist nichts‹, sagte er zu ihnen. ›Gehen Sie nur wieder.‹

Die Wächter zögerten und warteten offenbar auf einen Befehl von mir. Ich hatte inzwischen Licht gemacht, um zu sehen, wer eigentlich der Eindringling sei. Ich leuchtete ihm ins Gesicht … und taumelte vor Schreck zurück. Vor mir auf dem Boden, mit einem Schuß durch die Stirn lag der alte Alming…

Mingal stand neben mir und raunte: ›Sagen Sie den Wächtern, daß sie weggehen sollen. Sie brauchen das nicht zu sehen.‹

♠

Ich hätte diesen Befehl nicht erteilen sollen. Ich tat es jedoch in meiner Bestürzung und Erregung. Ich nahm mir so die Zeugen, die meine Unschuld hätten beweisen können und lieferte mich selber meinem Henker aus.

Wir drei, Mingal, Olly und ich, standen schweigend in dem Raume. Eine Blutlache schillerte in dem matten Licht.

Mingal deutete drohend auf den Boden: ›Was haben Sie getan?‹

Ich ahnte wohl den Sinn der Drohung, aber sie konnte mich nicht treffen.

Ich konnte noch mit ruhigem Gewissen erzählen, was sich abgespielt und welche Situation ich vorgefunden hatte, als ich Ollys Schrei hörte. Wer konnte mir da vorwerfen, ich hätte anders gehandelt als in Abwehr einer Gefahr, in der ich einen geliebten Menschen sah? Kein Gericht würde mich auch nur mit einem Schatten des Vorwurfs belasten können.

Aber Mingal schüttelte den Kopf: ›Sie haben keinen Anlaß gehabt, zu schießen. Niemand hat Olly bedroht, am wenigsten mein alter Vater. Sie haben ihn ermordet. Das ist alles.‹

Nichts war sinnloser als dieser Vorwurf und niemand konnte ihn leichter widerlegen als Olly selbst. Ich wandte mich zu ihr: ›Willst du ihm nicht sagen, wie alles gekommen ist? Hat er dich nicht bedroht und zu Boden geworfen? Wollte er dir nicht Gewalt antun?‹

Sie sagte sehr kühl: ›Ich verstehe nicht, was du da sagst. Vater Alming saß ganz ruhig dort in der Ecke und sagte, er wünsche dich zu sprechen. Ich wollte dich rufen oder dir Bescheid geben. Dabei bin ich gestolpert und habe vielleicht – ich weiß es nicht einmal genau – einen kleinen Schrei ausgestoßen. Und als du hereinkamst, war der gute Alming gerade im Begriff, mir zu helfen. Das ist alles.‹

Mir dämmerte langsam die Erkenntnis von dem Sinn dieses Vorfalles. ›Und warum hast du mich nicht über das Geschehene aufgeklärt, als ich kam?‹

Sie verweigerte zunächst die Antwort. Dann, mit einem Blick auf Mingal, erwiderte sie: ›Du hast gleich geschossen. Ich hatte keine Gelegenheit, dir Aufklärung zu geben. Es lag dir auch vielleicht gar nicht daran, zu wissen, was geschehen sei...‹

Mingal lachte häßlich: ›Ich finde es recht feige, Herr Miquel, daß Sie jetzt noch den Versuch machen, Ihr Verbrechen zu beschönigen.‹

♠

Sie waren blind vor Eifersucht; das ist alles. Konnten Sie im Ernst daran denken, daß mein Vater, ein alter und ruhiger Mann, Ihnen Ihren Besitz streitig machen wollte?‹

›Ich konnte ihn doch gar nicht erkennen!‹ rief ich. ›Es war völlig dunkel im Raume. Ich sah nur eine Gestalt; weiter nichts.‹

›Olly,‹ fragte er mit betonter Stimme, ›war es dunkel im Raume oder nicht?‹

Sie zuckte die Achseln: ›Jedenfalls war es hell genug, daß ich deinen Vater erkennen konnte. Miquel hätte ihn auch erkennen können.‹

Nun war das Komplott fertig. Hätte ich noch einen Zweifel daran haben können, daß alles vorbereitet und vorbedacht war, die nächste Sekunde würde alles aufgeklärt haben. Ich sagte zu Olly: ›Man muß die Sache den Gerichten überlassen. Komm mit. Wir wollen nach Hause fahren.‹

Olly schüttelte den Kopf: ›Ich fahre nicht mit dir. Ich will nichts mit den Gerichten zu tun haben. Du hast die Sache eingefädelt. Du mußt sie auch zu Ende führen.‹

Mingal legte mit häßlichem Lachen seinen Arm um Ollys Schulter: ›Sie erlauben wohl, Herr Miquel, daß wir uns von diesem Tatort entfernen. Auch ich habe nicht gern mit Gerichten zu tun. Wir werden Ihren Wagen nehmen und ihn später in Ihrem Hause abliefern.‹

Damit verließen die beiden die Baracke. Ich stand da in der nächtlichen Dunkelheit, mit wirren Gedanken, halb gelähmt, mit den ersten gewaltigen Keulenschlägen meines neuen Schicksals. Vor mir lag ein Toter. Nicht ich hatte seinen Tod auf dem Gewissen. Aber niemand stand mir zur Seite, der es mir hätte bezeugen können. Es waren nur zwei Zeugen vorhanden, die in jedem Augenblick bereit waren, meine Schuld zu beschwören.

Wenn ich es heute bedenke, wäre es nicht unmöglich gewesen, eine Lösung zu finden. Ich hätte die Wächter rufen können. Ich hätte den beiden den Weg zu meinem Wagen verlegen und sie festhalten können. Ach, es wäre so vieles möglich gewesen … was nicht möglich war, was sich meinen zerrütteten Nerven und meinem erschütterten Gemüt versagte. Ich saß da, ließ die Stunden vergehen und sah mit Entsetzen, daß es draußen dämmerte und mich nur

♠

wenige Stunden von dem Augenblick trennten, wo die Arbeiter und Aufseher kommen würden ...

Ich spähte nach draußen, um zu sehen, wo sich die Wächter befanden. Ihre Laternen schwankten weit hinten auf einem anderen Teile des Feldes. Da nahm ich den Körper auf, wickelte ihn in eine Zeltbahn, die in der Baracke lag, und schleppte ihn zu einer Geröllhalde. Dort lag Gestein, das schon untersucht war und das auf Jahre hinaus nicht mehr berührt wurde. Mit meinen nackten Händen wühlte ich eine Öffnung hinein, legte meine Last nieder und schichtete Haufen von Gestein darüber. Nur ein Zufall konnte jetzt dieses Grab wiederfinden ... und bis heute hat es niemand gefunden ...

Dann ging ich in die Baracke zurück und verwischte sorgfältig alle Blutspuren. Ich tat alles das – wie gesagt – nicht mit klarem Verstande, sondern mit der Hellsichtigkeit des Instinktes, mit der Geschmeidigkeit, mit der ein Verbrecher nach seiner Tat arbeitet. Was nützte es mir, daß ich mich schuldlos wußte? Es standen Zeugen gegen mich, und alles, was ich tat, diente nur dazu, meine Schuld zu bestätigen.

Es wurde Morgen und die Arbeiterkolonnen rückten an. Ich ging auf dem Felde umher, als sei ich gerade eben angekommen. Bald traf auch mein Chauffeur mit dem Wagen ein. Er berichtete, Olly habe ihm den Auftrag gegeben, mich abzuholen. Auch jetzt noch war ich nicht frei in meinen Entschließungen. Warum folgte ich diesem unausgesprochenen Befehl? Warum ergriff ich nicht sofort die Flucht? Warum ging ich nicht noch in letzter Minute zu den Behörden, um alles klarzustellen und mich zu rechtfertigen? Ich tat es nicht, weil Olly mir befahl, zu kommen. Ich war ihr schon in einem Maße unterworfen, daß es keinen Widerstand mehr für mich gab.

So ließ ich mich nach Kandy zurückfahren. In meinem Arbeitszimmer saßen Olly und Mingal, beide kühl und beherrscht. Ich glaubte, es sei noch möglich, alles zu klären und zu beschwichtigen, vor allem: Olly nicht zu verlieren. Aber der Angreifer ist immer der Stärkere. Ehe ich noch ein Wort sagen konnte, verlangte Mingal: ›Geben Sie mir den Vertrag über das Pachtrecht.‹

Dieses Verlangen entschleierte alle Vorgänge. Ich nahm den Vertrag aus meinem Schreibtisch und zerriß ihn vor Mingals

Augen. ›Den Vertrag kann ich Ihnen leider nicht mehr geben, weil ich ihn nicht mehr habe. Aber jedermann weiß, daß mir die Felder gehören. Sie werden nicht in der Lage sein, Ihr Eigentum zu behaupten.‹

›Wie Sie wollen, Herr Miquel. Würden Sie mir gestatten, Ihre Grundstücke zu betreten, um die Leiche meines Vaters zu holen? Ich muß doch als Sohn meine Pflicht tun und für ein ordentliches Begräbnis sorgen.‹

Eine Sekunde lang erwog ich, allem ein Ende zu machen und mit ruhiger Entschlossenheit Mingal, Olly und mich zu erschießen. Aber ich verweilte zu lange bei dem unmöglichen Gedanken, Olly ein Leid zuzufügen, und diese Weile der Überlegug genügte für Mingal, den kalten, geschmeidigen, gewissenlosen, die Situation wieder an sich zu reißen.

›Oder kann ich annehmen, Herr Miquel, daß Sie diese Pflicht schon für mich erfüllt haben? Das wäre edel, aber … gefährlich.‹

Ich schwieg. Was sollte ich antworten? Ich wußte, was kam. Darum fragte ich nur noch: ›Wieviel?‹

Er entrüstete sich: ›Halten Sie mich für einen Erpresser?‹

›Ja. Nicht nur Sie, sondern auch Olly.‹

Sie lachte mich aus: ›Wofür habe ich denn die ganzen Jahre bei Ihnen ausgehalten?…‹

Aber sie wagte doch nicht, weiterzusprechen. Es war vielleicht ein Rest von Schamgefühl in ihr erwacht. Mingal ließ es auch nicht zu, daß weiter darüber gesprochen wurde. Er sagte: ›Die Lage ist zu klar, Herr Miquel, als daß es noch Zweck hätte, Erwägungen anzustellen. Ich habe nichts mehr von Ihnen aus dem Vertrage zu fordern. Was ich bekommen habe, habe ich ausgegeben. Leider ist mein Ruf nicht so, daß mir ein Mensch noch Geld darauf gibt. Darum hatte ich meinen Vater kommen lassen, damit er wieder etwas Kredit für mich beschafft. Jetzt kann er nichts mehr für mich tun. Es ist Ihre Schuld, daß er es nicht mehr kann. Es ist nicht mehr als gerecht, daß Sie mir einen Ausgleich dafür geben. Und was Olly anlangt: sie ist schon meine Braut gewesen, ehe sie zu Ihnen kam. Sie hat kostbare Jahre dafür geopfert, um mich in den Besitz der Raten aus unserem Vertrage zu bringen. Sie werden auch dieses Opfer angemessen belohnen müssen. Verstehen Sie mich recht: ich will damit keinen Druck auf Sie ausüben. Es steht vielmehr in Ihrem freien Ermessen, ob Sie uns beide entschädigen wollen oder nicht.‹

›Wieviel?‹ fragte ich noch einmal.

›Nach Ihrem Belieben‹, sagte er höflich. ›Ich fordere nichts.‹

›Tausend Pfund?‹ schlug ich ihm vor.

›Für jeden von uns‹, meinte er kaltblütig. ›Damit bin ich einverstanden.‹

Also schrieb ich einen Scheck über zweitausend Pfund aus. Es wäre besser gewesen, ich hätte ihnen gleich mein ganzes Vermögen gegeben, dann wäre es mit einem Male erledigt gewesen. Aber ich war immer noch arglos genug, zu glauben, daß ich von jetzt an Ruhe haben würde.

Jeder wird verstehen, daß diese Zahlung nur der Anfang war. Nach drei Monaten stellte sich Mingal wieder ein und bat, immer in höflicher Form, um einen weiteren Betrag. Ich bot ihm an, meine Plantage und die Diamantenfelder zu übernehmen und mich alsdann in Frieden zu lassen. Er lachte mich nur aus und sagte mit der ruhigsten Miene: ›Ich eigne mich nicht zum Arbeiten. Wenn ich Ihre Plantage und Ihre Felder habe, dann bin ich nur gezwungen, mich darum zu kümmern, und ich verstehe vom Geschäft nichts. Es ist schon besser, Sie arbeiten weiter. Ich möchte Sie auch nicht so in Anspruch nehmen, daß Ihnen die Möglichkeit zu weiterem Verdienst genommen wird. Denn darunter würden Olly und ich am meisten leiden.‹

Das hieß also, daß ich mein ganzes ferneres Leben und Arbeiten in den Dienst dieser Erpresser stellen sollte. Ich tat es, solange ich es ertragen konnte. Von Zeit zu Zeit erschienen die beiden Mahner wieder. Das lähmte auf die Dauer meine Tätigkeit und machte mich mürbe. Ich vernachlässigte meine Geschäfte. Ich war gezwungen, meine Plantagen zu verkaufen. Der Erlös ging den bekannten Weg. Auch meine Diamantenfelder konnte ich bald nicht mehr halten. Jedermann wußte, daß ich in geschäftlichen Schwierigkeiten war, und so war der Preis, den ich erzielen konnte, nur ein geringer. Aber was nützte es? Ich mußte eben Geld beschaffen, unaufhörlich und in immer steigendem Maße.

Dann kam es so weit, daß ich mein Haus in Kandy verkaufen mußte, auch dieses Mal zu einem Spottpreis. In Nacht und Nebel verließ ich die Stadt und zog mich in meinen Bungalow zurück. Es war eine lächerliche Selbsttäuschung, anzunehmen, daß ich dort Ruhe finden würde. Nach einem Monat hatten sie mich aufgestöbert.

Nur waren es jetzt nicht mehr zwei, sondern drei Menschen, die sich auf mein Vermögen stürzten … und ich selbst habe die Hand dazu geboten. In einem Augenblick der Verzweiflung hatte ich mich an den Agenten Ovel gewandt, der mir vor meiner Einreise nach Ceylon das Gelände für meine Plantagen beschafft hatte. Ich erzählte ihm alles, was geschehen war, und bat ihn um seinen Rat und um seine Hilfe. Er versprach, sich den Fall zu überlegen … und er hat ihn sich gründlich überlegt.

Er wußte jetzt nicht nur, daß ich jederzeit unter Anklage des Mordes kommen, sondern auch, daß Mingal jederzeit als Erpresser entlarvt werden könnte. Was tat er? Er wurde selbst nach beiden Seiten hin zum Erpresser. Er bedrohte gleichermaßen Mingal und mich. Aber die beiden hatten sich bald als ebenbürtig und als Menschen von gleicher Gesinnung erkannt. Sie vereinigten sich in ihren Anforderungen an mich. Sie wurden gute Freunde, die beide das gleiche Geheimnis zu hüten hatten.

Vor einem Monat haben sie mich gezwungen, diesen Bungalow zu verkaufen. Morgen schon wird der neue Besitzer hier erscheinen. Die letzten acht Tage habe ich benutzt, um den Rest meines Vermögens, den ich immer sorgfältig verborgen gehalten habe, in Sicherheit zu bringen. Aus der Ausbeute der Felder habe ich im Laufe der Jahre eine Reihe von schönen Stücken für mich behalten. Ich habe sie in drei Lederbeutel verpackt und sie an dem Nordabhang des Pik Adam verborgen. Ich habe einen genauen Plan aufgezeichnet, damit einmal meine Erben sich in den Besitz der Steine setzen können. Den Plan habe ich in ein Buch eingeklebt, das ich aus Zufall einmal erstanden habe. Wie der Plan zu deuten ist, beschreibe ich hier auf einem besonderen Blatt dieser Aufzeichnungen. Das Buch werde ich mit mir nehmen, wenn ich jetzt dieses Land verlasse, arm wie zu allem Anfang und an Herz und Geist völlig zerrüttet.

Ich werde nicht nach Dinkholder zurückgehen, wie ich es mir immer gedacht habe. Meine Geschwister sollen nicht Zeugen davon werden, wie man versuchen wird, mich um das Allerletzte zu

♠

bringen, denn meine Peiniger wissen, daß ich diesen Schatz besitze und verberge. Aber ich will etwas mehr in der Nähe meiner Brüder sein als jetzt. Ich habe dann aus dieser Nähe ein ruhigeres Gefühl. Mögen die anderen kommen und versuchen, sich zu bereichern. Gebe Gott, daß es ihnen nicht gelingt, den Plan zu finden. Er wird, wie ich hoffe, mit dem armseligen Rest meiner Habe in die Hände meiner Geschwister gelangen …

Einen letzten Willen füge ich noch hinzu: wenn Olly es vermag, sich von ihren gefährlichen Freunden zu trennen, dann soll sie für die kurze Zeit, in der sie mein Leben froh gestaltet hat, noch einen Anteil aus den Resten meines Vermögens bekommen. Die Erben mögen bestimmen, wieviel es sein soll. Aber es soll nicht vergessen werden, daß ich einmal an einen Himmel auf Erden geglaubt habe …

Michael Mohringer, genannt Miquel.«

Aren sah von seinen Blättern auf. Es war ganz still geworden im Raume. Nur Ollys verhaltenes Weinen sprach von Schuld und von einem verfehlten Dasein …

Ende

♠

Nachwort
Josef Kastein oder:
Pik Adam an der
Schwelle des Ruhms

Von Johann-Günther König

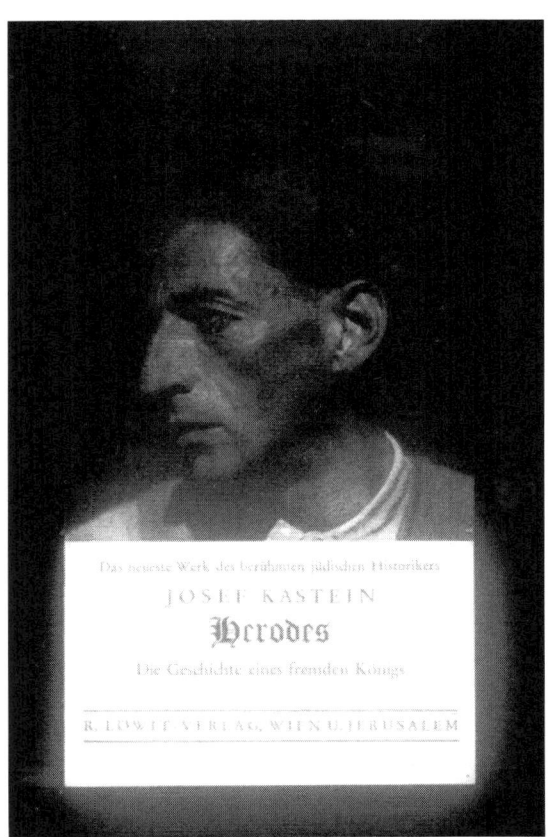

Josef Kastein, dessen bürgerlicher Name Julius Katzenstein lautete, wurde 1890 in Bremen geboren. Der Sohn jüdischer Eltern wuchs in der Alt- und Neustadt auf, studierte Jura und Nationalökonomie, promovierte, gründete eine Familie und praktizierte ab 1918 als Rechtsanwalt in der Langenstraße. Im Frühjahr 1927, in seinem 36. Lebensjahr, verließ er nach der Trennung von Frau und zwei Söhnen plötzlich die Hansestadt, um als freiberuflicher Autor, Literaturhistoriker und Vortragsredner sein Glück im schweizerischen Ascona zu suchen. 1935 übersiedelte der zu jener Zeit international berühmte jüdische Historiker ins »Land seiner Väter«, ins damalige Palästina. Zu jener Zeit erfolgte auch die rechtsverbindliche Umwandlung des Namens Dr. Julius Katzenstein in Dr. Josef Kastein. Der gebürtige Bremer verstarb 1945 in Haifa. Die wichtigen Stationen seines – zur Hälfte in der Hansestadt zurückgelegten – Lebensweges veranschaulicht die unten anhängende Zeittafel.

Den unterhaltsamen Detektivroman *Pik Adam* schrieb Josef Kastein im Frühjahr 1927 kurz nach seiner Übersiedelung nach Ascona. Wie es dazu kam, schilderte er rückblickend in seinem autobiographischen Textfragment *Mosciken*:

»Ich saß eines Tages am Ufer des Lago Maggiore, ganz ausgeliefert der Schönheit dieser Landschaft, und ganz verloren an das unlösbare Rechenexempel, zehn Schweizer Franken (meinen Bestand an barem Geld) auf dreißig Franken (gleich einem Monat Mietzins) und weitere fünfzig Franken (dem Minimum für einen Monat notwendigster Lebensmittel) proportional aufzuteilen. Ich bin schon auf dem Gymnasium ein so bekannt schlechter Mathematiker gewesen, dass ich mich bei allen Prüfungen auf das Wunder verlassen musste. Es tauchte auch jetzt auf, und zwar in Gestalt eines auffälligen Bekannten, der jetzt als Lektor eines Verlages die Ufer der norditalienischen Seen abgraste. Er graste sie nach Autoren ab, die imstande waren, ihm Manuskripte für eine Sammlung von Detektiv-Geschichten zu liefern. Er bot ein gutes und promptes Honorar. In mir brannten der Neid und das ungelöste Rechenexempel. Er fragte mich, ob ich Autoren kenne, die solche Manuskripte

♠

hätten. Dass Not ›erfinderisch‹ im vollsten Sinne des Wortes macht, erfuhr ich damals. Ich erklärte ihm, selber einer von jenen Autoren zu sein. Er verlangte sofort das Manuskript zu sehen. Ich sagte erfinderisch: ›Es ist noch im Stenogramm. Und ich weiß nicht, ob sich die Abschrift lohnt‹. – ›Erzählen Sie mir kurz den Inhalt und ich werde mich auf der Stelle entscheiden!‹

Über den See her leuchtete weiß gegen heiter blauen Himmel die Kappe des Monte Fridone, zu dessen Füßen ich später die produktivsten Jahre meines Lebens verbrachte. Jetzt lächelte ich ihn aus der Ferne an und bat ihn mit heidnischer Gläubigkeit, mich ›erfinderisch‹ zu machen. Er tat es. Er erzählte mir eine Geschichte und der Lektor und ich hörten zu; jener aufmerksam, ich verwundert. Als der Fridone zuende erzählt hatte, war die Geschichte verkauft. Das Honorar war hoch, nicht nur für jemanden, der vor einer unlösbaren Rechenaufgabe steht. ›Wann werden Sie das Stenogramm abgeschrieben haben?‹ fragte jener. Ich sagte wie im Trance: ›In zehn Tagen‹. Die letzten zehn Franken wurden in Maismehl, Brot, Butter, Kaffee und Zigaretten angelegt. Den Betrag für die Absendung des Manuskriptes lieh mir der Postmeister von Ascona, als er die Summe las, mit der ich es gegen Verlust zu versichern gedachte. Arbeitszeit und Einnahmen gegeneinander abgewogen, ist dieses die erfolgreichste literarische Arbeit meines Lebens gewesen. Sie hat es mir zudem ermöglicht, sorgenlos, wenn auch nicht sorglos, das Material für das erste Buch zu bearbeiten, mit dem ich mich durchsetzen konnte, den *Sabbatai Zewi*.«[1]

Josef Kasteins 1930 im renommierten Berliner Verlagshaus des gebürtigen Bremers Ernst Rowohlt erschienene Monographie *Sabbatai Zewi. Der Messias von Ismir* markierte in der Tat den Beginn seiner Karriere als weltbekannter und hochgeschätzter zionistischer Publizist und Redner – sozusagen gerade noch rechtzeitig vor der Machtergreifung Hitlers. Ausschlaggebend für das Umschwenken auf sein ausschließliches Wirken als zionistischer Jude und Verfasser von »historisch-monographischen Schriften jüdischen Inhalts« war im August 1928 seine Teilnahme an einem von Martin Buber veranstalteten Kurs über die Entstehung des israelitischen Messianismus in Ponte Tresa gewesen. Die dort geführten Gespräche räumten für Kastein den »Weg frei für das, was wohl von Jugend an bereit lag: im Rahmen jüdischer Stoffe produktiv zu werden«.

Dem Martin Buber zugeeigneten Werk *Sabbatei Zewi* folgte nur ein Jahr später das auch von Rowohlt veröffentlichte Werk *Eine Geschichte der Juden*. Das Sachbuch löste sowohl viel Lob als auch heftige Kontroversen aus und machte Josef Kastein weltbekannt. Nachdem 1932 bei Rowohlt die bestechende Monographie *Uriel da Costa oder Die Tragödie der Gesinnung* herausgekommen war und Kastein immer ausgedehntere und erfolgreichere Vortragsreisen unternahm, erschwerten ab 1933 die politischen Entwicklungen zunehmend seine Wirkungsmöglichkeiten. Immerhin, bis zum Beginn des Zweiten Weltkriegs erschienen – nach dem Verbot von Kasteins Büchern in Deutschland überwiegend bei Löwit in Wien – weitere, wiederum ins Englische, Spanische und Hebräische übersetzte grundlegende Werke: *Süßkind von Trimberg oder die Tragödie der Heimatlosigkeit* (1934); *Herodes. Die Geschichte eines fremden Königs* (1936); *Jerusalem. Die Geschichte eines Landes* (1937) und *Jeremias. Der Bericht vom Schicksal einer Idee* (1938).

Das Schreiben von unterhaltsamen literarischen Texten ermöglichte dem 1927 in die Schweiz abgewanderten Bremer Autor die finanzielle Absicherung, die er für sein eigentliches Ziel, die Auseinandersetzung mit der jüdischen Geschichte, benötigte. Da *Pik Adam* im Buchhandel gut lief und Kastein einen willkommenen Honorarsegen bescherte, geriet er in eine durchaus euphorische Stimmung, fühlte sich als »neuer Conan Doyle« und schrieb umgehend einen zweiten Detektivroman: »Er hat den schönen Namen: *Die rote Marie* und ist ein unglaublich rabulistisches Kauderwelsch geworden«, berichtete er einer Bekannten. Da das Manuskript von ihm vernichtet wurde, wissen wir nicht, was der Krimi zu bieten hatte. Es war übrigens nicht das einzige, das vom Autor quasi um die Ecke gebracht wurde. Der um 1927/28 verfasste Roman *Die sieben Reiter* und zahlreiche andere Texte mehr erfuhren auch dieses Schicksal. Von den bis 1929 verfassten fiktiven Texten Kasteins ist einer bislang unveröffentlicht geblieben: *Alltag um Broogmann*. Der Fortsetzungsroman *Die Suche nach Till* wiederum erschien nicht als Buch, sondern als Fortsetzungsroman mit 37 Folgen in einer Berliner Zeitung.[2]

♠

Kasteins Detektivroman *Pik Adam* verdankt seine Entstehung nicht zuletzt der schon in der Weimarer Republik virulenten Vorliebe des Lesepublikums für Krimis. Darüber hinaus »verrät« er, wie übrigens auch der Kaufmannsroman *Melchior*, dass der Verfasser sowohl die Nähe – Bremen – als auch die Ferne – Orte in Übersee – für seine literarischen Zwecke zu schätzen wusste. Die Freie Hansestadt an der Weser bildet jedenfalls nicht zufällig das Terrain in den ersten vier Kapiteln von *Pik Adam*, denn sie war Josef Kastein alias Julius Katzenstein bis zu seinem Wegzug 1927 bestens vertraut. Zum Hintergrund: Seine ersten drei Lebensjahre verlebte der zweite Sohn von Karoline (Lina) und Manus Katzenstein in der kleinen elterlichen Mietwohnung in der altstädtischen Pieperstraße. Es fehlte ihm und seinem Bruder Leopold (1887–1966) in Kindheit und Jugend nicht an elterlicher Fürsorge. Ab 1893 residierte die Familie in der Obernstraße. Der Umzug an diese bessere Adresse war möglich geworden, weil Vater Manus seinen Beruf als Schlachter gemäß den jüdischen Ritualvorschriften an den Nagel gehängt und eine finanziell lukrativere neue Existenz als Handelsmann begründet hatte. Das Familienleben in der Altstadt endete 1902, als Katzensteins in die Neustadt zogen. Und zwar in die Große Johannisstraße 58, wo Manus eine Produktenhandlung eröffnete und bereits ein Jahr später das bis zum Neustadtswall reichende Grundstück mit Wohnhaus, Schuppen und Lagerplatz erwerben konnte. Vor dem Haus erinnert heute ein *Stolperstein* an Karoline Katzenstein, die im Juli 1942 in das Ghetto Theresienstadt deportiert wurde. Ihr Tod wurde mit Datum 20.8.1942 angegeben.[3]

Bemerkenswerterweise lässt Josef Kastein in *Pik Adam* alles ihm wohlvertraute Bremische jeweils nur kurz aufblitzen – ausführlichere Schilderungen etwa von spezifischen Besonderheiten unterbleiben. Das ohne Lageangabe ins Geschehen gerückte Untersuchungsgefängnis zum Beispiel befand sich bis Ende der 1980er-Jahre im reich dekorierten und weitläufigen Gebäudekomplex des von 1891 bis 1906 erbauten Gerichtsgebäudes zwischen der Domsheide und dem Polizeihaus am Wall. Als juristischer Referendar (von 1914 bis 1920) und Rechtsanwalt hat er die Räumlichkeiten und die beiden von Flügeln umschlossenen Binnenhöfe des Gefängnisses ausreichend in Augenschein nehmen können – über die Behandlung der

♠

Untersuchungshäftlinge war Josef Kastein bzw. Dr. Julius Katzenstein gewiss auch im Bilde. Die als Schauplatz fungierende, namentlich nicht benannte Krankenanstalt mit der »besonderen Abteilung für Gefangene« gibt es übrigens nach wie vor. Sie nennt sich Klinikum Bremen-Mitte.

Mit Straßen- und anderen Namen nimmt es Kastein sowohl genau als auch nicht genau. Die erwähnte St. Martinigasse zum Beispiel gehört zwar nachgerade ins Umfeld der St. Martini Kirche am Weserufer, ist aber fiktiv. Und gastliche Anlaufziele namens »Laubfrosch« oder »Schlachthaus« gab es in den 1920er-Jahren in Bremen ebenso wenig wie die Zenithwerke (gut möglich, dass es sich um eine Anspielung auf die legendäre Uhrenmanufaktur Zenith im schweizerischen Le Locle handelt). Andererseits rückt die Neustadt mit der Dorotheen- und Rolandstraße faktisch getreu ins Bild, wird der Flughafen im Neuenlander Feld, der 1926 von der neu gegründeten Deutschen Lufthansa in ihr Streckennetz aufgenommen worden war, mit Fug lärmend in Szene gesetzt. Auch die (utbremische) Sternstraße gab es früher; an ihr standen von 1856 bis 1944 veritable Schulgebäude. Als Kastein 1927 seinen Roman schrieb, boten die Räume Notunterkünfte für zahlreiche Bewohner – allerdings existierte keine Pension Aurora. Im Zweiten Weltkrieg wurden nicht nur die zur Berufsschule umfunktionierten Gebäude, sondern auch die Straße selbst durch Bomben völlig zerstört, seitdem gibt es sie nicht mehr.

Das Bahnhofsviertel kommt mit dem (Haupt-)Bahnhof reell zu Ehren, erwähnt wird zudem die bei Kasteins Wegzug 1927 in Staatsbibliothek umbenannte Stadtbibliothek am Breitenweg: »Nun, mein Handatlas genügte, mir in zehn Minuten zu verraten, daß die Insel Ceylon in Frage kam. In der Staatsbibliothek habe ich meine Kenntnisse erweitert.« Auch das Wein-Restaurant Savoy war vielen Bremern ein Begriff – es firmierte als »Speisehaus 1. Ranges« an der Bahnhofstraße. Mit dem Trödelladen in der fiktiven St. Martinigasse, in dem das Buch *Die Satyren des Ariost* Begierden erweckt, hat es eine ganz spezielle Bewandtnis. Wie heißt es nicht im Roman: »Freihändiger Verkauf gegen Meistgebot! Aus Nachlässen stammende Gegenstände (Schöer, Hamelmann, Miquel usw.) wie Haushaltssachen, Schmuckgegenstände, Bücher.

Haus Dr. Kastein, Moscia-Ascona

Montag von 8 bis 12 Uhr. Mit behördlicher Genehmigung. Trauthal, St. Martinigasse.« Trauthal?

Als junger Mann, Referendar und schließlich als Rechtsanwalt
Dr. Julius Katzenstein pflegte Kastein einen größeren Freundes-
und Bekanntenkreis in der Hansestadt und beteiligte sich an den
Zusammenkünften junger Akademiker, Künstler und Kaufleute.
Insbesondere die ab Beginn der 1920er-Jahre im Clubraum des jüdischen Antiquitätenhändlers Erich Freuthal (1881–1958) stattfin-
denden Treffen zogen ihn magisch an. Freuthal war ein vielseitig
gebildeter und politisch engagierter Mann, dessen mit modernen
Schaufensterpassagen aufwartendes Kunst-, Antiquitäten- und
Auktionshaus in der neustädtischen Osterstraße 8 stadtbekannt
war. In seinem Haus in der Rückertstraße traf Kastein mit bremischen Persönlichkeiten wie Alfred Faust, Max Kalthoff, Willi Menz
und Hanns Meyer häufig gesellig zusammen, wobei lange Gespräche über alle möglichen Themen die Regel waren.

Erich Freuthal besaß eine große Bibliothek, in der gewiss auch
der italienische Humanist Ludovico Ariosto (deutsch: Ariost;
1474–1533) vertreten war. Etwa durch den 1904 in Berlin erschie-
nenen Band *Lodovico Ariosto's Satiren. Im Versmass des Originals
übersetzt von Otto Gildemeister* – der »Übersetzer-Gildemeister«
gerufene namhafte Senator und Essayist war zwischen 1871 und
1886 immerhin viermal Bremer Bürgermeister gewesen.[4] Wer weiß,
vielleicht wurde in Kasteins Gegenwart auch über die Satiren ge-

♠

fachsimpelt. In der dritten lobt Ariost übrigens wehmütig das einfache Leben eines Gelehrten, fern vom Druck der Tagesgeschäfte. Ich vermute, der für seine ungewöhnliche Belesenheit und sein ausgeprägtes literarisches Interesse geschätzte Bremer Autor wollte dem guten Erich Freuthal alias Trauthal ein kleines Denkmal setzen, und jener wird es im Zweifelsfall wahrgenommen haben. Ob er über den ihm in den Mund gelegten Satz »Dabei komme ich nicht auf meine Kosten. Es sind tadellose Einbände dazwischen und auch wertvolle Bücher« geschmunzelt hat?[5]

Nicht zu vergessen die von Kastein in *Pik Adam* erwähnte und wohl auch in einem (nicht überlieferten Roman) gewürdigte *Rote Marie*. Die Revolutionärin, Anthroposophin und Dichterin Marie Griesbach (1896–1984) war 1918 zu mehreren Monaten Zuchthaus wegen Hochverrat verurteilt worden und wurde nach der Novemberrevolution Mitglied der Gruppe »Internationale Kommunisten«. Sie trat als Rednerin auf und befreundete sich mit Heinrich Vogeler, der sie in die Worpsweder Künstlergemeinschaft einführte und malte. Zusammen gründeten die beiden im Sommer 1919 die Kommune und Arbeitsschule Barkenhoff. Der aufgrund einer Gehbehinderung nicht kriegsdienstfähige Josef Kastein wiederum hatte schon während des Ersten Weltkrieges Kontakte zu den Worpsweder Künstlern Karl Jakob Hirsch und Albert Schiestl Arding aufgenommen.[6] Er dürfte zumal mit Heinrich Vogeler und den jungen Sozialisten auf dem Barkenhoff ins Gespräch gekommen sein, und zwar schon deshalb, weil sich nicht zuletzt Martin Buber und Henri Barbusse hier ebenfalls blicken ließen. Mit dem zionistischen Religionsphilosophen Martin Buber, der auch die Zeitschrift »Der Jude« herausgab, pflegte Kastein in den 1920er- und 1930er-Jahren vielfältige Kontakte; ihm widmete er auch eine seiner Monographien.

Bemerkenswerterweise lässt Josef Kastein in *Pik Adam* jüdische Dinge und Themen unerwähnt. Die ihm in Bremen so vertraut gewordenen vielfältigen Unterschiede zwischen der jüdischen Welt und derjenigen der »Anderen« kommen nicht zur Sprache – etwa die für Juden geltenden Speiseverbote, das Begräbnisritual und die andersartigen Feste: Ostern und Weihnachten auf christlicher, Pessach und Chanukkah auf jüdischer Seite.

♠

In Ceylon bzw. Sri Lanka, wo eine weite Strecke seines Krimis spielt, ist Josef Kastein nie gewesen, hat dort, anders als sein Romanpersonal, keinen Fuß auf die Erde gesetzt. Dennoch verraten seine Schilderungen, dass er sich trotz hohem zeitlichen Abgabedrucks gut zu informieren wusste. Ich vermute, dass er vor allem die im frühen 20. Jahrhundert im Buchhandel leicht erhältlichen ceylonesischen Reiseerinnerungen, -briefe und -skizzen des namhaften Indologen Wilhelm Ludwig Geiger, des bedeutenden Zoologen Erich Haeckel und auch des Zoologen Emil Selenka (er publizierte zusammen mit seiner Frau Lenore) herangezogen hat.[7] Wie dem auch sei, der Mahaveli-Ganga fließt nach wie vor durchs Land, die Großstadt Kandy mit dem berühmten Zahntempel ist immer noch eine Reise wert, und Mount Lavinia liegt tatsächlich »nicht weit von der Küste«, die Stadt trägt nach einer Eingemeindung inzwischen allerdings den Namen Dehiwala-Mount Lavinia.

Der Sri Pada bzw. Adam's Peak im zentralen Bergland der Insel – von Kastein spielerisch Pik Adam genannt – ist der heiligste Berg von Sri Lanka und zieht in der Hauptsaison Nacht für Nacht Hunderte von Pilgern an, die ihn rechtzeitig vor Sonnenaufgang erklimmen wollen. Nach wie vor führen eine Süd- und Nordroute auf den Gipfel mit dem Kloster – und noch heute können Touristen »sich ein Auto nehmen und damit auf dem Pilgerwege ein beträchtliches Stück abschneiden«. Für die von Kastein ersonnene Verfolgungsjagd mit Täuschungsmanövern bot und bietet der Sri Pada zweifellos das geeignete Gelände.

Die nördliche Route ab Dalhousie ist gut sieben Kilometer lang und besteht aus fast 5.000 steilen Stufen sowie Klettersteigen. Über sie wird der Gipfel nach drei bis vier Stunden erreicht. Der beliebte Aufstieg wird heute von Teestuben gesäumt und während der Pilgersaison nachts sogar elektrisch beleuchtet. Es gibt viele Geschichten über Pilger, die früher während des strapaziösen Aufstiegs an Erschöpfung starben oder von Windböen in den Abgrund geweht wurden. Der Aufstieg über die Südroute ab Ratnapura ist nach wie vor eine Herausforderung für sich. Die Strecke ist knapp doppelt so lang, der Ausgangspunkt liegt einige Hundert Meter tiefer als Dalhousie, und für die Bewältigung des Höhenunterschiedes von rund 1.700 Metern benötigt es eine gute Kondition. Darüber hinaus bestehen längere Streckenabschnitte aus Tausenden unregelmäßig geformter Steinblöcke, und es dringt kaum Tageslicht zu dem durch dicht bewaldetes Gebiet führenden Stufenweg.

Die in *Pik Adam* mehrfach auflebende Hauptstadt Colombo liegt 65 Kilometer vom Berg entfernt und lässt sich bei gutem Wetter vom Kloster aus gut erkennen. Das von Kastein als Schauplatz gewählte gelbe Haus gibt es tatsächlich. Es steht nahe der Markthalle von Colombo, sieht wie eine Kirche ohne Turm aus und diente früher als Rathaus. Die ersten Sitzungen fanden in dem Gebäude 1873 statt; im ersten Stock erinnern heute zehn Gentlemen aus Holz, die an einem Mahagonitisch platziert sind, an die vergangene Kolonialzeit. Anders formuliert: Eine »Verbrecherspelunke der allergefährlichsten Art« war das gelbe Haus nicht im kriminellen, sondern eher im politischen Sinne ...

1945 erzählte Kastein in *Mosaiken* im Rückblick auf das Erscheinen des Detektivromans *Pik Adam* launig: »Eines Seitensprunges will ich noch gedenken, beziehungsweise ihn eingestehen, weil es noch lebende Zeitgenossen gibt, die den Beweis dafür in Händen haben. Sie haben sich nämlich das Buch käuflich erworben – was durchaus nicht für ihren literarischen Geschmack spricht – und bewahren es sogar auf, oft in der deutlich zugegebenen Absicht, mein Selbstbewusstsein damit zu dämpfen, was durchaus für ihre freundschaftliche Teilnahme an meinem seelischen Wohlergehen spricht. Aber die Geschichte hat einen lehrhaften Hintergrund, und sie mag jungen Autoren, die sich auf das Schreiben versteifen, den Glauben an das Wunder und das Vertrauen zum wirtschaftlichen Wert des Zweitrangigen stärken.«

Kasteins zu Lebzeiten geäußerte Auffassung besagt nichts anderes, als dass Sie, liebe Leserin, lieber Leser, mit diesem Band ein Buch erworben haben, das »durchaus nicht für ihren literarischen Geschmack spricht ...« Die naheliegende Frage, ob der Urheber diese Neuauflage seines Romans *Pik Adam* begrüßen würde, lässt sich nicht beantworten. Da Kastein 1940 anlässlich seines 50. Geburtstags den Roman *Melchior*, den Freunde in einem Antiquariat in Haifa aufgetrieben und ihm geschenkt hatten, »mit abgeklärtem Lächeln« entgegen nahm, ist es durchaus denkbar, dass er *Pik Adam* ebenso »wissend« wieder in seine Bibliothek aufnehmen würde, wenn er nicht schon längst verstorben wäre.

♠

Am 13. Juni 1946 endete das Leben des erst 56 Jahre alten gebürtigen Bremers Dr. Josef Kastein in Haifa. Der zeitlebens schlan-
ke, stets sorgfältig gekleidete Mann mit dem asketischen Gesichts-
schnitt, der als ebenso kühl distanziert wie humor- und geistvoll
beschrieben wird, erlebte die Gründung des von ihm in seinen
bedeutenden Werken zur jüdischen Geschichte nachgerade »her-
beigeschriebenen« neuen jüdischen Staates Israel nicht mehr. Seine
Beisetzung erfolgte auf dem Friedhof Khayat Beach bei Atlit. Elias
Auerbach (1882–1971) würdigte Kastein mit den Worten: »Er war
eine außerordentliche Erscheinung und eine der wenigen großen
Begabungen der jüdischen Generation, deren Jugend noch vor dem
ersten Weltkrieg lag. [...] Judentum war für ihn Primat des Geisti-
gen und Sittlichen in der Welt, Jude derjenige, der Erkenntnis und
Bekenntnis vor Macht und Gewalt stellt. [...] Wir sind ärmer geworden, als dieser reiche Geist von uns ging.«[8]

Nach dem Ende des Zweiten Weltkrieges und der Shoa, die in
Europa mehr als sechs Millionen jüdische Opfer forderte, wuchs
die internationale Unterstützung für die zionistische Bewegung,
und Großbritannien beschloss, sich aus dem britischen Mandats-
gebiet Palästina zurückzuziehen. Am 29. November 1947 besie-
gelte die UN-Generalversammlung die Teilung Palästinas in einen
arabischen und einen jüdischen Staat (mit Jerusalem als »Corpus
separatum« unter UN-Verwaltung). Der Beschluss wurde von den
meisten Juden in Palästina akzeptiert, von den Arabern jedoch weit
überwiegend abgelehnt. Am 14. Mai 1948 verlas David Ben Gurion
die israelische Unabhängigkeitserklärung. Noch in der Gründungs-
nacht erklärten Ägypten, Saudi-Arabien, Jordanien, Libanon, Irak
und Syrien dem jungen Staat den Krieg.

Josef Kastein hatte die Staatsgründung seit seiner Jugend herbei-
gewünscht. In seinem im Herbst 1943 in Haifa niedergeschriebenen
Text *On Being A Jew* betonte er zu einer Zeit, als die Gründung Isra-
els von der britischen Mandatsverwaltung nicht gewünscht wurde
(trotz der faschistischen Judenverfolgung wurde die Einwanderung
von Juden ab 1939 sogar teils gewaltsam zurückgedrängt):

»Nach dem, was sich in unserer Gegenwart abgespielt hat,
müssten die Völker der Welt diesen Lösungsversuch [der Staats-
gründung] im eigenen Interesse freudig begrüßen. Und insofern

♠

haben wir auch ein Recht dazu, ihre Entscheidungen zu bedrängen. Alles andere in ihrem Verhalten gegen den Juden muss man ihnen selbst überlassen, weil das ein ausschließlich interner Vorgang ist. Wir haben die Grundeinstellung der Welt uns gegenüber seit 2000 Jahren nicht ändern können, und werden es auch heute nicht. Darum nimmt der Verfasser es auch gelassen auf sich, dass derjenige, der zum Widerstand gegen Juden und alles Jüdische von vornherein entschlossen ist, aus dieser Darstellung und diesem Bekenntnis die Schlüsse zieht, die ihm angemessen erscheinen. Er würde sie auch ziehen, wenn das Bekenntnis zum entgegengesetzten Ergebnis gekommen wäre. Aber eine Waffe wird ihm langsam aus der Hand gewunden werden. Er konnte bislang ein genial einfaches System befolgen: das Positive, das er an einem individuellen Juden fand, hat er im besten Falle auf das Privatkonto dieses Einzelnen geschrieben, (sofern er es nicht der Einfachheit halber auf sein eigenes nationales Konto übertrug); und alles Negative, das er bei einem Juden entdeckte, hat er unbedingt auf das Konto der Gemeinschaft des jüdischen Volkes geschrieben. In dem Maße, wie wir uns in Palästina unsere eigene Wirklichkeit bauen, (ich gebe zu: es ist ein langer, langer Weg!) wird er gezwungen sein, uns das Böse und das Gute auf ein gemeinsames Konto zu schreiben. Aber wir werden uns im einen wie im anderen nicht mehr vor ihm zu verantworten haben, sondern vor unserem Gewissen.

Wir können von der Welt das Recht verlangen, mit jener Distanzierung behandelt zu werden, die sie auch anderen Völkern gegenüber aufbringt. Sie kann uns bei diesem Versuch, unser eigenes Leben wieder herzustellen, allerdings Hilfe leisten, wenn auch zunächst nur durch etwas Negatives: dadurch, dass sie uns in Ruhe lässt. Aber sich selbst und uns zugleich kann sie helfen, indem sie das, was hier nur in Schlagzeilen getan ist, einmal in einem ganz breiten Rahmen unternimmt: die uralte Beziehung zwischen dem Juden und dem Nichtjuden unbefangen, sachlich, mit dem Willen zur Klärung eines Phänomens zu erforschen und darzustellen. Vielleicht wird der Nichtjude anfangen, uns zu verstehen, wenn er wissen wird, was alles in einer Begegnung von 2000 Jahren enthalten ist und enthalten sein kann.«[9]

♠

Obwohl seit mehreren Jahrzehnten eindrücklich auf die Leistungen, die Lebens- und auch Leidensgeschichte von Josef Kastein hingewiesen wird, ist in der Hansestadt bis heute keine Straße, kein Platz nach ihm benannt, gibt es keine Gedenktafel. Ich hoffe, dass unsere Stadtmütter und -väter diese Publikation zum Anlass nehmen, ihn endlich gebührend im Stadtbild zu »verankern«. An aussagekräftigen Informationen über diesen einst berühmten Sohn Bremens fehlt es nicht. Etwa in der biografischen Studie von Alfred Dreyer (1912–1993) im *Bremischen Jahrbuch*, im *Lexikon deutsch-jüdischer Autoren* und auch in Publikationen von Jürgen Dierking (1946–2016) und mir. Wir haben 1997 Kasteins »hanseatischen Kaufmannsroman« *Melchior* neu herausgegeben, der zwei Generationen einer Bremer Patrizierfamilie spiegelt und nicht zufällig an die noch heute bestehende Dynastie der Melchers denken lässt. Und wir haben 2004 erstmals seine bremisch-jüdischen Kindheitserinnerungen sowie sein Fragment *Mosaiken* unter dem Titel: *Was es heißt, Jude zu sein* veröffentlicht. Nicht zu vergessen: Zwischen Haifa, wo Kastein von 1935 bis zu seinem Tod 1946 lebte, und der Hansestadt Bremen besteht seit den 1970er-Jahren eine Städtepartnerschaft. Warum dient sie nicht auch dazu, eine wahrlich ganz besondere »persönliche Verbindung« wahrnehmbar zu würdigen?[10]

Wenn diese Publikation dazu beitragen kann, das Interesse an seinem ihm wichtigen Hauptwerk zur Welt des Judentums zu entfachen – in Antiquariaten, Bibliotheken sowie im Projekt Gutenberg sind seine Werke präsent –, wäre dem von Shalom Ben-Chorin (1913–1999) als »Historiker der jüdischen Idee« und als »Dichter unter den Historikern und zugleich Historiker unter den Dichtern« gewürdigten bedeutenden Sohn der Hansestadt umfassend gedient.[11] Noch ein Hinweis für Forscherinnen und Forscher. Eine angemessene kritische Auseinandersetzung mit Leben und Werk von Josef Kastein steht noch aus. Zahlreiche Dokumente aus seinem und dem Nachlass seiner Frau Shulamith liegen im Leo Baeck Institute, Center for Jewish History, New York. Sie können online eingesehen werden und »hoffen« auf Bearbeitung: *Guide to the papers of Josef Kastein (1890–1946) and Shulamith Kastein (1894–1983); 1935-1988, AR 7227.*

♠

Im Staatsarchiv Bremen befindet sich die reichhaltige »Sammlung zu Leben und Werk des jüdischen Schriftstellers Josef Kastein« des Forschers Alfred Dreyer: *Bestand: 7,168 - Dreyer, Alfred.* Er lernte Kastein im Frühjahr 1926 kennen, als er eine Lehre im Anwaltsbüro Pohl & Katzenstein antrat und blieb mit ihm bis 1934 in Kontakt (vgl. mein Vorwort in Alfred Dreyers Buch *Kleine Verhältnisse.*) Der literarische Nachlass Kasteins wird auch in Archiven von Jerusalem, Haifa und Tel Aviv aufbewahrt.

Der Lebensweg von Josef Kastein (Zeittafel)

1890   Am 6. Oktober wird Julius Katzenstein als zweiter Sohn von Manus Katzenstein (1859–1919) und seiner Frau Karoline, geb. Aschenberg (1859–1942) in Bremen geboren. Im Elternhaus herrscht eine gemäßigte jüdische Orthodoxie.

1897–1900   Besuch der Martinischule.

1900–1906   Besuch der Realschule in der Altstadt.

1906–1908   Schwere Erkrankung an Knochentuberkulose, die eine bleibende Gehbehinderung nach sich zieht; zweijährige Unterbrechung des Schulbesuchs. Während dieser Zeit innere Auseinandersetzung mit der Existenz als Jude – verbunden mit der Grenzziehung zu den »Anderen« – sowie Lektüre von Werken zur Geschichte des Judentums. Die sich damals entwickelnde Zionismus-Bewegung, die einen jüdischen Staat im Eretz Israel, dem neuzeitlichen Palästina, forderte, prägt den jungen Bremer nachhaltig.

1908–1909   Wiederaufnahme der Teilnahme am Unterricht und erfolgreiche Reifeprüfung.

♠

1909–1911	Besuch des Realgymnasiums an der damaligen Kaiser-Friedrich-Straße (heute Hermann-Böse-Straße); Abitur.

1911   Teilnahme am 10. Zionistischen Kongress in Basel; am 19. Oktober 1911 Immatrikulation an der Universität München als »Studierender der Rechte«.

1912–1913   Fortsetzung des Studiums in Freiburg i. Br. Im März 1913 Teilnahme an einer Palästinawanderfahrt mit starkem Nachhall der Eindrücke im »Land der Väter«.

1913   Fortsetzung des Studiums an der Universität Berlin. Im August erscheint die erste nachweisbare literarische Veröffentlichung von cand. jur. Julius Katzenstein in der Zeitschrift »Der jüdische Student«: *Der Brunnen. Eine Erzählung aus Palästina.*

1913–1914   Fortsetzung und Abschluss des Jura-Studiums an der Universität Göttingen. Am 8. September 1914 erhält er nach bestandenem Examen die Abschlussurkunde, kehrt in die elterliche Wohnung in der Großen Johannisstraße in der Neustadt zurück und wird am 21. Dezember 1914 von der Justizkommission des Bremer Senats zum Referendar ernannt.

1917   Im Frühjahr Promotion zum Dr. jur. an der Universität Greifswald (Über die rechtliche Natur der stillen Gesellschaft des HGB).

1918   Am 5. Januar 1918 Eheschließung mit Rosita Ilse Mengers, Tochter eines jüdischen Berliner Kaufmanns (1894–?); Bezug eines Einfamilienhauses in der Händelstraße 7. Erste eigenständige Buchveröffentlichung: *Logos und Pan. Gedichte* (Löwit-Verlag). Seit dieser Publikation veröffentlicht Julius Katzenstein unter dem Pseudonym Josef Kastein.

♠

1919   Am 10. August wird Sohn Josef Alexander in Bremen geboren. Am 11. November stirbt Kasteins Vater Manus Katzenstein; er wird auf dem jüdischen Friedhof in Bremen bestattet.

1920   Dr. Julius Katzenstein wird nach der 2. juristischen Prüfung am 8. August als Anwalt bei bremischen Amts- und Landgerichten zugelassen.

1921   Am 16. Januar wird der zweite Sohn Georg Gabriel geboren. Veröffentlichung der dramatischen Szene *Arbeiter (Den ostjüdischen Arbeitern in Deutschland)* im Jüdischen Verlag; Aufführung anlässlich einer Matinee in Bremen.

1922   Eintritt als Sozius in die schon bestehende Anwalts- und Notariatspraxis von Wolfgang Pohl, dessen geräumiges Büro im ersten Stock eines Bremer Patrizierhauses in der Langenstraße 15/16 liegt. Die beiden Juristen haben sich durch gemeinsame literarische Interessen näher kennen und schätzen gelernt. Kasteins Novellenband *Die Brücke* erscheint im Juncker Verlag.

1923–1925 Die in Bremen verstärkt einsetzenden antisemitischen Strömungen beschäftigen Kastein, beeinträchtigen die Anwaltskarriere aber nicht. In Vorträgen tritt er wiederholt für die Ideen des Zionismus ein, die von der Mehrzahl der Glaubensjuden allerdings abgelehnt werden.

1926   Scheidung der Ehe mit Rosita Ilse, die darauf wieder ihren früheren Familiennamen Mengers annimmt (1933 wandert sie mit den beiden Söhnen nach Palästina aus). Kastein bezieht eine Wohnung in der Bleicherstraße 41.

♠

1927   Im Frühjahr des Jahres plötzliche Aufgabe von An-
waltspraxis und Haushalt; Übersiedelung in die
Schweiz, ohne größere finanzielle Mittel. Kastein ver-
lässt Bremen um ein neues Ziel zu erreichen: »äußerlich in ein freies Land – die Schweiz – und innerlich
in eine freie Geisteswelt – das Judentum.« Im idyllisch
am Lago Maggiore gelegenen Städtchen Ascona baut
er sich zunächst unter bescheidensten Verhältnissen die neue Existenz als freier Schriftsteller auf und
vollendet den dritten Teil seines in Bremen begonne-
nen ersten Romans *Melchior. Ein hanseatischer Kaufmannsroman*. Er erscheint im Herbst im Bremer Frie-
sen-Verlag, während in Berlin gleichzeitig *Pik Adam*
im Verlag von Th. Knaur Nachf. herauskommt. 1928
erscheint der Roman in der Übersetzung von Márkus
Miksa unter dem Titel *A kincs nyomaban* in Ungarn.

1928   Teilnahme an einer Tagung mit Martin Buber in
Ponte Tresa (Schweiz).

1929   Veröffentlichung des Fortsetzungsromans *Die Suche
nach Till* in einer Berliner Zeitung. Längerer Ber-
lin-Aufenthalt.

1930   Bau und Bezug eines Hauses (Casa Rosita) in Ascona. Veröffentlichung der ersten jüdischen Monographie *Sabbatai Zewi* im Ernst Rowohlt Verlag. Gewid-
met »Martin Buber, dem wirkenden Menschen«.

1931   *Eine Geschichte der Juden* erscheint im Ernst Rowohlt
Verlag. Sie ist »Albert Einstein verehrungsvoll zuge-
eignet«.

1932   Ebenfalls bei Ernst Rowohlt erscheint *Uriel da Costa
oder die Tragödie der Gesinnung*. Widmung: »Ruth
zum Dank« (Ruth ist der Deckname für eine Mitar-
beiterin). Vortragsreisen nach Prag und München.

♠

1933 *Joodsche Problemen in het Heden. Geautoriseerde Vertaling van E.M. Kleerekoper* erscheint bei Van Loghum Slaterus, Arnhem/Niederlande. Das deutschsprachige Manuskript ist verschollen. Vortragsreise nach Leipzig.

1934 *Süsskind von Trimberg oder die Tragödie der Heimatlosigkeit* erscheint in The Palestine Publishing Company, Jerusalem. Vorübergehender Aufenthalt in Palästina; Vortragsreisen durch Mitteleuropa. Die Bücher von Josef Kastein werden in Deutschland verboten. Er selbst kommentierte das so: »Meine Bücher sind erst relativ spät in Deutschland verboten worden; und das aus gutem Grunde. Ich hatte mich vor den Herren der neuen Kultur dadurch exponiert, dass ich auf die jüdischen Schwimmer Österreichs eingewirkt hatte, nicht an der Olympiade in Berlin teilzunehmen. Der Brief, in dem ich es tat, fand seinen Weg in die Presse. Im Ergebnis entzog man mir die deutsche Staatsangehörigkeit – ein höchst gleichgültiger Vorgang – und brachte den Rest meiner in Deutschland befindlichen Bücher zum Auto da Fé.«

1935 Die Werke *Jüdische Neuorientierung* und *Theodor Herzl. Das Erlebnis des jüdischen Menschen* erscheinen bei R. Löwit in Wien. Löwit veröffentlicht auch die Studie *Juden in Deutschland*. Aufgabe des Wohnsitzes in Ascona; im Juni Einreise nach Palästina. In Haifa bezieht Josef Kastein eine Wohnung auf dem Berg des Propheten Carmel mit Blick aufs Meer und in der Nachbarschaft von Arnold Zweig.

1936 Bei R. Löwit in Wien und Jerusalem erscheinen die Monographien *Herodes. Die Geschichte eines fremden Königs* und *Das Geschichtserlebnis des Juden*. Im März Eheschließung mit Grete Vogl, geb. Marek (1894–1983) in Haifa. Die zweite Ehefrau nimmt den

♠

Vornamen Shulamit und Nachnamen Kastein an. Vortragsreisen durch Süd- und Mitteleuropa. Im Juli Aberkennung der deutschen Staatsbürgerschaft (die beiden Söhne, mit denen Kastein in Palästina wieder in Kontakt kommt, verlieren sie 1937).

1937 *Jerusalem. Geschichte eines Landes* erscheint bei R. Löwit, Wien und Jerusalem. Beginn der Veröffentlichung von Beiträgen in hebräischer Sprache. Vortragsreise durch Mitteleuropa.

1938 Bei R. Löwit erscheint *Jeremias. Der Bericht vom Schicksal einer Idee*. Im Februar erhält Josef Kastein die palästinensische Staatsbürgerschaft.

1939 Unfreiwillige (und endgültige) Trennung von seiner Frau Shulamith aufgrund der faschistischen Politik und des Kriegsbeginns. Nach einem Heimatbesuch in Wien darf sie nicht nach Palästina zurückkehren und muss nach New York flüchten, wo sie als Sprachtherapeutin Karriere macht. Der Löwit-Verlag wird von Nazis liquidiert.

1941 Josef Kastein unternimmt erste Auswanderungsversuche in die USA – sie bleiben sämtlich erfolglos. Er leidet unter den durch die politischen Umstände entfallenen Vortrags- und Publikationsmöglichkeiten in Europa unter zunehmender Vereinsamung und Verarmung.

1942 *Eine palästinensische Novelle* erscheint in Haifa als Privatdruck. Es ist die letzte Buchveröffentlichung Josef Kasteins in deutscher Sprache zu Lebzeiten. Am 23. Juli wird seine in Bremen lebende Mutter ins KZ Theresienstadt deportiert und dort am 20. August ermordet.

1943   Josef Kastein beendet die Arbeit an seinem Manu-
             skript *On Being A Jew*. Der Text erscheint 1949 in
             spanischer Übersetzung unter dem Titel: *Que es un
             judio* in Caracas. Das zweite Kapitel des deutschspra-
             chigen Manuskripts erscheint 2004 erstmals in dem
             Band: *Was es heißt, Jude zu sein*.

1945   Josef Kastein erkrankt schwer und sucht ein Sana-
             torium auf. Im Juni entsteht das autobiographische
             Fragment *Mosaiken*. 2004 erstmals veröffentlicht in:
             Was es heißt, Jude zu sein.

1946   Josef Kastein stirbt am 13. Juni 1946 in Haifa; die Bei-
             setzung erfolgt auf dem Friedhof Khayat Beach bei
             Atlit. Im Herbst erscheint posthum sein Essayband
             *Wege und Irrwege. Drei Essays zur Kultur der Gegen-
             wart* im Exilverlag von Martin Feuchtwanger in Tel
             Aviv.

Anmerkungen

1 Josef Kastein: Mosaiken, hier zit. n. ders.: Was es heißt, Jude zu sein. Eine Kindheit in Bremen, hrsg. von Jürgen Dierking und Johann-Günther König, Bremen 2004, S. 47 f.

2 Josef Kastein: Alltag um Broogmann, Roman, 296 S., 1927/28, Privatbesitz; Die Suche nach Till, Roman, in: Der Tag, Berlin, Juli/August 1929.

3 Vgl. Stolpersteine Bremen; Johann-Günther König: Karoline Katzenstein, geb. Aschenberg, http://www.stolpersteine-bremen.de/detail.php?id=517

4 Lodovico Ariosto's Satiren. Im Versmass des Originals übersetzt von Otto Gildemeister, hrsg. von Paul Heyse, Berlin 1904.

5 Erich Freuthal, der nach der Machtergreifung von den Nazis einige Wochen in Oranienburg inhaftiert wurde, konnte nach Spanien, später nach Brasilien auswandern. Nach Kriegsende kehrte er nach Bremen zurück. Er verstarb 1958 und wurde auf dem Israelitischen Friedhof bestattet.

6 Vgl. Kasteins Aufsatz »Karl Jacob Hirsch«, in: Niederdeutsche Heimatblätter. Jg. 4, 1927, S. 266 268.

7 Vgl. Wilhelm Ludwig Geiger: Ceylon. Tagebuchblätter und Reiseerinnerungen, Wiesbaden 1898; Ernst Haeckel: Indische Reisebriefe, Berlin 1883; Emil und Lenore Selenka: Sonnige Welten. Ostasiatische Reise-Skizzen, Wiesbaden 1896. Denkbar, dass Kastein auch John Hagenbecks Bücher kannte – etwa (zusammen mit Victor Ottmann): Fünfundzwanzig Jahre Ceylon.

8 Ebda., S. 16.

9 Josef Kastein: On Being A Jew, S. 129 f.; das deutschsprachige MS ist im Bestand vom Leo Baeck Institute, AR 7227.

10 Vgl.: Caroline Jessen: »Schwierigkeiten eines zionistischen Schriftstellers. Josef Kastein in Haifa«, in: Anja Siegemund (Hrsg.): Deutsche und zentraleuropäische Juden in Palästina und Israel. Kulturtransfers, Lebenswelten, Identitäten. Beispiele aus Haifa, Berlin 2016, S. 316–328.

11 Siehe: http://gutenberg.spiegel.de/autor/josef-kastein-1857; vgl. Schalom Ben-Chorin: »Josef Kastein zum Gedächtnis. Der Historiker der jüdischen Seele«, in: Jedioth Chadaschoth, 21.6.1946

Quellen- und Literaturhinweise

Alfred Dreyer: »Josef Kastein, ein jüdischer Schriftsteller (1890–1946). Die Bremer Jahre«, in: Bremisches Jahrbuch, Bd. 58, 1980.

ders.: »Josef Kastein. Schöpferische Jahre in der Schweiz«, in: Bulletin des Leo Baeck Instituts, Nr. 60, 1981.

ders.: »Josef Kastein. Entscheidung für Erez Israel«, in: Bulletin des Leo Baeck Instituts, Nr. 66, 1983.

ders.: »Josef Kastein. Rückkehr zum Judentum. Stationen einer inneren Entwicklung«, in: Emuna-Insel-Forum, H. 5/6, 1976.

ders.: »Josef Kastein (1890–1946). Bibliographie«, in: Bulletin des Leo Baeck Instituts, Nr. 71, 1985. Darin werden auch sämtliche Übersetzungen und Einzelbeiträge Josef Kasteins in Tageszeitungen, Zeitschriften und Anthologien sowie Rezensionen und Aufsätze über Kastein nachgewiesen.

ders.: Kleine Verhältnisse. Erinnerungen an eine Kindheit in Bremen (1912–1926). Mit einem Vorwort von Johann-Günther König, Bremen 1996.

Jürgen Dierking/Johann-Günther König: Melchior in Haifa. Der Weg des jüdischen Schriftstellers Josef Kastein aus Bremen, Radio Bremen, Heimatfunk 19.11.1990.

Regina Bruss: Die Bremer Juden unter dem Nationalsozialismus, Bremisches Jahrbuch, Bd. 49, Bremen 1983.

Theodor Herzl: Der Judenstaat, München 2004.

Jeanette Jacubowski: Geschichte des jüdischen Friedhofs in Bremen, Bremen 2002.

»Kastein, Josef«, in: Lexikon deutsch-jüdischer Autoren, Band 13, Redaktionelle Leitung: Renate Heuer, München 2005, S. 282–292. Josef Kastein: Was es heißt, Jude zu sein, hrsg. von Jürgen Dierking und Johann-Günther König für ›Erinnern für die Zukunft e.V.‹, Bremen 2004, 2. Aufl. 2005. (Darin auch das Fragment Mosaiken.)

Josef Kastein: Melchior. Ein hanseatischer Kaufmannsroman, hrsg. mit einem Nachwort von Jürgen Dierking und Johann-Günther König, Bremen 1997.

Johann-Günther König: Bremen im Spiegel der Literatur, Bremen 1991.

ders.: Bremen. Literarische Spaziergänge, Frankfurt a.M. 2000.

Max Markreich: Geschichte der Juden in Bremen und Umgebung, Bremen 2003.

Hans Schütz: Juden in der deutschen Literatur. Eine deutsch-jüdische Literaturgeschichte im Überblick, München 1992.

Über den Herausgeber

Johann-Günther König, Jg. 1952, Dipl.-Soz.päd und Dr. phil., lebt und arbeitet als freiberuflicher Schriftsteller in Bremen. Zahlreiche Buchveröffentlichungen sowie Zeitschriften- und Rundfunkbeiträge und Übersetzungen. Regelmäßige Mitarbeit an der Zweiwochenschrift Ossietzky. Vorstandsvorsitzender des Fördererkreises deutscher Schriftsteller in Niedersachsen und Bremen. Jüngst (2017) erschienen von ihm die Bücher: *Der Osterdeich. Geschichte und Geschichten; Fahrradfahren. Von der Draisine bis zum E-Bike.*
www.johann-guenther-koenig.de

Hans-Peter Mester

Die Franziska-Reihe

Der Autor, ehemaliger Leiter des Ortsamtes West, kannte sich wie kein Zweiter mit menschlichen Eigenheiten und dem Leben »auf Parzelle« aus. Das merkt man auch seiner spannenden Krimi-Reihe an, die sich rund um Roman-Heldin Franziska Morgenstern – von Hauptberuf Stadtplanerin und aktive Kleingärtnerin – dreht. In diesem Milieu erlebt sie zahlreiche Krimi-Abenteuer: Mit viel Witz und einzigartigem Charme!

2017: Bisher 8 Bände von insgesamt 10, jeweils 9,90 €

Band 1: **Franziska und die Findorffer**
216 Seiten, 12,5 x 20 cm, ISBN 978-3-95651-038-0, **€ 9,90**

Band 2: **Franziska und der Geldkoffer**
216 Seiten, 12,5 x 20 cm, ISBN 978-3-95651-052-6, **€ 9,90**

Band 3: **Franziska und der Senator**
248 Seiten, 12,5 x 20 cm, ISBN 978-3-95651-065-6, **€ 9,90**

Band 4: **Franziska und van Gogh**
240 Seiten, 12,5 x 20 cm, ISBN 978-3-95651-066-3, **€ 9,90**

Band 5: **Franziska und das Klassentreffen**
240 Seiten, 12,5 x 20 cm, ISBN 978-3-95651-096-0, **€ 9,90**

Band 6: **Franziska und der Fall Ikarus**
240 Seiten, 12,5 x 20 cm, ISBN 978-3-95651-122-6, **€ 9,90**

Band 7: **Franziska und die Bürgerwehr**
280 Seiten, 12,5 x 20 cm, ISBN 978-3-95651-138-7, **€ 9,90**

Band 8: **Franziska und das Drogenkartell**
272 Seiten, 12,5 x 20 cm, ISBN 978-3-95651-160-8, **€ 9,90**

Sämtliche Titel auch als E-Books erhältlich: je 7,50 €

Die Senioren-Krimis

Martha Bull:

Frau Friese und die tödliche Einladung

Waltraud Friese, Rentnerin aus dem Bremer Peterswerder, trifft eine alte Schulfreundin wieder. 60 Jahre sind seit dem Schulabschluss vergangen. Das soll mit einem Klassentreffen gefeiert werden. Aber es scheint ein Treffen mit dem Tod zu werden, denn eine Freundin wird ermordet. Und dann die nächste ... Dabei gerät Frau Friese selbst in den Kreis der Verdächtigen.

256 Seiten, 12,5 x 20 cm, ISBN 978-3-95651-089-2, € 9,90
Auch als E-Book: ISBN 978-3-95651-144-8

Martha Bull:

Frau Friese und die finstere Verwandtschaft

Rentnerin Waltraud Friese erlebt mit ihren 74 Jahren unerwarteten Familienzuwachs. Eines Tages meldet sich ihre jüngere Schwester bei ihr, von der sie bisher nichts wusste. Sieglinde, in der ehemaligen DDR aufgewachsen, konfrontiert Frau Friese mit Umständen ihrer Familiengeschichte, die bisher unerwähnt geblieben sind und bis in die Zeiten des Zweiten Weltkrieges zurückreichen ... Als ein Mord in der Braunschweiger Straße passiert, muss sie alles riskieren, um ihre Nachbarschaft und sich selbst zu schützen. Wird es diesmal ein Happy End für Frau Friese geben?

240 Seiten, 12,5 x 20 cm, ISBN 978-3-95651-100-4, € 9,90
Auch als E-Book: ISBN 978-3-95651-148-6

Martha Bull:

Frau Friese und der Tiermörder

Alles beginnt damit, dass Rentnerin Waltraud Friese einen verdächtig stinkenden Müllsack in ihrer Tonne findet. Ein totes Haustier? Derartig grausige Funde häufen sich bald darauf im Peterswerder. Und dann verschwindet die kleine Enkelin ihrer guten Freundin mitsamt Hund spurlos. Nun hält es Frau Friese nicht mehr in ihrer Wohnung aus. Unermüdlich streift sie durch die Pauliner Marsch und kommt dabei dem Täter gefährlich nahe.

240 Seiten, 12,5 x 20 cm, ISBN 978-3-95651-159-2, € 9,90
Auch als E-Book: ISBN 978-3-95651-169-1

Roland Bühs lebt seit fast sechzig Jahren in Bremen. Er veröffentlichte mehrere Bücher, viele Illustrationen und Cartoons. Weitere über die Wall-Wache‹ folgen werden.

Roland Büns

Warmabbruch   *Wall-Wache Band I*

Die noch rauchende Ruine eines abgebrannten Kaufhauses stellen Kommissare Schilling und Dunker vor ein Rätsel. Wer hat das Feuer gelegt und wer ist verantwortlich für den Tod der beiden Männer im Dachgeschoss? Die Kommissare der Wall-Wache tappen im Dunkeln – bis eine der Spuren sie in den Bremer Westen führt. Ein weiterer Mord lässt Böses ahnen, und der Fall entwickelt sich zu einem rasanten Kampf gegen Gewalt, Betrug, Lügen und Habgier.

*192 Seiten, 12,5 x 20 cm, ISBN 978-3-95651-118-9, **9,90 Euro***
***Auch als E-Book:** ISBN 978-3-95651-129-5*

Roland Büns

Tödliche Entsorgung   *Wall-Wache Band II*

Eine schwere Explosion in einer Chemiefabrik in Ritterhude, deren Ursache nicht geklärt werden kann, bringt das eingespielte Kommissaren-Duo Dunker und Schilling in Schwierigkeiten. Gemeinsam ermitteln sie wegen dringender Verdachtsfälle bezüglich Bestechlichkeit sowie Versäumnissen bei Aufsichtsbehörden und sind bemüht, mögliche Ursachen für die Explosion aufzudecken. Ein packender Krimi voller Spannung und überraschenden Erkenntnissen.

*307 Seiten, 12,5 x 20 cm, ISBN 978-3-95651-132-5, **9,90 Euro***
***Auch als E-Book:** ISBN 978-3-95651-136-3*

Roland Büns

Mördergrube   *Wall-Wache Band III*

Eine nächtliche Verabredung lockt Kommissar Schilling zum Bremer Bahnhof, wo er seinen Nachbarn Siegfried Poppe treffen soll. Diesen findet er nach einer missglückten Verfolgungsjagd tot in der Baugrube auf dem Bahnhofsvorplatz. Was enthielten die gestohlenen Dokumente? Korruption in der Bauverwaltung? Sind Politiker und Polizeibeamte beteiligt?

*248 S., 12,5 x 20 cm, ISBN 978-3-95651-16I-5, **9,90 Euro***
***Auch als E-Book:** ISBN 978-3-95651-172-1*

Falk Guder

Tod im Herrenzimmer

Der Osterholzer Bauer Horstmann wurde ermordet. Erstochen mit einer afrikanischen Lanze. Was wie ein Raubmord erscheint, entwickelt sich zu einer Kette von Ungereimtheiten. Um den Fall aufzuklären, muss Kommissär von Weyhe immer tiefer in die dunkle Vergangenheit eindringen. Die Spur führt nach Deutsch-Südwestafrika, dem heutigen Namibia. Ein auf historischen Fakten beruhender und spannender Kriminalroman, der in das **Bremen um 1900** entführt.

172 Seiten, 12,5 x 20 cm, mit historischen Abbildungen, € 9,90
Auch als E-Book: ISBN 978-3-939928-84-3

Falk Guder

Tod in der fünften Jahreszeit

Bremen, 1901. Inmitten der Bremer Freimarktsidylle wird Kriminalpolizeikommisär Otto von Weyhe mit der Aufklärung eines heimtückischen Bankraubes mit tödlichen Folgen betraut. Die Spur führt in den Wanderzirkus Bellissimo. Von Weyhe steht unter Zeitdruck, denn die Freimarktstage sind fast vorbei, und die Schausteller bereiten sich auf die Abreise vor. Verschwinden die Täter straflos auf Nimmerwiedersehen?

184 Seiten, 12,5 x 20 cm, ISBN 978-3-95651-075-5, € 9,90
Auch als E-Book: ISBN 978-3-95651-077-9

Olaf Kretschmer

Taxifalle. Ein Bremer Viertel-Roman

Ende der 1980er-Jahre: Der mit hohen Zielen gestartete BWLStudent Marcus Meyer gerät bei einem Nebenjob als Taxifahrer in eine (Unter-)Welt von Moneten, Drogen, schnellem Sex, in der er sich zu verlieren droht. Eine Zeitlang ist Marcus auf der Sonnenseite unterwegs, verdient mehr Geld, als er ausgeben kann, und scheint sogar seine Traumfrau gefunden zu haben. Doch wer hoch fliegt, fällt tief. Sein Charakter und die mühevoll aufgebaute Existenz werden in kurzer Zeit durch Erpressung, Abhängigkeit und die deutsche Bürokratie so nachhaltig erschüttert, dass er bald vor den Scherben seines Lebens steht. Deswegen bleibt nur der drastische Ausweg.

302 Seiten, 12,5 x 20 cm, ISBN 978-3-95651-111-0, € 9,90
Auch als E-Book: ISBN 978-3-95651-124-0

Erhältlich im Buchhandel (auf Bestellung)
oder direkt beim: **KellnerVerlag**
St.-Pauli-Deich 3, 28199 Bremen
Tel.: 04 21-77 8 66 Fax: 04 21-70 40 58
buchservice@kellner-verlag.de • www.kellnerverlag.de